FEUER
WERKE
VERLAG

AF210542

Das Buch

Ene, Mene, Muh, und TOT bist du!

Als das Handy der Polizistin Tabea Kurz klingelt, ahnt sie noch nicht, dass der Mann am anderen Ende mit ihr spielen will. Und zur Eröffnung hat er ein ganz besonderes Geschenk für sie. Ein Geschenk, das tot, nackt und blaugefärbt am Fuß einer Brücke auf sie wartet.

Ist die unerfahrene Streifenpolizistin in der Lage, zusammen mit ihrem neuen Partner, dem distanzierten Ermittler Frank Schünemann, herauszufinden, wer dieses kranke Psychospiel mit ihnen spielt? Denn wie der Zettel am großen Zeh der toten Frau ankündigt, ist das Spiel noch lange nicht vorbei, und Runde zwei hat gerade erst begonnen.

Der Autor

Gunnar Schwarz konnte gar nicht anders. Als Kind der späten Siebzigerjahre in eine schreibende Familie hineingeboren, war sein Weg zum Schriftsteller schon vorgezeichnet. Bereits als Jugendlicher verfasste er erste Kurzgeschichten und entwickelte einen beeindruckend facettenreichen Schreibstil. Das Genre, in dem er sich am meisten zu Hause fühlt, wird schließlich der Thriller. Der Wunsch, mit seinen eigenen Worten einen spürbaren Nervenkitzel zu erzeugen, lässt ihn tagtäglich an seinen Geschichten arbeiten. Wenn Gunnar den Schreibtisch verlässt, dann am liebsten für lange Spaziergänge mit seinem Hund. Die Stille des norddeutschen Landlebens wirkt dabei inspirierend und schafft Raum für die Entstehung neuer Ideen.

Und tot bist du

Ein Thriller von Gunnar Schwarz

Schünemann & Kurz

Mehr zum Autor finden Sie auf
www.gunnarschwarz.de,
www.facebook.com/gunnarschwarz.autor,
www.instagram.com/gunnarschwarz.autor und
www.feuerwerkeverlag.de/schwarz

Abonnieren Sie auch unseren Verlags- und Autoren-Newsletter und
erfahren Sie so als Erster von unseren Neuerscheinungen,
Autorennews und exklusiven Buch-Gewinnspielen:
www.feuerwerkeverlag.de/newsletter

Originalausgabe August 2024
© FeuerWerke Verlag, alle Rechte vorbehalten
Maracuja GmbH, Laerheider Weg 13, 47669 Wachtendonk
Herstellung: Books on Demand GmbH
Printed in Europe
Umschlaggestaltung: Chris Gilcher (Buchcoverdesign.de) unter
Verwendung von Adobe Stock ID 44663398, 1245736307, 246952824
Lektorat: Ulrike Rücker, Leipzig

ISBN: 978-3-98954-027-9

Kapitelverzeichnis

Prolog

GANZ in Ruhe. Es muss perfekt werden. Du bist eine Schönheit. So unfassbar schön! Und du bist mein – mein wunderschönes, blaues Kind.

Ich sehe die Tränen auf deinem Gesicht, lege meinen Finger auf deine zarten Lippen. Keine Angst, mein Liebling. Du wirst wunderschön sein. Nicht weinen, mein Herz, die Farbe verwischt ja auf deinen Wangen, hinterlässt hässliche Striemen.

Ein Klatschen. Dein Kopf schnellt zur Seite. Ich hatte dich gewarnt. Du darfst nicht weinen. Erinnerst du dich? Jetzt muss ich von vorne anfangen. Böses schönes Mädchen. Ich tauche den Pinsel in die Farbe. Schließ die Augen, mein Schatz. Strich für Strich für Strich. Die Striemen verschwinden, dein Gesicht wird blau, wunderschön blau. Nein, nein! Ich muss genau sein. Ultramarinblau. Dein Gesicht ist ultramarinblau. Gerade Striche, von oben nach unten. Von oben nach unten. Ganz ruhig, Honey, hör auf zu zittern. Ich mache das hier für dich. Du weißt, dass du versagt hast, nicht wahr? Du bist ganz allein verantwortlich. Mit Versagen kommst du nicht voran. Wir sind hier, um zu gewinnen ... sind hier, um zu gewinnen ... um zu gewinnen.

Nicht erschrecken. Gleich ist es vorbei. Ein kurzes Ziepen nur.

Artiges Mädchen, du hast nicht einmal gezuckt. Geschafft, mein wunderschönes Kind. Wir sind fertig, Darling, es ist so weit. Begleite mich auf meiner Reise. Es ist auch nicht weit. Eine Fahrt von drei Minuten – wenn wir gut durchkommen, und das werden wir, Honey! Nimm meine Hand, lass uns diesen letzten Weg gemeinsam gehen. Du weißt, dass ich es tun muss? Es wird kaum wehtun, versprochen. Doch du musst lernen, mein Kind. Du musst.

***

Ich hatte dir versprochen, dass wir nur kurz fahren, und ich habe recht behalten. Jetzt ist es endlich so weit! Nur ein winziger Ruck! Ich spüre den Luftzug. Höre deine Stimme – ein wenig zu schrill, Honey. Das hättest du besser gekonnt. Doch eine zweite Chance hast du nicht. Meine Haare stellen sich auf, als dein Schrei verebbt unter dem dumpfen Aufprall, dem astgleichen Knacken deiner brechenden Knochen auf den Schienen.

Salz auf meiner Zunge, als die einzelne Träne meine Lippen benetzt. Ich habe es für dich getan, Honey – für dich ganz allein.

Und ein Windhauch weht.

Kapitel 1

»ALTER, bist du besoffen?«

Tabea Kurz hatte große Mühe, die Augen nicht zu verdrehen. Sie hasste die Freitagnachtschicht. Zu oft musste sie sich von Fremden beschimpfen lassen, zu oft wurde sie angerotzt, angekotzt oder angepisst. Und zu oft sollte sie mit einem Lächeln über solche Vorkommnisse hinweggehen. Und wenn sie dann auch noch mit Hubert Lange zusammenarbeiten musste, war es besonders schlimm.

»Junger Mann«, bat sie den Fremden, der sie gerade noch als »besoffenen Alten« betitelt hatte. »Nennen Sie mir bitte Ihren Namen. Und sagen Sie mir, ob Sie außer Alkohol noch weitere Substanzen zu sich genommen haben.« Sie wandte sich ihrem Partner zu, der unbeteiligt danebenstand und Löcher in die Luft starrte. »Hubert, bist du so freundlich und packst mal mit an?«

Im selben Moment zog der Jugendliche Tabea Kurz unverhohlen an sich und rieb seinen Körper an ihrer Brust. Er lallte und sein Atem stank nach Alkohol und Erbrochenem: »Im Anpacken bin ich besonders gut.« Er lachte. Lachte noch immer, als die Beamtin ihn von sich drückte und ihn herumriss, während sie seinen Arm auf den Rücken drehte und ihn im Polizeigriff festhielt. Dann endlich öffnete Hubert Lange die hintere Autotür.

»Wir bringen dich jetzt zum Ausschlafen aufs Revier«, sagte sie zu dem Jugendlichen, dessen Lachen inzwischen verebbt war. Seine Augenlider flatterten, und er gab ein Grunzen von sich. Tabea Kurz schützte seinen Kopf, während sie ihn in den Einsatzwagen bugsierte. Ihr Kollege stieg indessen ins Auto und ließ sich in gewohnter Manier auf den Fahrersitz gleiten.

Die Menge an Schaulustigen, die abwechselnd Buhrufe und anzügliche Kommentare herausposaunt hatte, driftete auseinander, als das Auto anfuhr.

Tabea, die wie immer auf den Beifahrersitz verbannt worden war, nahm das Funkgerät und meldete sich mit einem »Moin, Tobi« bei ihrem Kollegen. Den Hamburger Dialekt und die gängige Begrüßungsfloskel hatte sie sich bis heute nicht abgewöhnt, obwohl sie in ihrer Geburtsstadt nicht einmal eingeschult worden war. »Wir sind in fünf Minuten bei dir. Es gab eine Schlägerei in einem Irish Pub, und wir haben einen jungen Mann dabei.«

Sie hörte Tobis Kauen, konnte den Schokoladenmuffin, den er in jeder Nachtschicht zu sich nahm, förmlich riechen, die zartschmelzende Schokolade auf der Zunge spüren. »Alles klar, Tabs. Bis gleich, freu mich auf dich.«

Ein Lächeln breitete sich auf ihrem Gesicht aus. Der einzige Lichtblick der Freitagnachtschicht war Tobi, war schon immer Tobi gewesen. Der kleine, dickliche Kollege, dessen Mund stets mit Schokolade gefüllt zu sein schien und der im Gegensatz zu den meisten Kollegen viel lieber im Innen- als im Außendienst seine Nächte verbrachte. Dabei wäre sie während der unbeliebten Schicht sehr viel lieber mit ihm unterwegs als mit dem wortkargen Mann neben ihr.

»Sie werden immer dreister«, sprach sie diesen nun an, steckte das Funkgerät in die Halterung und deutete mit dem Kopf auf den Jugendlichen auf dem Rücksitz.

»Hm.«

Tabea sah ihren Kollegen fragend an, doch mehr schien sie ihm nicht entlocken zu können. Sie verdrehte die Augen und sah aus dem Fenster. Einen weiteren Versuch, ein Gespräch aufzubauen, würde sie nicht starten.

»Wann sind wir da?«, erklang die Stimme des alkoholisierten Jugendlichen vom Rücksitz.

Sie drehte sich um und sah, wie sich ein einzelner Sabberfaden aus seinem Mundwinkel über das Kinn kämpfte und schließlich auf sein stinkendes Shirt hinuntertropfte. Tabea Kurz schüttelte den Kopf. »Denk dran, die Tüte zu benutzen, falls dir schlecht wird«, ermahnte sie ihn, ohne auf seine Frage einzugehen. Der Jugendliche grinste nur und stimmte dann lauthals ein Lied an, schlief jedoch bereits während der ersten Strophe ein.

Als Hubert Lange den Einsatzwagen vor der Dienststelle einparkte, atmete sie erleichtert aus. Zum Glück hatte der Typ ihr nicht in den Einsatzwagen gekotzt. Es war der letzte Transport vor dem Ende ihrer Spätschicht gewesen und eine Putzaktion nach Feierabend hätte sie nun wirklich nicht gebrauchen können.

»Tobi. Wir sind da«, rief sie ihrem Kollegen zu, als sie mit dem Betrunkenen im Schlepptau das Gebäude betrat. Sie hörte das schnelle Tippeln seiner kurzen Beine auf dem Boden.

»Hab die Ausnüchterungszelle schon aufgeschlossen«, sagte er fröhlich zu Tabea und ignorierte dabei wie immer den Kollegen, der ohnehin nicht antworten würde. »Was sagt der Test?«

Tabea Kurz schüttelte den Kopf, während Hubert Lange den Alkoholisierten wegbrachte. Er war nicht in der Lage gewesen, lange genug ins Röhrchen zu pusten, um den Alkoholwert festzustellen.

Plötzlich erklang ein schrilles Kreischen.

»Herrje, Tabs!«, stöhnte Tobi, als das Lied *Fast as a shark* der Heavy-Metal-Band Accept auf ihrem Privathandy losschrillte. Jedes einzelne Mal schrak Tobi zusammen, wenn er die Anfangsklänge hörte. Tabea Kurz war eine der wenigen Mitarbeiterinnen, die ihr Privathandy während der Schicht nutzen durfte, denn ihre Mutter war pflegebedürftig und konnte sich durch ihre schwere Demenzerkrankung jederzeit selbst in Gefahr bringen. »Es wird Zeit, dass ich sie davon überzeuge, in ein Pflegeheim zu ziehen, anstatt nur den ambulanten Dienst in Anspruch zu nehmen«, entschuldigte sie sich und sah aufs Display ihres Handys. Doch da rümpfte sie überrascht die Nase. *Unbekannte Nummer*, stand da. Sie nahm den Anruf an und hielt das Handy ans Ohr, doch bevor sie ihren Namen nennen konnte, hörte sie ein leises, brüchiges »Hallo, Tabsi!«. Eine Gänsehaut breitete sich auf ihren Armen aus, als ihr klar wurde, dass die Stimme durch einen Computer verzerrt war.

»Wer ist da?«, fragte sie.

Pause. Leises Atmen.

»Das ist nicht wichtig, Tabsi. Wichtig ist nur, dass du allein bist. Du wirst noch verstehen, warum. Bist du allein?«

Tabea Kurz schloss die Augen. Ihre Nerven vibrierten unter ihrer Haut. Sie wollte sich nicht auf das Gespräch einlassen. Und dennoch hörte sie etwas in der Stimme des Mannes. Etwas, das sie achtsam werden ließ. »Nein«, sagte sie und sah Tobi entschuldigend lächelnd an. »Meine Mutter war wieder unterwegs. Jemand hat sie eingesammelt«, raunte sie ihm das Erste zu, das ihr einfiel, und verließ den Raum.

»Hören Sie. Ich lege jetzt auf«, sagte sie bestimmt, ohne ihr Vorhaben tatsächlich in die Tat umsetzen zu wollen.

Ein leises Lachen – metallisch verzerrt durch das Gerät, durch das es hindurchgeleitet wurde. »Aber ich habe ein Geschenk für dich, Tabsi. Ein Geschenk für dich allein. Nur, dass es mir leider runtergefallen ist. Ich möchte dir gern sagen, wo du es findest. Aber nur, wenn du dich auf den Weg machst. Allein. Jetzt sofort. Denkst du, du kannst das für mich tun?«

Kapitel 2

»WAS haben wir?« Frank Schünemann griff zu seinem Koffer, der stets gepackt und abreisebereit unter seinem Bett lag. Während er den Worten des Einsatzleiters Berthold Haber am Telefon lauschte, wanderte sein Blick durch sein spartanisch eingerichtetes Wohnzimmer. Die nackten, weißen Wände, das Regal mit den vielen Fachbüchern. Er entdeckte die Spinnweben, die sich in der rechten unteren Ecke des Regals gebildet hatten, ignorierte sie aber, zog die Stecker der unbenutzten Geräte und verließ die Wohnung. Er schloss zweimal ab, drehte am verschlossenen Türknauf und nickte.

»In Ordnung«, sagte er zu Haber, der mit seinem Bericht geendet hatte, während Frank auf die Straße trat. Er ließ das Handy sinken und öffnete seinen geliebten Sportwagen mit dem Fernsender an seinem Schlüsselbund. Das Auto blinkte wie zur Begrüßung, und Frank öffnete den Kofferraum. Er legte den Koffer hinein und drückte die Klappe per Hand zu. Als er einstieg, wurde er von ruhigen, nächtlichen Radioklängen begrüßt. Ein Countrysong erfüllte leise den Innenraum, und er schloss die Augen und atmete tief durch.

»Lüneburg«, hatte Berthold Haber gesagt. Auch wenn die Kleinstadt nicht weit von seiner Heimat Hamburg entfernt lag, war er noch nie zuvor dort gewesen. Er kannte sie lediglich von malerischen Bildern nicht enden wollender lilafarbener Heide und der Altstadt, die bereits über Jahrhunderte hinweg mehr oder weniger erfolgreich erhalten wurde. Die Göhrde-Morde schossen ihm in den Kopf und er erinnerte sich, dass Lüneburg vor Jahren medial durch diese Verbrechen ins Spotlight gerückt worden war. Er schüttelte den Gedanken ab, musste sich auf das konzentrieren, was vor ihm lag – das aktuelle Verbrechen, bei dem sein kühler Kopf und seine Fähigkeiten als Ermittler verlangt wurden.

Mitten in seine Gedanken hinein klingelte sein Telefon. »Was gibt es?«, fragte er seinen Chef, der nun schon zum zweiten Mal innerhalb kürzester Zeit anrief.

»Ich habe Neuigkeiten, die dich nicht erfreuen werden. Und ich denke, dass du es erfahren solltest, bevor du in Lüneburg ankommst.«

Frank Schünemann warf einen Blick auf die Anzeige seines Navigationssystems und grinste. »Kein Problem«, sagte er. »Ich habe noch rund fünfzig Kilometer vor mir … Oder nein, melde dich einfach noch mal, wenn ich die nächsten vierzig hinter mich gebracht habe. Dann laufen wir auch nicht Gefahr, dass ich es mir bei deiner schlechten Nachricht anders überlege und in mein gemütliches Zuhause zurückkehre.« Frank hörte das rauchige Lachen seines Chefs durch die Freisprechanlage. »Im Ernst«, sagte er dann. »Was gibt's?«

Seine Finger verkrampften sich ums Lenkrad, als Berthold Haber sagte: »Unser Team wird um eine Polizistin der Lüneburger Einsatzstelle erweitert.«

Frank biss die Zähne aufeinander und atmete tief durch.

Der Einsatzleiter war ungewohnt still. »Tabea Kurz«, rückte er dann endlich mit der Sprache heraus. »Sie gehört zur Streife in Lüneburg.«

Der Ermittler seufzte. In seiner Zeit im Morddezernat hatte sein Team überdurchschnittliche Aufklärungsquoten erarbeiten können. Und Frank wusste, dass sie der uhrwerkgleichen Zusammenarbeit zwischen ihm und seinen Kollegen zu verdanken waren – und der Tatsache, dass sonst nahezu niemand in den Fällen, die sie bearbeiteten, mitmischte. Deshalb sorgte Habermann stets dafür, dass es nicht dazu kam.

»Dieses Mal wird uns nichts anderes übrig bleiben, als sie mitarbeiten zu lassen. Und das hat nichts mit der Lüneburger Polizei zu tun oder damit, dass die sich mit unserem Fall profilieren will, sondern jemand anderes fordert ihre Mitarbeit ein.«

Die Stimme seines Chefs klang glasklar im Innenraum des Wagens, dessen Geschwindigkeit Frank Schünemann inzwischen auf sein Maximum gebracht hatte. Er konnte sich keine Behinderung durch unerfahrene Polizisten leisten, konnte es nicht zulassen, dass so jemand zögerte, einen nötigen tödlichen Schuss abzufeuern oder sein Team in der Arbeit aufhielt. Und dann war da ja auch noch die Sache mit Emelie, aber daran wollte und konnte er jetzt auf keinen Fall denken.

»Und wem ist es so wichtig, eine Streifenpolizistin an den Ermittlungen in einem Mordfall zu beteiligen?« Er wusste, dass sein Chef gegen politische oder anderweitig motivierte Anweisungen von übergeordneten Stellen nichts ausrichten konnte.

Frank hörte das zischende Einatmen, bevor Haber endlich mit der Sprache herausrückte: »Der mutmaßliche Täter«, sagte er. »Er hat die Polizistin angerufen und ihr mitgeteilt, dass er ein Geschenk für sie hätte und ihr den Ort genannt, an dem sie es vorfinden würde. Als sie an der Bahnstrecke ankam, die unter der Friedrich-Ebert-Brücke verläuft, hat sie die Tote entdeckt. Und es ist klar, dass er auch zukünftig ausschließlich mit Tabea Kurz sprechen wird.«

Frank wollte protestieren. Seit wann ließ man sich auf die Bedingungen eines Mörders ein? Er würde den Täter schon dazu bringen, auch mit ihm selbst zu sprechen, doch sein Chef nahm ihm den Wind aus den Segeln, noch bevor er seine Gedanken aussprechen konnte.

»Er hat sie nicht unter der Notrufnummer angerufen, Frank. Auch nicht unter der Telefonnummer der Dienststelle. Es war ihr Privathandy. Und er hat sie bei ihrem Spitznamen genannt. Es ist etwas Persönliches, und er wird Kontakt zu ihr aufnehmen, ob wir das wollen oder nicht. Dass das für uns auch von Vorteil sein kann, muss ich dir ja nicht sagen. Nehmen wir sie aber aus dem Team, reißt dieser Kontakt ab – und damit unsere beste Chance, den Kerl zu schnappen.«

Frank atmete schwer ein und aus. Für einen kurzen Moment überlegte er, einfach umzudrehen. Fälle, in denen sein Team gebraucht wurde, gab es genug. Und alles war besser, als jemand Fremdes in seine Arbeit integrieren zu müssen.

»Frank?«

Der Ermittler spürte die hervortretenden Kieferknochen, sah das Weiß seiner Fingerknöchel.

»Frank, die Kollegen brauchen uns«, beharrte Haber. »Das Opfer wurde von oben bis unten blau eingefärbt, bevor sie nackt auf den Eisenbahnschienen förmlich zerschmettert ist. Die Lüneburger Kollegen sind einem Fall von einer solchen Größenordnung nicht gewachsen. Diese Polizistin wurde gezwungen, an den Ermittlungen teilzunehmen. Und wir müssen davon ausgehen, dass der Täter noch mehr geplant hat. Dein Team ist das beste, und ihr seid die größte Chance, diesen Kerl schnell zu finden.«

Frank wusste, dass sein Chef recht hatte, doch der Druck auf seine Kiefergelenke wollte einfach nicht nachlassen.

»Frank?«, hakte Haber nach.

»Bin an Bord.« Seine Stimme klang verkrampft, seine Augen waren zu schmalen Schlitzen verengt. Er hoffte darauf, dass die Frau, die in diesem Fall seine Kollegin sein würde, anders wäre als Emelie. Seine Gedanken wollten zurückwandern zu dem Fall, bei dem er und Emelie Weber sich kennengelernt hatten. Doch die Stimme seines Chefs hielt ihn in der Gegenwart. »Gut«, sagte dieser und klang erleichtert. »Eben wurde mir nämlich mitgeteilt, dass die Tote einen Zettel am großen Zeh trägt – und das, obwohl sie noch nicht einmal in der Rechtsmedizin angekommen ist.«

Frank schüttelte den Kopf, doch Haber sprach bereits weiter: »Der Täter hat ihr den Zettel angelegt, Frank. Und darauf steht: ›Runde eins‹.«

Kapitel 3

FRANK Schünemann lenkte sein Auto an den Fahrbahnrand und zog prüfend am Türgriff, nachdem er das Fahrzeug verschlossen hatte. Er warf einen Blick auf die Uhr. Er war fünf Minuten vor fünf in Lüneburg angekommen, hatte aber vor dem Eintreffen im Polizeipräsidium einen Zwischenstopp eingelegt, um sich in aller Ruhe selbst ein erstes Bild machen zu können.

Der Anruf, den die Lüneburger Polizistin erhalten hatte, war nun also schon ein paar Stunden her. Frank ging den Fußweg zur Brücke hinauf und sah sich um. Die Sonne würde erst in mehr als einer Stunde aufgehen. Die Umgebung lag weitestgehend im Dunkeln. Nur wenige Straßenlaternen und eine Ampel sorgten für etwas Licht. Frank sah vereinzelte Autos, jedoch weit weniger, als es in diesem Moment in Hamburg der Fall sein würde. Er nahm die eigenartige Stimmung auf, die dieser Ort mit sich brachte. Es war ruhig, aber nicht vollkommen still. Die Bahnstrecke lag mit ihren vielen Gleisen nackt unter ihm, doch kein Zug war unterwegs.

Frank trat an den Handlauf, der die Brücke von den etwa zehn Meter darunter liegenden Gleisen abgrenzte. Er ließ die Hand über das Metall gleiten, hielt sich mit beiden Händen daran fest. Für einen Moment schloss er die Augen. Hatte die Frau sich ebenfalls hier festgeklammert, als der Täter versuchte, sie darüber zu stoßen? Oder hatte sie davon rein gar nichts mitbekommen, war betäubt gewesen und ohne Bewusstsein in den Tod gestürzt?

Er ließ seinen Blick abermals über die Gleise wandern. Rein gar nichts deutete darauf hin, dass hier vor einigen Stunden ein Mord geschehen war. Die Lüneburger Spurensicherung war offenbar zügig vorangekommen und hatte die Bahngleise zeitnah wieder freigegeben. Frank hoffte inständig darauf, dass sie ihre Arbeit genauso gewissenhaft verrichtet hatte, wie es die Mitarbeiter seines eigenen Teams stets taten.

»Das muss 'ne Schweinerei gewesen sein, Mannomann!« Die laute Stimme des Mannes hallte zu Frank hinauf, und er warf einen Blick über die Brüstung. Er sah die gelben Helme, die sich von der dunklen Umgebung abhoben. Einer der Männer schüttelte den Kopf und gestikulierte wild mit den Händen. Der zweite stand ganz still da und schien der Erzählung seines Kollegen aufmerksam zu lauschen. Frank ahnte, dass die beiden keinen offiziellen Arbeitsauftrag hatten, der sie hierhergeführt hatte. Weit und breit war keine Baustelle zu sehen. Anscheinend waren sie nur hier, damit der Dickere der beiden seinem Kollegen brühwarm erzählen konnte, was er gesehen hatte.

»Ich bin immer wieder froh, dass ich einfacher Arbeiter bin, weißt? Ich könnt ja keine Leiche von den Gleisen kratzen.«

Die Akustik unter der Brücke war gut und trug die Worte nach oben. Frank verhielt sich ganz still, darauf hoffend, noch mehr zu hören. Doch die Bauarbeiter wandten sich ab. »Eine Leiche?«, rief Frank daher nach unten. »Hab ich das richtig verstanden?«

Die Helme bewegten sich, als die Männer die Köpfe in den Nacken legten. »Ja«, schrie der Dicke, »genau hier.«

»Krass! Das will ich genau wissen. Ich komm runter, ja?«, fragte er.

Der redselige Bauarbeiter nickte und deutete mit einer ausschweifenden Bewegung einen Weg an. »Du musst hinter der Brücke rechts und dann unten auf den Parkplatz. Weiter darfst nicht kommen, wenn du nich hier arbeitest. Mein Kollege und ich kommen zu dir.«

»Bis gleich«, rief Frank und machte sich auf den Weg. Dass er in dem Fall ermittelte, brauchten die beiden noch nicht zu wissen. Solange sie nicht zu Verdächtigen wurden, war er schließlich nicht verpflichtet, sie darüber zu informieren. Und er war es gewohnt, dass redselige Zeugen sich noch lieber sprechen hörten, wenn sie nicht wussten, dass er Polizist war.

»Jo«, sagte der Mann, der gerade noch wild gestikuliert hatte, als Frank endlich neben ihm auf dem Parkplatz stand, von dem aus man den Tatort gut im Blick hatte. »Hier war vorhin noch 'ne Leiche. War wohl 'n Springer. Als Kalle und ich anfangen wollten zu arbeiten, war hier noch so'n buntes Fladderband.« Der Mann deutete auf das unter einer Laterne parkende Baufahrzeug. *Baudis Bauprofis*, konnte Frank den

Schriftzug erkennen. »Jedenfalls«, meinte der Mann und Frank hörte deutlich den breiten Dialekt, »jedenfalls wurd grad so'n schwadder Beudel zugezogen. Ich schwör, da lag 'ne Puppe drin. Kleines, zartes Ding. Hat wohl vom Leben genug gehabt. Vielleicht wurd se von ihrem Macker vermöbelt.«

Frank sah sich verblüfft um. Die Ruhe um ihn herum machte ihn skeptisch. »Wieso ist denn hier niemand außer euch?«, fragte er, doch er erhielt keine Antwort. »Da, wo ich herkomme«, erklärte er, »würde es von Kameras und Schaulustigen nur so wimmeln, wenn sich jemand das Leben genommen hätte.«

»Ach so!« Dieses Mal war es Kalle, der sprach. »Das hat bestimmt keiner mitgekriegt. Hier ist ja immer mal wieder gesperrt. Die Strecke wurde im Krieg bombardiert, und es werden immer noch Bomben gefunden, die entschärft werden müssen. Wenn jemand die Bullerei gesehen hat, wird er sich nichts dabei gedacht haben. Aber Baudi hier war ja direkt vor Ort, sozusagen. Quasi fast noch ein Augenzeuge. Wenn ich das meiner Martha erzähle, die wird platt sein.«

Ein weiteres Mal wandten sich die Bauarbeiter zum Gehen und dieses Mal winkte Frank ihnen lediglich hinterher.

Als er allein war, begutachtete er die Gleisstrecke. Endlos schienen sich die Schienen zu beiden Seiten zu strecken, doch auch von hier aus konnte er nichts Auffälliges entdecken. Er ließ den Blick nach oben zur Brücke wandern, auf der er eben noch gestanden hatte. Es gab keinen Zweifel: Einen Sturz aus solcher Höhe auf die eisernen Gleise hätte die Frau unmöglich überleben können. Ein letztes Mal sah Frank sich um, bevor er sich zum Gehen wandte. Später würde er noch einmal mit der Polizistin herkommen, um den Tatort im Hellen zu betrachten.

Er ging zurück zum Auto, zückte einen Block und schrieb *Baudis Bauprofis* hinein, notierte sich auch die Namen der beiden Arbeiter Baudi und Kalle. Dann machte er sich auf den Weg zum Polizeipräsidium.

Kapitel 4

TABEA Kurz fröstelte. Zum wiederholten Mal in dieser Nacht versuchte sie, die metallische Stimme des Mannes in ihrem Bewusstsein zu halten. Sie lauschte dem Klang seiner Worte, dem brüchigen, luftlastigen Timbre, das sie über die Verzerrung hinaus gehört hatte. »Ich habe ein Geschenk für dich, Tabsi. Ein Geschenk für dich allein. Nur, dass es mir leider runtergefallen ist …«

Tabsi – so nannten sie nur ihre besten Freunde und ihre Familie. Selbst Tobi, der immer Tabs zu ihr sagte, kannte den Namen nicht, der sie seit Kindheitstagen begleitete. Als sie diese Stimme gehört hatte, die computerverzerrte Stimme in Verbindung mit diesem intimen Detail, war sie in Panik geraten. Hatte er wirklich angedeutet, er könnte einen von ihr geliebten Menschen in seiner Gewalt haben? Oder hatte sie es sich nur eingebildet? Hätte sie gewusst, was sie finden würde – und dass er weder ihre Mutter noch ihre Schwester bedrohte –, hätte sie ihren Chef informiert. Niemals wäre sie einfach aus dem Präsidium gestürzt, um den Aufforderungen eines Irren zu folgen.

»Tabs?«

Ein angespanntes Lächeln breitete sich auf ihrem Gesicht aus, als sie den Kopf hob. »Du bist ein Schatz«, bedankte sie sich bei Tobi, der ihr einen dampfenden Becher unter die Nase hielt. Der bittere Kaffee lief zu heiß ihre Kehle hinunter, doch das war in Ordnung. Sie brauchte die Hitze, um die Kälte in ihrem Inneren zu vertreiben. Wie gerne hätte sie wie Hubert Lange ihre Schicht beendet und wäre nach Hause gefahren, um ins warme Bett zu kriechen. Doch das war nach dem Anruf undenkbar gewesen. Nachdem sie entdeckt hatte, was der Anrufer ihr »schenken« wollte, hatte sie Tobi umgehend informiert. Auch ihr Chef hatte bereits im Präsidium auf sie gewartet, als sie zurückgekehrt war.

»Von oben war sie nicht einmal mehr als Mensch zu erkennen, Tobi«, sagte sie und hielt sich die Hand vor den Mund. In ihrer Laufbahn als Polizistin hatte sie bereits einiges gesehen, aber das hier war etwas ganz anderes. Und der Mann, der sie angerufen hatte, spielte eindeutig in einer anderen Liga.

»Es ist diese ganze Situation, verstehst du?«, fragte sie und sah in die einfühlsamen Augen ihres nickenden Kollegen. Sie zählte an den Fingern mit, als die Worte fluchtartig ihren Mund verließen. »Er kennt meine private Handynummer, den Spitznamen, den meine Mutter mir gegeben hat. Er hält eine nackte, tote Frau für ein Geschenk. Er hat sie von der Brücke geworfen, und es würde mich nicht wundern, wenn sie zu diesem Zeitpunkt noch gelebt hat. Wie sehr muss sie sich geschämt haben? Er hat sie blau angemalt, Tobi. Vollkommen blau. Und er hat keine Stelle ausgelassen.« Sie musste an die gespreizten Beine der Frau denken, dieser armen Frau, die kopfüber auf die Gleise gestürzt und regelrecht zusammengestaucht worden war, während zuerst Schädel und Wirbelsäule und dann die Extremitäten zerschmettert sein mussten.

»Er hat ihr einen Zettel mit einem Faden um den großen Zeh geschnürt. So einen, wie er in der Rechtsmedizin verwendet wird. *Runde eins.* Das heißt doch wohl ganz klar, dass das erst der Anfang ist. Und ich komme aus der Nummer nicht raus, weil er mich mit hineingezogen hat.«

Tobi legte eine Hand auf ihre Schulter und Tabea hob eine Augenbraue. »Pass auf, sonst wird Charlie noch eifersüchtig«, sagte sie und ihr Lachen missglückte unter einem unterdrückten Schluchzer.

»Ach, der Charlie«, antwortete Tobi. »Du weißt, dass er dich genauso gern hat wie ich. Und außerdem war er noch nie der eifersüchtige Typ.« Er zwinkerte, und Tabea spürte, wie das leichte Zittern erneut ihre Hände überfiel.

»Weißt du«, sagte sie. »Ich bin nicht umsonst Streifenpolizistin geworden. Wir haben schon einiges zusammen erlebt.« Sie deutete auf die Narbe auf ihrer Wange, die sie sich vor einigen Jahren während eines gemeinsamen Einsatzes zugezogen hatte, und spürte Tobis Hand, die sanft darüberstrich. »Ich habe Suizidenten gefunden, Schlägereien und Messerstechereien beendet. Aber ein Mordfall, der mit größter Wahrscheinlichkeit zu einer Serie werden wird?« Tabea Kurz holte tief Luft. Was sie nun sagen würde, konnte sie niemand anderem außer Tobi gestehen. »Ich bin mir nicht sicher, ob ich diese Verantwortung übernehmen will und kann.«

Eine tiefe Stimme riss sie aus ihrem Monolog. Sie hatte die sich öffnende und wieder schließende Tür nicht gehört und so den Eintretenden zu einem ungewollten Mithörer ihrer Worte gemacht.

»Das ist in Ordnung«, sagte der Mann, und Tabea drehte sich abrupt zu ihm um. »Dafür bin ich mit meinem Team hier.«

Tabea biss sich auf die Innenseite ihrer Wange, spürte das Adrenalin, das ihren Körper flutete. Was musste sie für ein erbärmliches Bild abgeben. Der erste Eindruck, den der Ermittler von ihr hatte, war sicher überaus beeindruckend sein: ein kleines Häufchen Elend, das ihrem Kollegen ihr Leid klagte, dem kommenden Fall nicht gewachsen zu sein. Ihre Befürchtung verstärkte sich, als der Mann seinen Blick zu ihren nervösen Fingern, die unaufhörlich an der Nagelhaut pulten, wandern ließ.

»Entschuldigen Sie«, sagte der Mann und streckte die Hand aus. »Ich bin Frank Schünemann und werde Sie mit meinem Team in diesem Fall begleiten.« Seine höflichen Worte und seine warme, tiefe Stimme standen im Kontrast zu den distanzierten Augen und dem Lächeln, das ebendiese nicht erreichen konnte.

Tabea gab sich einen Ruck und stand auf. Sie strich ihr Oberteil glatt – nicht zuletzt, um ihre schwitzigen Hände zu trocknen –, bevor sie den Handschlag mit hoffentlich angemessenem Druck erwiderte. »Tabea Kurz, Streifenpolizistin und ungewollt ins Morddezernat befördert«, ging sie in die Offensive.

Das Lächeln des Ermittlers verstärkte sich, wirkte fast aufrichtig, bevor es vollständig aus seinem Gesicht verschwand. »Gibt es ein Büro, in dem ich mich einrichten kann?«, fragte er und hob den Koffer hoch, den er für den Handschlag auf dem Boden abgestellt hatte.

Die Polizistin nickte und wies mit der Hand nach rechts. »Die Kollegen haben einen Konferenzraum für uns vorbereitet.« Tabea ärgerte sich. Sie hatte das extra angewiesen, um gut vorbereitet zu sein, wenn der hochrangige Kollege vom Morddezernat eintraf. Und dennoch hatte sie es nicht von sich aus angesprochen und wirkte somit ein weiteres Mal vollkommen überfordert.

Reiß dich zusammen, Tabea, ermahnte sie sich selbst. Denn auch wenn sie den ersten Eindruck nicht würde rückgängig machen können, wollte sie diesen nicht auch noch verstärken.

»Sie sind zügig gefahren«, sagte sie und warf einen Blick auf die Uhr. »In der kurzen Zeit kommt man ganz sicher nur nachts von Hamburg nach Lüneburg.«

Der Ermittler nickte. »Ich habe ein schnelles Auto«, sagte er, und in seiner Stimme lag nicht der leiseste Hauch von Arroganz oder Überheblichkeit.

»Das hat Tabs auch«, warf Tobi ein – offensichtlich in dem Versuch, Tabeas Ansehen ein wenig zu verbessern. Doch sie erkannte nicht, wie sie diese Tatsache weiter nach vorn bringen sollte. Für einen kurzen Moment dachte sie an den Porsche, den ihr Vater ihr hinterlassen hatte. Er war ihn nur sehr selten gefahren, und sie hatte ihn seit seinem Tod nicht mehr angerührt. Unangetastet stand er in der Garage, seitdem er vor Jahren von der Polizei freigegeben worden war. Schnell schüttelte sie den Gedanken ab.

»Wollen wir?«, fragte sie und ging voran in Richtung des großzügigsten Raumes, den das Dezernat zu bieten hatte.

»Hier«, sagte sie und öffnete die Tür. Sie ließ den Blick durch den Raum wandern. Trotz seiner Größe wirkte er wie die Übergangslösung, die er war. Er war spartanisch eingerichtet und strahlte keinerlei Professionalität aus. An einem der Schreibtische hatte sie sich bereits eingerichtet. Sie sah den kurzen, angespannten Blick Frank Schünemanns, als er auf ihre Utensilien sah – ihren Laptop, die Kugelschreiber und die Zettel –, die ordentlich neben dem Telefon lagen.

»Schön«, meinte er und hatte sich bereits gefasst, als Tabea ihn wieder ansah. Er ging zu einem der anderen Schreibtische hinüber und betätigte stehend den Schalter der kleinen, aber strahlend weiß leuchtenden Schreibtischlampe.

»Wenn es Ihnen recht ist, würde ich mich gern allein einrichten«, sagte er, ohne sich ihr zuzuwenden.

Tabea Kurz verließ wortlos den Raum. Sie war verunsichert. Sie spürte die Distanz, die zwischen ihnen stand und bei der es sich um mehr als das herkömmliche Fremdeln handelte, wenn man sich zum ersten Mal begegnete. Unbestreitbar wäre er der Typ Mann, auf den sie ein Auge werfen würde – wenn sie denn einmal ausginge. Er war groß gewachsen, hatte dunkle Augen, die der Farbe seiner Haare ähnelte, und sein Lächeln war einen Hauch zu unterkühlt, als dass es als charmant gelten konnte. *Unnahbar*, schoss ihr in den Kopf, und das war es, was ihn in jeder Bar attraktiv gemacht hätte. Doch hier auf der Arbeit mochte sie nicht daran denken, welche Konsequenz seine Abweisung haben mochte.

Auch die Tatsache, dass er sie aus dem gemeinsamen Büro hinauskomplementiert hatte, verdeutlichte ihr den Machtunterschied, der mit ihm gemeinsam durch die Tür gekommen war. Er wollte ihr zeigen, dass er das Team leiten würde – bewusst oder unbewusst. Tabea fragte sich, ob es ihr recht war, an letzter Stelle im Team zu stehen. Doch dann schoss ihr erneut das Bild des zerschmetterten Körpers in den Kopf. Wieder sah sie den Zettel mit der Notiz vor sich, wieder überkam sie dieselbe Gänsehaut, die sie bereits seit Stunden in regelmäßigen Abständen heimsuchte. Es war ihr recht, sich unterzuordnen. Die Verantwortung für ein weiteres Leben wollte sie keinesfalls übernehmen. Sie würde es nicht ertragen, zu wissen, dass sie schuld am Tod einer weiteren Frau wäre. Schlimm genug, dass der Mann sie durch seinen Anruf überhaupt erst ungebeten in den Fall involviert hatte.

Tabea drehte sich um, als sie das Türschloss hörte. »Fertig«, erklang die tiefe, sonore Stimme des Mannes hinter ihr. Sie warf einen flüchtigen Blick auf die Uhr. Er selbst schien ebenso schnell zu sein wie das Fahrzeug, in dem er hierhergefahren war.

Wieder lächelte der Ermittler sie an und wieder erreichte es nicht seine Augen. »So«, sagte er, ging zum Schreibtisch hinüber und ließ sich dieses Mal in den breiten Stuhl fallen. Er bedeutete ihr, sich ihm gegenüber an ihren eigenen Platz zu setzen und lehnte sich zurück. Er hielt den Stift in der linken Hand, ließ ihn über das vor ihm liegende Papier kreisen. »Wir machen es ähnlich wie in einer Vernehmung. Einverstanden?« Tabea Kurz hob die Augenbraue, doch Frank Schünemann ließ sie keine Frage stellen. »Sie setzen sich und erinnern sich an alles, was Sie heute Abend gesehen, gerochen, gehört und gespürt haben. Ich bin bei Ihnen und werfe Fragen ein. Sie kennen das Prozedere. Zeigen Sie mir, was Sie erlebt haben, Frau Kollegin. Helfen Sie mir, den Tatort durch Ihre Augen zu sehen. Bereit?«

Kapitel 5

»WAS war das Erste, das er zu Ihnen gesagt hat?«

Tabea saß mit geschlossenen Augen da. Sie musste nicht lange überlegen, um Frank Schünemanns Frage zu beantworten. Schließlich ließ der Gedanke an das Telefonat sie ebenso wenig los wie der Anblick der toten Frau auf den Gleisen.

»Hallo Tabsi«, zitierte sie die Worte des Mannes. »Seine Stimme klang metallisch. Sie war eindeutig verzerrt und nicht mehr erkennbar.«

»Tabsi?«, hakte Frank Schünemann nach.

Tabea nickte mit noch immer geschlossenen Augen. »Das war der Grund, weshalb er meine Aufmerksamkeit sofort hatte. Niemand nennt mich so, außer meiner Mutter und meiner Schwester. Niemand außer ihnen kennt diesen Namen.«

Tabea hörte das Kratzen eines spitzen Stiftes auf Papier, bevor Frank Schünemann weitersprach. »Was sagte er als Nächstes?«

»Er sagte mir, dass er allein mit mir sprechen wolle. Er meinte, dass er mir zeigen würde, warum das wichtig sei.« Sie sprach weiter, bevor er das Offensichtliche fragen konnte. »Ich dachte, er hätte meine Mutter oder meine Schwester in seiner Gewalt.« Sie öffnete die Augen. »Ich weiß, dass ich gegen die Regeln verstoßen habe. Doch er kannte meinen Spitznamen und er wollte mit mir allein sprechen.«

Frank Schünemann nickte und überraschte sie mit seinem folgenden Satz. »Ich hätte es genauso gemacht. Schließen Sie jetzt bitte wieder die Augen und bleiben Sie am Telefon. Was ist dann passiert?«

Tabea nickte, bevor sie tief durchatmete und die Augen erneut schloss. »Als ich allein war, sagte er mir, dass er ein Geschenk für mich hätte, das er jedoch fallen gelassen habe. Er sagte, er würde mir den Weg weisen, allerdings müsse ich allein aufbrechen. Ich setzte mich in mein Auto und fuhr los. Als ich den Wagen vom Parkplatz lenkte, sagte er mir, dass mein Geschenk am Fuß der Friedrich-Ebert-Brücke läge. Ich könne es abholen, müsse aber schnell sein, weil es eine matschige

Angelegenheit wäre, wenn ein Zug drüberfahren würde. Ich fuhr schnell, sah noch immer meine Mutter und meine Schwester vor mir auf den Gleisen liegen. Ich kam gut durch. Die Straßen waren nicht sonderlich stark befahren. Und in mir drin wusste ich, dass der Anruf kein Fake war.«

»Warum wussten Sie es? Was hat Sie so sicher gemacht?«

Sie hörte die Stimme Frank Schünemanns wie aus weiter Ferne und ging gedanklich zum Anruf zurück. Was hatte sie so sicher gemacht? »Er hatte meine private Nummer gewählt. Eine Nummer, die nur wenige Menschen haben. Er nannte mich bei meinem Spitznamen. Es war die Art, wie er sprach. Sein Tonfall, trotz der Verzerrung in der Stimme. Es war seine Autorität.«

Erneut hörte Tabea das Kratzen des Stiftes auf dem Papier, dann fragte Frank Schünemann: »Was ist als Nächstes passiert?«

»Ich kam an den Gleisen an, stand oben auf der Brücke und sah hinab.«

»Stopp«, unterbrach er sie erneut. »Bevor Sie hinabsehen, überlegen Sie, was Sie gesehen haben. Wurden Sie beobachtet? War außer Ihnen irgendjemand vor Ort?«

Tabea Kurz ließ ihren Blick die Brücke entlangwandern. »Es war ganz still, nur die Luft flirrte.« Sie drehte den Blick in die entgegengesetzte Richtung, sah die orangefarbenen Lichter der Laternen vor sich, hörte einzelne Autos, jedoch nicht in unmittelbarer Nähe. »Niemand war auf der Brücke. Während ich oben stand, kamen nur wenige Autos vorbei. Sie bremsten ab, als sie meinen Wagen sahen, aber niemand schaute auffällig lang.« Tabea blickte die unter ihr liegenden Schienen entlang, doch auch hier konnte sie nichts Auffälliges entdecken – bis ihr Blick auf die Leiche fiel. »Ich erkannte sofort, dass etwas Merkwürdiges mit ihrer Haut geschehen war«, sagte sie. »Sie schimmerte in einem dunklen Ton, und ich nahm im ersten Moment an, dass es sich um eine farbige Person handelte. Ich stieg ins Auto und rief Verstärkung über Funk. Dann machte ich mich auf den Weg zum Güterbahnhof und parkte das Auto. Ich schaute mich um, sah jedoch keinen herannahenden Zug, also rannte ich los und traf als Erste bei der Frau ein.«

»Was ist Ihnen zuerst aufgefallen?«, fragte Frank Schünemann.

Tabea Kurz erinnerte sich sofort an den entblößten Intimbereich der Frau. »Sie war nackt und ihre Haut blau. Die Farbe vermischte sich mit dem dunkelroten Blut, das aus mehreren Stellen ihres Körpers quoll, der außerdem vollkommen deformiert war.« Tabea Kurz schluckte. Eine Gänsehaut kroch ihren Nacken hinauf und den Rücken hinunter. Fahrig knibbelte sie an ihren Fingern herum. »Sie muss kopfüber gefallen sein. Ihr Schädel war zerschmettert und als solcher nahezu nicht mehr erkennbar. Mehrere Knochen stachen aus der Haut hervor. Unter anderem Kieferknochen und Jochbein sowie mehrere Unterarmknochen.«

»Und Sie sind noch immer allein? Oder hat sich etwas geändert?«

Erneut sah die Polizistin sich im Halbdunkel um, durchsuchte ihre Erinnerungen nach Auffälligkeiten, die ihr Unterbewusstsein abgespeichert haben mochte. Dann schüttelte sie den Kopf. »Um mich herum geschah nichts Auffälliges. Es war nicht einmal ein nächtlicher Zug unterwegs«, sagte sie entschieden. »Ich tastete nach dem Puls, doch wie erwartet war nichts zu spüren. Ich ging um die Leiche herum, entdeckte den Zettel an ihrem Zeh. Darauf stand: *Runde eins.*« Erneut hörte die Polizistin das leise Kratzen auf Papier, der Ermittler stellte jedoch keine Frage, also fuhr sie fort: »Es dauerte gute sieben Minuten, bis ich die Kollegen hörte. Ich rief ihnen zu und sie kamen über die Bahnschienen zu mir hinüber. Sie trugen Absperrbänder mit sich, und Jörg telefonierte bereits mit den Mitarbeitern des Güterverkehrs, um den Bahnverkehr für die Nacht stillzulegen.«

»Jörg?«, hörte sie seine fragende Stimme.

»Jörg Harnisch, mein Chef. Ich hatte ihn gebeten, hinzuzukommen. Jetzt ist er im Büro und telefoniert mit Ihrem Einsatzleiter.« Tabea öffnete die Augen. Sie sah das Nicken Frank Schünemanns.

»Immer wieder gut, Kollegen zu befragen«, sagte dieser und legte den Stift beiseite. »Wenn einer von uns sich ans Geschehen erinnert, ist alles da. Wir sind darauf geschult, ganz automatisch beim Eintreffen an einem Tatort alles um uns herum aufzuschnappen. Wenn Laien vernommen werden, vermischen sich oft Einbildung und Erinnerungen, sodass ein verklärtes, undurchsichtiges Bild herauskommt. Doch hier ist es vollkommen klar. Das ist extrem hilfreich.«

Tabea war sich unsicher, ob der Ermittler tatsächlich meinte, was er sagte. Sie spürte, wie sie errötete. Sie war es nicht gewohnt, von einem ranghöheren Kollegen befragt zu werden, und fühlte sich unwohl in ihrer Haut. Zudem spürte sie unter Frank Schünemanns Lob den Machtunterschied zwischen ihnen nur umso deutlicher. Ein Blick auf die Notizen, die er einen Moment zu spät zu sich zog, verriet ihr, dass sie recht hatte. *Möglicherweise verwischte Spuren durch Eintreffen am Tatort*, hatte er geschrieben.

»Das habe ich nicht«, sagte sie und fühlte sich noch unsicherer als zuvor.

Doch Schünemann winkte ab. »Sie haben keinen Fehler gemacht«, sagte er beschwichtigend und drehte das Blatt auf dem Schreibtisch um. »Schließlich mussten Sie feststellen, ob die Frau noch lebt. Dennoch haben Sie sich in einer emotionalen Ausnahmesituation befunden, und da können wir nie sicher sein, ob wir versehentlich Spuren verwischt haben.«

Während Schünemann sprach, öffnete sich die Bürotür hinter ihm. Tabea, die ihm gegenübersaß und die Eintretenden sofort sah, nahm verwundert wahr, dass sich Frank nicht einmal umdrehte, als er zu sprechen begann. »Albert«, sagte er und stand vom Schreibtisch auf. Erst danach drehte er sich Richtung Tür und gab auch Tabeas Chef die Hand. »Und Sie müssen Jörg Harnisch sein.«

Tatsächlich war Harnisch gemeinsam mit einem ihr fremden Mann eingetreten, der Schünemann freundschaftlich auf die Schulter klopfte. »Ich habe etwas von einem verunreinigten Tatort gehört?«, fragte dieser mit näselnder Stimme und sah Tabea über die halbmondförmige Brille hinweg abschätzig an. »Einmal mit Profis arbeiten«, sagte er dann aufgesetzt und lachte über seinen eigenen Witz.

Die Polizistin spürte, wie ihr die Röte in die Wangen stieg. Von ihrer eigentlichen Schlagfertigkeit war nichts mehr übrig geblieben. Sie warf einen hilfesuchenden Blick zu ihrem Chef, doch auch der schien mit der neuen Situation überfordert.

»Im Ernst«, sagte der Fremde, und Tabea spürte die erneute Spitze schon kommen. »Sie glauben gar nicht, wie oft Fälle fast nicht gelöst werden, weil unfähige Beamte den Tatort platttrampeln. Da kann ich nur den Kopf schütteln und ...«

»Krause!« Der freundschaftliche Klang, den Frank Schünemanns Stimme zuvor gehabt hatte, wich einem ernsten Unterton. »Die Kollegin ist alles andere als unfähig.«

Tabea sah den Ermittler irritiert an, weil sie nicht erwartet hätte, dass er sie vor Albert Krause verteidigen würde. Und Schünemann war noch nicht fertig. »Sie ist kein Laie, sondern eine erfahrene Polizistin, und sie musste den Tod des Opfers feststellen. Dass es zu einer Verunreinigung gekommen ist, ist nicht sicher, vor allem, weil sie ausgesprochen vorsichtig vorgegangen ist.« Er drehte sich zu Tabea um und deutete auf den fremden Mann, dessen Name offenbar Albert war. »Albert Krause ist der Rechtsmediziner in unserem Team«, erklärte er, »und er wird die Leiche noch heute untersuchen. Ich gehe davon aus, dass wir alle hervorragend miteinander arbeiten werden.« Dann wandte er sich an Krause. »Und das ist unsere Kollegin Tabea.«

Tabea hörte die freundlichen Begrüßungsworte, doch ihr entging nicht das leicht aufgesetzte Lächeln des Rechtsmediziners, der sich keineswegs zu schämen schien, dass er statt eines Laien eine Polizistin der Unfähigkeit beschuldigt hatte. Sie suchte den Blick des Ermittlers, der jedoch schien ihr ganz bewusst auszuweichen. Tabea schnaubte. Als sie das nächste Mal zu ihm sah, sah er sie fragend an, doch sie schüttelte den Kopf. Er hob eine Augenbraue und bat alle im Raum um Ruhe. »Vielleicht möchte Tabea selbst noch etwas sagen?«, forderte er sie auf.

Sie spürte, wie sie innerlich zu kochen begann. »Frank hat recht«, sagte sie und betonte seinen Namen dabei überdeutlich. Schließlich hatte er trotz der Distanz, die er zu ihr hielt, im Gespräch mit Albert Krause ebenfalls ihren Vornamen benutzt. Und dann sprach sie das, was sie eigentlich ob der geballten vor ihr sitzenden Überlegenheit hinunterschlucken wollte, aus. »Wir alle hier wissen, dass ich einen Fehler gemacht habe, obwohl Frank versucht, mich in ein gutes Licht zu rücken. Als ich den Tod der Frau festgestellt habe, hätte ich mich vom Tatort entfernen müssen, um der Spurensicherung nicht zusätzliche Arbeit zu machen. Stattdessen bin ich um die Leiche herumgegangen. Ich kann nicht einmal mit Sicherheit sagen, ob ich Handschuhe getragen habe, als ich den Zettel am Zeh des Opfers berührt habe.« Sie hörte das zischende Einatmen des Rechtsmediziners, holte tief Luft und sprach weiter. »Sollte ich diesen Fehler gemacht haben, stehe ich dazu. Wir wissen ebenfalls, dass ich auf eurem Gebiet tatsächlich nicht viel Erfahrung habe. Für eine erfolgreiche Zusammenarbeit werde ich Hilfe benötigen, um Fehler zu vermeiden. Doch ihr könnt euch ebenso sicher sein, dass ich eine Bereicherung für das Team sein werde. Denn ich bringe eine hervorragende Kombinationsfähigkeit mit und …«, sie warf einen direkten Blick auf Albert Krause, »… und ich kann sehr gut mit Kritik umgehen – selbst, wenn sie anmaßend ist.« Tabeas Muskeln waren zum Zerreißen gespannt. Auf keinen Fall wollte sie, dass irgendjemand ihre zitternden Hände sah und steckte sie sicherheitshalber in die Hosentaschen. Und als Frank sie dieses Mal ansah, berührte das Lächeln erstmals seine Augen.

Kapitel 6

»SCHAU hier, Frank.« Albert Krause hatte seine Jacke gegen einen Kittel getauscht, Handschuhe über die langen, dünnen Finger gezogen, und die halbmondförmige Brille war einer runden, dicken Lupenbrille gewichen.

Tabea sah sich in dem sterilen, kalten Raum um. Sie sah glänzendes Silber, Sägen und Klingen unterschiedlicher Variationen, in denen sich das grelle, weiße Licht spiegeln. Der Geruch von Desinfektionsmitteln übertünchte den langsam aufsteigenden süßlichen Leichengeruch. Sie befand sich keineswegs zum ersten Mal in einem Obduktionssaal. Während ihres Studiums hatte sie einen rechtsmedizinischen Zweig belegt und aus diesem Grund an mehreren derartigen Untersuchungen teilgenommen. Und dennoch war es für sie eine Überwindung. Aber wenn es nach Albert Krause ging, war sie ohnehin nicht anwesend. Bisher hatte er sich noch kein einziges Mal an sie gewandt.

»Tabea?« Die Stimme von Frank riss sie aus ihren Gedanken. »Komm doch auch näher. Albert möchte uns etwas zeigen.«

Tabea sah, wie der Rechtsmediziner für einen winzigen Moment die Lippen zusammenkniff. Seine Kieferknochen mahlten, hatte er doch ganz bewusst nur den Kollegen und nicht sie angesprochen.

»Gerne«, sagte sie dennoch und trat näher an den silber schimmernden Tisch heran. Der Rechtsmediziner hatte bereits mit der äußeren Leichenschau begonnen, Spuren am Körper der Frau in Beweisbeuteln gesichert, Blut entnommen sowie Überreste unter den Fingernägeln abgeschabt und ebenfalls in durchsichtigen Beuteln aufgefangen. Er hatte Tüten beschriftet und Auffälligkeiten in das kleine, über dem Sektionstisch hängende Mikrofon gesprochen. Schließlich hatte er die Farbe vom Körper der Toten abgewaschen. Als Tabea an den Tisch trat, floss der letzte Strom blau gefärbten Wassers in den Abfluss. Ein grelles Blitzlicht erhellte den Raum für einen winzigen Moment, als Albert die roten Striemen an den Unterarmen fotografierte.

»Es ist offensichtlich, dass die Tote noch gelebt hat, als sie die Brücke hinuntergestürzt ist«, sagte der Rechtsmediziner, ohne auf die Fotos einzugehen. Tabea nickte, erntete aber nur einen abschätzigen Blick. »Sie wissen, warum ich das gesagt habe?«, fragte er beiläufig und zwinkerte Frank zu. Doch noch bevor der Ermittler etwas erwidern oder seinen Kollegen erneut zurechtweisen konnte, um Tabea in Schutz zu nehmen, erklärte sie: »Ich kann es nicht mit Sicherheit sagen, schließlich bin ich nicht vom Fach, aber wenn Sie mich um eine Vermutung bitten …« Tabea deutete mit dem Kopf auf die Arme des Opfers. »Dass die Unterarmknochen gebrochen sind, erkennt man auch als Laie«, sagte sie und zwinkerte dem Rechtsmediziner in Andeutung an seine vorherige Unterstellung zu. »Hier.« Sie zeigte auf die Elle des rechten Armes. »Und hier«, dieses Mal wies sie auf die Speiche des linken Armes. »An beiden Stellen sind die Knochen aus der Haut ausgetreten. Das Ausmaß der Frakturen an Kopf und Unterarmen zeigt, dass sie kopfüber hinuntergestoßen wurde.« Tabea hob beide Arme über den Kopf. »Dass sie bei Bewusstsein gewesen sein muss, wissen die gebildeten und weniger gebildeten Menschen in diesem Raum, weil die Frau die Arme über den Kopf gehoben hat, um diesen zu schützen. Bewusstlose Menschen tun dies wohl nur äußerst selten«, ergänzte sie sarkastisch.

Tabea hatte den Rechtsmediziner nicht aus den Augen gelassen, während sie gesprochen hatte. Ein leises Funkeln war in seine Augen getreten und ein Lächeln umspielte seine Lippen. »Ich denke«, sagte er und nickte ihr anerkennend zu, »die Sache mit den Laien sparen wir uns in Zukunft, Tabea. Wir können uns wohl darauf einigen, dass hier keiner vor Ort ist.« Er drehte sich zurück zu der toten Frau und deutete auf ihren deformierten Kopf. »Wir wissen also, dass die Frau während ihres Sturzes von der Brücke bei Bewusstsein war. Ihre Arme sind beim Aufprall wie Streichhölzer zersplittert – verzeiht den Vergleich.« Krause warf einen Blick auf Frank, dann auf Tabea. »Ebenso erging es ihrem Kopf.« Er drehte das, was einmal ein Gesicht gewesen war, vorsichtig hin und her. »Die Schädeldecke ist zersplittert und an den Bruchstellen ins Gehirn eingetreten.« Krause betastete mit den behandschuhten Fingern verschiedene Stellen. »Ich kann eine starke Schwellung des Hirngewebes fühlen, und der Schädel ist in sich vollkommen instabil.« Seine Hände wanderten den Nacken des Opfers hinunter. »Durch den Aufprall wurde die Wirbelsäule stark gestaucht, im Nackenbereich sind Brüche tastbar.«

Tabea schluckte einmal, dann ein weiteres Mal. Sie sah die Frau fallen, hörte ihren spitzen Schrei, dann ein Geräusch, als würde eine Melone auf dem Boden zerplatzen und schließlich das Knacken, laut wie brechende Äste. Sie schloss die Augen.

»Geht es dir gut?« Es war Frank, der ihren Arm berührte und sie mit seiner warmen Stimme in den Saal zurückholte. »Möchtest du etwas trinken? Du kannst auch gehen, und ich berichte dir anschließend, was Albert festgestellt hat.«

Tabea schüttelte den Kopf. Diese Situation war neu für sie, doch im Laufe ihrer Karriere als Polizistin hatte sie bereits viele Dinge weggesteckt, von denen sie anfangs gedacht hatte, sie würden sie überfordern. »Danke, aber es geht schon«, sagte sie und atmete mehrmals tief durch, bevor sie sich der toten Frau erneut zuwandte.

Krause wartete ab, bis der Ermittler ihm auffordernd zugenickt hatte, dann sprach er weiter: »Bei der Todesursache wird es sich um eine Kombination aus Impressions- und Halswirbelsäulenfraktur handeln. Eine bildgebende Aufnahme wird diesen Verdacht mit großer Sicherheit bestätigen.«

»Impressionsfraktur?«, fragte Tabea. »Ist damit der Schädel-Basis-Bruch gemeint?«

Es war Frank, der ihr antwortete, wobei sein Blick weiter auf die Leiche gerichtet blieb. »Fast«, sagte er und lehnte sich dichter über das Gesicht der Toten. »Genauer gesagt ist damit das Eindrücken des Gehirns durch den Schädelknochen gemeint.« Dann deutete er auf einen verblassten hellen Strich zwischen Oberlippe und Nase. »Seht ihr das?«

»Eine behandelte Hasenscharte«, meinte Krause lapidar, nachdem er das Mikrofon ausgeschaltet hatte. »Habe ich bereits nach dem Abspülen der Leiche bemerkt. Könnte euch als Identifikationsmerkmal dienen.«

Auch Tabea beugte sich näher über das Opfer. Nun war der Leichengeruch stärker, weshalb sie es vermied, durch die Nase zu atmen. »Sie ist kaum zu sehen«, sagte sie. Die Narbe war nur eine Nuance heller als der Rest der Gesichtshaut.

»Ja«, sagte Krause und zog das Wort unnötig in die Länge. »Die Kollegen der plastischen Chirurgie haben große Fortschritte gemacht.

Ohne den aus dem Mund ragenden Kieferknochen und das herausstehende Jochbein wäre die Tote hier sicher ein hübsches Mädel gewesen.«

Tabea biss die Zähne zusammen. Ihr gefiel die Art nicht, wie der Rechtsmediziner über die tote Frau sprach. Doch sie wollte sich nicht schon wieder mit ihm anlegen und hielt sich zurück.

»Albert!«, hörte sie dann aber Frank. Sie sah das unauffällige Kopfschütteln und seine hochgezogene Augenbraue.

»Zurück zur Arbeit«, meinte Krause, ohne auf die unausgesprochene Kritik einzugehen. Er schaltete das Mikro wieder ein und begann zu sprechen. »Gut ausgeheilte Lippen-Kiefer-Gaumen-Spalte. Leichte Narbe sichtbar.« Er drehte sich zu dem neben ihm befindlichen Tablett und griff nach einer großen elektrischen Säge. Sein Blick fiel auf Tabea, als er sagte: »Und jetzt kommen wir zum spannenden Teil.«

Kapitel 7

»WARUM tust du dir das freiwillig an?«

Frank hörte die Stimme der Polizistin neben sich, schnupperte mehrmals an dem Becher Kaffee, um den anderen Gestank aus der Nase zu bekommen. Er konnte nicht mehr zählen, wie oft er den Todesgeruch nun schon abzuschütteln versucht hatte. Sein Blick schweifte durch den Park, dessen Bäume nach dem Winter langsam wieder grün wurden. Noch war es hell und zart, doch schon bald würden die Farben kräftiger sein. »Albert ist speziell«, sprach er das an, was Tabea vermutlich ohnehin dachte.

»Ich würde andere Worte wählen«, hörte er sie sagen, und ein Lächeln breitete sich auf seinem Gesicht aus. Sie war tough und es hätte ihn mit der vorübergehenden Kollegin deutlich schlechter treffen können. Dennoch wollte er sie nicht an seiner Seite haben. Er wollte ihre potenziellen Fehler nicht ausbügeln und er wollte nicht auf sie aufpassen müssen.

»Er ist phänomenal«, sagte er, ohne auf ihren Einwand einzugehen. »Da darf man nicht so wählerisch sein und muss über seine unkonventionelle Art schon mal hinweggehen.« Dann wechselte er das Thema: »Ich möchte nachher noch mal zum Tatort, vorher werden wir aber alles, was wir bisher haben, mit dem Team besprechen.« Frank nahm einen Schluck des dampfenden Kaffees und spürte ihn angenehm warm seine Kehle hinunterfließen.

»Das Team?«, fragte Tabea. »Kommen noch mehr? Und sind sie alle ähnlich unkonventionell wie Krause?«

Frank lächelte erneut. »Du wirst sie kennenlernen«, winkte er ab. »Doch keine Sorge. Du wirst mit allen gut zurechtkommen.«

Er sah Tabeas skeptischen Blick, dann verdüsterten sich ihre Augen und sie fragte: »Was hat der Zettel am Zeh der Frau zu bedeuten? Und diese blaue Farbe … Glaubst du auch, er wird es wieder tun?«

Frank nickte, sagte dann aber: »Lass uns das später im Team besprechen. Meine Leute haben immer viele Theorien und Vermutungen beizutragen.« Er nickte zu den Bäumen, ohne eine Antwort abzuwarten. »Schön ist es hier«, meinte er und deutete auf die Straße, die hinter dem Park in die Innenstadt führte.

»Jedenfalls ist es ruhiger als in Hamburg«, antwortete Tabea und zuckte mit den Schultern. Er sah sie fragend an, doch sie redete bereits weiter, ohne anzusprechen, dass er sie ein weiteres Mal abgewimmelt hatte. »Ich bin dort geboren, habe jedoch nicht lange in Hamburg gelebt. Aber ich erinnere mich gut an den Trubel, der da herrscht. Manchmal fahr ich hin und bin oft schon auf der Autobahn überfordert.« Tabea streckte die Beine, bevor sie von der Parkbank aufstand. »Bist du in Hamburg geboren?«, fragte sie.

Frank spürte, wie sich etwas in ihm verschloss. Er hatte sich geschworen, keinem Kollegen mehr zu viel Einblick in sein Privatleben zu geben. Und daran würde auch diese Polizistin nichts ändern. »Nein«, sagte er nur. »Ach, du wolltest ja vorhin wissen, warum ich mir das mit den Obduktionen antue. Weißt du, beim Morddezernat ist das ziemlich entscheidend. Man bekommt ein besseres Gefühl für die Tat an sich, wenn man es selbst sieht und nicht nur einen Bericht liest. Das ist wie bei einem Tatort. Es macht einen Unterschied, ob du ihn dir selbst ansieht oder lediglich Fotos.«

Tabea nickte. »Es ist die Stimmung«, sagte sie. »Wahrscheinlich, weil alle Sinne mit reinspielen, wenn wir am Ort des Geschehens sind. Gut, ich verstehe, was du meinst. Dort zu sein, fühlt sich vollkommen anders an, als eine Beschreibung zu lesen – ob in einem Obduktionsbericht oder in der Zeitung.«

Frank sah, wie Tabeas Blick in die Ferne rückte. Er wusste, dass sie sich in diesem Moment tief in einer Erinnerung befand. Gerade wollte er fragen, was sie erlebt hatte und was sich als Bericht in der Zeitung für sie so anders angefühlt hatte, doch er besann sich eines Besseren. *Keinen näheren Kontakt zu Kollegen.*

»Ich schlage vor«, unterbrach er schließlich ihren Gedankengang und sah auf die Uhr, »wir machen jetzt erst einmal Mittagspause. Im Moment können wir nichts tun. Wir sehen uns in zwei Stunden zum Teammeeting, um die Fakten zusammenzutragen. Vielleicht gibt es da schon Infos wegen des Mageninhalts oder der Spuren unter den Fingernägeln aus dem Labor.« Er wartete keine Antwort ab, winkte Tabea zu und ging schnellen Schrittes in Richtung seines Autos, um die darin liegende Reisetasche zu holen.

Er ging direkt zu seiner Unterkunft, checkte ein und verabschiedete sich nach ein paar wenigen Sätzen von der älteren Frau, die ihm die Schlüssel gegeben hatte, um sich in seiner Wohnung einzurichten. Nachdem er diese betreten hatte, sah er sich um und nickte. Zum Schlafen würde es reichen – auch wenn ihm klar war, dass er im Laufe des Falles nicht viele Ruhephasen bekommen würde. Gerade brauchte er aber eine kurze Runde an der Luft, um den Kopf freizubekommen. Rasch wühlte er in seiner Reisetasche nach seiner Sportkleidung, warf sie über und verließ die Wohnung.

Kaum war er losgejoggt, schossen ihm blitzartig die Bilder der Toten in den Sinn. Was wollte der Täter mit der blauen Farbe ausdrücken? Hielt er sich für eine Art Künstler? Hatte er das Blau bewusst gewählt oder war die Farbe zweitrangig? Und würde die nächste Frau ebenfalls blau sein oder würde ihre Haut eine andere Farbe tragen?

»Hey, Vorsicht!«, sagte ein Mann, der gerade ein Café verlassen hatte. Frank hatte ihn nicht gesehen und wollte sich gerade entschuldigen, da raunte der Fremde: »Arschloch!«

Frank blieb abrupt stehen. »Wie bitte?«, fragte er und drehte sich zu dem Mann um. Er ging einige Schritte auf ihn zu und sah die Unsicherheit in dessen Augen aufflackern.

»Ich meinte, du solltest aufpassen, wo du hinläufst«, sagte er.

Frank nickte. »Besser so«, sagte er und murmelte: »Sonst trägst du bald einen Zettel am Zeh!« Frank erschrak und ärgerte sich über sich selbst. Er zwang sich, seine Wut unter Kontrolle zu kriegen und lief einen Schritt schneller. *Der Zettel am Zeh*, dachte er. Wofür sollte der gut sein? Wollte der Täter nur sagen, dass es mehrere Runden geben würde? Oder wollte er noch etwas anderes damit bezwecken? Frank spürte, wie sich all die Gedanken in seinem Kopf zu stauen begannen und setzte zum Endspurt an. Zwar hatte er noch Zeit bis zur Teambesprechung, doch er spürte den Drang, sich umgehend auf den Weg ins Präsidium zu machen.

Kapitel 8

»NA, da kommt ja unsere Glückliche.«

Tabea warf Marianne Steig einen abfälligen Blick zu, hielt sich jedoch mit einer Antwort auf deren Spitze zurück.

»Hab schon gehört, dass du befördert wurdest. Dass du jetzt im hochrangigen Team arbeitest. Aber niemand hat uns gesagt, dass du da die Kaffeepraktikantin bist.«

Tabea warf einen Blick auf die Tassen in ihren Händen, ging an Marianne vorbei und warf ihr einen Luftkuss zu. Ihrem Kollegen schmetterte sie ein freundliches »Moin, Hannes« entgegen und versuchte, sich nicht über die arrogante Polizistin zu ärgern. Schon immer war sie auf einen höheren Dienstgrad aus gewesen, doch bisher hatte Jörg sie nur wegen Rückfragen in sein Büro gerufen. Die erfreuliche Nachricht einer Beförderung war bisher ausgeblieben. Und das machte Tabeas Kollegin ganz offensichtlich mehr als unzufrieden. Wie der freundliche Hannes Kroß an der Seite der chronisch schlecht gelaunten Polizistin arbeiten konnte, war Tabea ein Rätsel. Doch sie schob den Gedanken beiseite und begab sich zum Konferenzraum.

Erstaunt sah sie auf die Uhr, als sie diesen betrat. Bis zum angesetzten Teammeeting sollte noch eine halbe Stunde Zeit sein. Tabea hatte sich lediglich etwas vorbereiten wollen und war deswegen schon hier. Doch Frank hatte seine Kollegen offensichtlich früher als erwartet in Empfang genommen. Neben Frank und Albert Krause entdeckte Tabea einen weiteren Mann und eine junge Frau, die sich ebenfalls bereits im Konferenzraum eingerichtet hatten.

»Tabea, gut, dass du schon da bist. Das Team hat's eher hergeschafft als erwartet.« Frank winkte einladend.

Tabea straffte die Schultern und reichte Frank einen der beiden Kaffeebecher, die sie mitgebracht hatte. »Ich hätte eine ganze Kanne mitgebracht, wenn ich jetzt schon mit Ihnen gerechnet hätte«, sagte sie und zuckte entschuldigend mit den Schultern.

Es war eine weibliche, glockenhelle Stimme hinter ihr, die antwortete. »Ach, ist schon in Ordnung«, lachte eine junge Frau mit dem Laptop auf dem Schoß. »Wir organisieren uns später Kaffee.« Die Frau ließ eine große, rosafarbene Kaugummiblase platzen und zwinkerte Tabea zu. »Übrigens duzen wir uns hier alle, sonst wird's so steif. Ich bin Ella und für die IT zuständig.« Sie deutete auf einen jungen Mann, der mit überschlagenen Beinen dasaß. »Das ist Freddy, der die Spusi überwacht.« Der Mann hob zwei Finger an die Stirn und lächelte Tabea freundlich an. »Der da hinten ist Albert.«

Tabea unterbrach »Ella von der IT« und deutete auf den Gerichtsmediziner. »Albert und ich kennen uns schon. Oder nennst du ihn den Mann der Leichen? Und Frank dann«, sie blickte zu diesem, »den brillanten Sherlock? Ich jedenfalls bin Tabea, die einfache, aber strebsam motivierte Polizistin. Und übrigens – wer Kaffee möchte, darf sich draußen gern bedienen. Normalerweise stehen immer eine Kanne, Milch und Zucker bereit.«

Ella, Albert und Freddy sprangen gleichzeitig von ihren Sitzen und eilten zur Tür, kehrten aber wenige Augenblicke später wieder zurück. »Der Kaffee braucht noch ein Sekündchen«, meinte Ella schulterzuckend. »Aber wir haben deine Kollegin mit dem biestigen Blick gebeten, uns eine Kanne reinzubringen, wenn er durchgelaufen ist. Ich hoffe, das war in Ordnung.«

Tabea winkte ab. »Ich hole den Kaffee gleich selbst, wenn er fertig ist.« Sie konnte sich nur allzu gut vorstellen, wie genervt Marianne war, wenn sie jetzt auch noch alle bedienen sollte. Und ganz sicher würde sie davon ausgehen, dass Tabea das veranlasst hatte. Doch bevor sie sich erheben konnte, öffnete sich die Bürotür mit einem Ruck. »Ich habe Kaffee«, meinte Marianne Steig und Tabea sah, dass ihre Hände vor Wut zitterten. Sie stellte die Kanne mit Nachdruck auf den Schreibtisch und trat dicht an Tabea heran. »Dafür, dass das hier die Elite sein soll, sind die aber ziemlich blind. Nicht mal in der Lage, die volle neben der leeren Kanne zu sehen«, zischte sie ihr zu.

Tabea runzelte die Stirn.

»Das ist furchtbar nett, danke, Herzchen. Und entschuldige bitte, dass ich die Kanne übersehen habe. Das war wirklich nicht meine Absicht«, hörte sie Ellas Stimme. Als Tabea sie ansah, zwinkerte die junge Frau ihr unauffällig zu. Tabea verkniff sich ein Grinsen. Ganz offensichtlich hatte Ella Mariannes Arroganz bereits beim ersten Aufeinandertreffen zu spüren bekommen.

»Wirklich furchtbar nett, Herzchen, danke«, wiederholte Ella und ihre Stimme klang süßer als Honig. »Kannst du mir bitte einen Gefallen tun und Hafermilch auf euren Einkaufszettel setzen? Frank trinkt nichts anderes, und wir werden sicher noch eine Weile hier sein. Da wäre es doch sehr gastfreundlich, wenn ihr welche hier hättet.«

Marianne Steig warf Tabea einen herablassenden Blick zu, woraufhin Tabea den Kopf schüttelte. »Lass nur«, sagte sie. »Ich schreibe es später selbst auf, du hast ja sicher genug zu tun. Und danke für den Kaffee.« Tabea beobachtete, dass Freddy – der Mann, der die Arbeit der Spurensicherung beaufsichtigen würde – und Albert miteinander tuschelten. Dann kicherte Freddy hinter der hohlen Hand.

»… nicht zum Feind haben«, hörte sie Alberts Worte gerade noch, als Marianne Steig den Raum verließ und die Tür fester als nötig hinter sich ins Schloss zog. Und Tabea musste ihm zustimmen. Ella aus der IT war tough – und sicher jemand, der einem das Leben schwer machen konnte.

Als sie sich dem Team, dem sie für die nächste Zeit angehören würde, zuwandte, legte sie den Kopf schief. Jedes einzelne Augenpaar hatte sich auf sie gerichtet. Sie sah irritiert an sich herab, erwartete fast, dass ihre Kollegin ihr unauffällig ein »Tritt mich hier«-Schild an den Pullover geklebt hatte, erkannte jedoch nichts Auffälliges. »Ist was?«, fragte sie und hörte erneut das Platzen einer Kaugummiblase.

»Nichts weiter«, sagte Ella und grinste. »Ich denke, wir alle werden prima miteinander arbeiten können.«

Tabea nickte. »Apropos Arbeit«, sagte sie und setzte sich an einen freien Schreibtisch. »Wo fangen wir an?«

Kapitel 9

»ERST einmal lesen wir Alberts Bericht«, entschied Frank, und Tabea hörte sofort das zügige Klappern von langen Nägeln auf der Laptoptastatur.

»Hab schon mal quergelesen«, sagte Ella und drehte den Laptop so, dass alle einen Blick aufs Display werfen konnten. »Die Ergebnisse zeigen, dass sich keine Betäubungsmittel oder andere Substanzen im Blut des Opfers befunden haben.«

Als Nächstes meldete sich Albert zu Wort: »Auch sonst gab es keine weiterführenden Spuren wie DNA, weder unter den Nägeln noch sonst wo. Bei der Farbe, die auf die Haut des Opfers aufgetragen wurde, handelt es sich um einfache Wandfarbe, die man in jedem Baumarkt kaufen kann. Mageninhalt sowie Organe unauffällig.«

»Das heißt, wir haben nichts.« Frank war aufgestanden und ging langsam im Raum auf und ab, hielt schließlich vor dem Whiteboard inne. Sein Blick fiel auf Tabea: »Freddy hat mir mitgeteilt, dass eure Spusi gute Arbeit geleistet hat. Er hat die Daten überprüft und zusammengetragen.«

Tabea drehte sich zu Freddy, der mit erstaunlich rauchiger Stimme zu sprechen begann. »Das Wichtigste vorweg: Du hast den Tatort nicht verunreinigt.«

Tabea atmete erleichtert aus. Nachdem Albert sie am Morgen so angegangen war, war sie sich wirklich unsicher gewesen, ob sie einen Fehler gemacht hatte. Der übergangsweise Leiter der Spurensicherung erklärte: »Die Kollegen haben keine Fingerabdrücke von dir gefunden. Offenbar hast du tatsächlich Handschuhe getragen, als du den Puls des Opfers geprüft hast. Schuhabdrücke hat es ohnehin nicht gegeben. Deshalb können wir davon ausgehen, dass der Täter das Opfer lediglich hinuntergeschubst hat, jedoch selbst nicht am Fundort war.«

Tabea nickte. »Das hatte ich bereits vermutet. Er hat sie von oben hinuntergestoßen, ihr nachgesehen und ist dann gegangen, um mich anzurufen.« Vier Augenpaare richteten sich zeitgleich auf sie. Sie wusste, dass alle gebannt darauf warteten, dass die Neue ihre erste Theorie aussprach. »Als er mich anrief, gab es keinerlei Hintergrundgeräusche«, erklärte sie, »obwohl es in der letzten Nacht extrem windig war. Hätte er von der Brücke aus angerufen, hätte ich das gehört.«

Sie hörte, wie sich der Stift, den Frank gezückt hatte, quietschend übers Whiteboard bewegte. Sie las den Stichpunkt: *Aufenthaltsort des Anrufers während des Telefonats.*

Dann fuhr sie fort. »Auch wenn es abends unbelebt auf der Brücke ist, musste er sichergehen, dass ich sehr schnell dort ankomme, bevor jemand anderes die Leiche findet. Und da er die Frau ohnehin zur Brücke transportieren musste, gehe ich davon aus, dass er sich nach der Tat ins Auto gesetzt und mich von dort aus angerufen hat.«

Wieder hörte Tabea hastiges Tastengeklapper. »Keine Verkehrskameras auf der Brücke«, hörte sie nur Sekunden später die Stimme der ITlerin. »Nur in den Querstraßen rund um die Brücke könnten wir nach Fahrzeugen Ausschau halten. Ich werde später prüfen, ob ich etwas Verdächtiges finden kann. Cool, mit dir zu arbeiten. Du hast Ermittlergeist«, lobte sie, doch Frank unterbrach sie. »Wir sind uns einig, dass Tabea Polizistin ist und dass wir von einer gewissen Grundkenntnis ausgehen können«, sagte er und wandte sich anschließend direkt an Tabea. »Wieso ist es nachts unbelebt auf der Brücke?«

Tabea ließ den Kopf zur Entspannung ihres Nackens kreisen. Sie spürte einen ziehenden Schmerz aufsteigen und wollte unbedingt vermeiden, dass dieser sich zu einem richtigen Kopfschmerz auswuchs. »Es ist nicht generell unbelebt dort«, erklärte sie, ohne auf die unnötige Spitze einzugehen. »Doch die Uhrzeit, die der Täter gewählt hat, war optimal. Nächtliche Partys steigen hauptsächlich in der Innenstadt, vor allem auf dem Stint oder in den Bars. Rund um Lüneburg gibt es nahezu keine Veranstaltungsorte, die die Feiernden anzieht, sodass er zu der Uhrzeit nicht mit einer Störung rechnen musste. Außerdem kann man die Umgebung der Brücke weitläufig einsehen, sodass er herannahende Fahrzeuge frühzeitig gesehen hätte.«

Erneut hob Frank den Stift. *Ortskundig*, stand nun als weiterer Punkt an der Tafel. Als Nächstes schrieb er: *Möglicherweise Pkw, der zum Transport der Frau genutzt wurde.*

Es war die rauchige Stimme Freddys, die das Quietschen des Stiftes unterbrach. »Er hat sich also den perfekten Ort und Zeitpunkt ausgesucht, um den Mord zu verüben«, sagte er. Tabea spürte sein Zögern, bevor er weitersprach: »Er wird ihn viele Freitagabende beobachtet haben, um während der Tat möglichst nicht von einem Augenzeugen überrascht zu werden. Eine Frage bleibt jedoch noch offen. Wir wissen, dass er dich ans Telefon bekommen wollte, Tabea. Ich bin aber überzeugt, dass er die Uhrzeit nicht nur deshalb gewählt hat, um ungestört zu sein.«

Tabea spürte die Unruhe, die im Büro aufkam und den Schauer, der ihr den Rücken hinunterlief, sie fest in seinem eisernen Griff hielt und nicht loslassen wollte. Sie wusste, worauf Freddy hinauswollte. »Ich arbeite jeden dritten Freitagabend im Monat«, sagte sie, und das unruhige Zischeln wich einer greifbaren Stille. »Er hat mich kurz nach meinem Spätdienst angerufen. Er wusste, wann ich arbeite, wann ich Feierabend habe und dass mein Privathandy stets auf laut gestellt ist. Er hat mich beobachtet.«

Albert zuckte lapidar mit den Schultern. »Davon war auszugehen«, sagte er und rückte seine halbmondförmige Brille zurecht. »Wenn Täter Kontakt zur Polizei aufnehmen, tun sie das nie ohne Grund. Gibt's sonst noch etwas, das wir im Team besprechen müssen? Ansonsten widme ich mich der Säuberung des Saals und dem Eintüten der Frau.«

Frank schüttelte den Kopf. »Ella«, sagte er, »wir brauchen eine Fangschaltung. Sicher wird es noch mehr Anrufe auf Tabeas Handy geben und dann sollten wir gewappnet sein.«

Ella nickte und öffnete die Hand, in die Tabea ihr Handy legte. Ella verband es mit dem Laptop und gab einige Befehle in die Tastatur. »Hab alle Infos«, sagte sie. »Ich setze mich mit dem Telefonanbieter in Verbindung. Das nächste Mal, wenn er anruft, wird mitgeschnitten. Versuch, ihn so lange wie möglich in der Leitung zu halten.«

Als Nächstes war es Freddy, der an Frank gewandt fragte: »Haben wir irgendeine Ahnung, wer unser Opfer ist?«

Frank gab die Frage an Ella weiter, die abwehrend beide Hände hob. »Ich habe bisher keine Zulassung, die offiziellen Datenbanken einzusehen. Das sollte im Laufe des Nachmittags noch folgen, dann mache ich mich auf die Suche.« Ella wickelte den langgezogenen Kaugummi in kreisenden Bewegungen um ihren Zeigefinger mit dem grün lackierten Nagel, während sie sprach. Frank nahm diese vertraute Geste kaum noch wahr. Sie gehörte zu seiner Kollegin ebenso wie die ständig wechselnden und stets knalligen Farben ihrer Haare.

»Ich schlage vor«, meinte Frank, »Albert kümmert sich um den Obduktionssaal, Ella überprüft die Verkehrskameras der Umgebung und die Identität der Leiche, sobald sie an die Daten kommt, und Freddy analysiert die Handschrift auf dem Zettel, der am Zeh des Opfers gehangen hat.« Er drehte sich zu Tabea. »Wir beide fahren zur Firma *Baudis Bauprofis*. Als ich heute Morgen bei meiner Ankunft am Tatort vorbeigefahren bin, haben sich zwei Mitarbeiter darüber unterhalten, dass sich eine Frau von der Brücke gestürzt hätte. Einer von beiden hat erwähnt, dass er in dem Moment zum Tatort kam, als die Leiche gerade in den Leichensack gelegt wurde. Vielleicht bekommen wir noch ein wenig mehr aus ihm heraus. Möglicherweise ist ihm etwas Ungewöhnliches aufgefallen. Schließlich treibt er sich vermutlich öfter in der Gegend herum.«

Tabea sah Frank erstaunt an. »Bauarbeiter?«, fragte sie irritiert. »Soweit ich informiert bin, sind momentan keine Bauarbeiten rund um die Brücke angesetzt.«

Kapitel 10

»HAST du irgendeine Ahnung, wer dich beobachtet haben könnte? Irgendjemand, der vor Kurzem in dein Leben getreten ist?« Frank schnallte sich an und startete den Motor seines Sportwagens. Nachdem Ella ins System geschaut und gesehen hatte, dass tatsächlich aktuell keine Bauarbeiten rund um die Friedrich-Ebert-Brücke anstanden, war klar, wohin die beiden fahren mussten. »Baudis Bauprofis«, gab er per Spracheingabe ins Navigationssystem ein, bevor er Tabea erneut fragend ansah.

»Du meinst einen neuen Nachbarn oder einen Postboten, den ich noch nicht kenne?«, fragte sie, und er nahm den sarkastischen Unterton in ihrer Stimme wahr. »Nein«, sagte sie dann, »mir ist niemand aufgefallen. Obwohl ich ›gewisse Grundkenntnisse als Polizistin‹ habe.« Tabea sah aus dem Fenster, und er spürte ihre Wut, ging aber nicht darauf ein. »Wie dem auch sei«, meinte sie dann. »Du warst also heute Morgen schon am Tatort. Was haben die Bauarbeiter genau gesagt?«

Frank gab die Unterhaltung wieder, auch die Behauptung, dass Baudi selbst, der »fast ein Augenzeuge« gewesen war, zum Tatort kam, weil er da angeblich etwas zu tun gehabt hätte. Den Rest der Fahrt verbrachten sie schweigend.

Wenig später hatten sie ihr Ziel erreicht. Frank stieg aus und erkannte den Mann vom Morgen bereits aus der Ferne. »Kalle«, rief er ihm zu.

Der Angesprochene brauchte einen Moment, bis er ihn erkannte. Dann hellte sich sein Gesicht auf. »Ach nee«, rief er und spurtete zu Frank und Tabea hinüber. Sein Händedruck war fest und rau. »Was führt dich her? Kannst wohl auch gar nicht genug von Baudis Geschichte kriegen? Das geht hier allen so. Bald wird Baudi ein Internetstar, das kannst du mir glauben. Warte, ich hol ihn schnell. Das ist spannend, sag ich dir. Wird deine Kleine hier beeindrucken.« Und schon wuselte der junge Bauarbeiter zwischen den großen Baumaschinen und einem Kran hindurch, um Baudi zu holen.

»Beide sind etwas geltungsbedürftig. Das habe ich heute Morgen schon bemerkt«, sagte er leise zu Tabea.

Sie nickte und hob eine Augenbraue. »Ich hatte mich schon gefragt, wie du die beiden so einfach zum Reden bekommen hast«, sagte sie und er sah das Zucken in ihrem Mundwinkel. »Aber jetzt verstehe ich es.«

»Ich bin ja fast schon prominent«, rief der ältere der beiden Bauarbeiter hinüber, als er näher kam. »Hast deine Puppe mitgebracht? Na, da will ich mich mal nicht lumpen lassen.« Er grinste breit. »Also, ich wollte die Baustelle bereit machen, als ich einen Schrei gehört hab. Als ich so nach oben guck, seh ich die Kleine springen. Sie ist durch die Luft geflogen und auf den Boden geklatscht. Danach …« Er machte eine spannungsheischende Pause. »Nichts mehr. Die war tot, wie man nur tot sein kann. Ich renne also rüber und fass sie an, so am Hals, wegen Puls und so.«

Kalle mischte sich ins Gespräch ein. »In dem Moment komm ich ausm Auto und Baudi schreit, ich soll 'nen Notarzt rufen. Er drückt auf ihrem Brustkorb rum und ich mach Mund zu Mund, aber es ist zu spät. Sie ist tot, kurz bevor der Arzt kommt.«

Franks Augenbrauen hatten sich im Laufe der Erzählung mehr und mehr hochgezogen. Als die beiden endeten, zückte er seinen Dienstausweis. Er erkannte den Schrecken, der sich in Baudis Augen schlich, als er das Wort *Morddezernat* auf Franks Ausweis gelesen hatte. »Du bist von der Bulle…«, Baudi unterbrach sich und setzte neu an: »Du bist Polizist? Aber das hättest du uns doch sagen müssen. Wir haben doch Rechte.«

Frank schnaubte. »Bis eben war keiner von Ihnen verdächtig«, erklärte er. »Ich hielt Sie einfach nur für schaulustig und wollte fragen, ob Ihnen noch etwas aufgefallen ist. Doch wie Sie uns gerade berichtet haben, sind Sie die letzten beiden Personen, die das Opfer lebend gesehen haben. Und dazu würden wir Ihnen gerne einige Fragen stellen.«

Kapitel 11

»ICH sag nix ohne meinen Anwalt!« Bernhard Bauer verschränkte die Arme vor der Brust und lehnte sich auf dem schmucklosen Stuhl nach hinten, sodass die Lehne unter seinem Gewicht zu knarzen begann. Frank sah auf die Uhr und nickte. »Er wird gleich hier sein«, meinte er und lehnte sich seinerseits zurück. Er sah dem Mann, der sich Baudi nannte, unverwandt in die Augen, während der versuchte, seinem Blick auszuweichen. Frank hielt weder Baudi noch Kalle für verdächtig, und vielleicht war das alles hier zu aufwendig und reine Zeitverschwendung. Aber zumindest hatten sie sich aufteilen können. Tabea war inzwischen sicher fast mit der Befragung Kalles fertig, da dieser keinen Anwalt gefordert hatte. Und vielleicht hatte ja einer von ihnen etwas Auffälliges beobachtet. Darauf hoffte er zumindest.

Mit einem lauten Rumms öffnete sich die Tür des kleinen Zimmers, in dem Bernhard Bauer und Frank sich befanden. Ein kahlköpfiger Mann mit dicker Hornbrille trat ein. Er trug eine Aktentasche unterm Arm und bewegte sich im Stechschritt durch den Raum. Sein maßgefertigter Anzug schien seine besten Jahre schon hinter sich zu haben und dehnte sich einen Hauch zu straff an den Oberschenkeln.

»Nun denn«, sagte der Anwalt, der offenbar keine Zeit verschwenden wollte. »Thomas Gregor, Rechtsbeistand von Herrn Bauer. Ich möchte bitte mit meinem Mandanten allein sprechen.«

Frank stand zähneknirschend auf. Doch reine Zeitverschwendung. »Hören Sie«, bat er, bevor er den Raum verließ. »Ich halte Ihren Mandanten nicht für schuldig. Lassen Sie uns doch …«

Doch der Anwalt sah Frank durch die bierglasdicken Brillengläser hindurch an und erwiderte: »Dann weiß ich wirklich nicht, was wir alle hier tun. Entweder wir beenden das hier also sofort oder Sie lassen mir einen Moment mit meinem Mandanten. Vielen Dank.« Damit drehte er Frank den Rücken zu und setzte sich neben Bernhard Bauer.

Frank verdrehte die Augen, schloss die Tür fester als nötig und traf auf dem Flur auf Tabea. »Ein Anwalt der unangenehmen Sorte«, sagte er, verschränkte die Arme vor der Brust und sah Tabea fragend an.

»Karl Meyer alias Kalle weiß nichts«, meinte sie. »Er ist heute Morgen um Viertel vor fünf zum Tatort gekommen. Da war die Leiche längst weg und alle Spuren bereits gesichert. Er meinte, dass sein Chef Baudi ihn angerufen und ihn dorthin bestellt hätte, weil er beobachtet hätte, dass eine Frau in einen Leichensack eingetütet wurde. Kurz nachdem er selbst am Tatort ankam, sollst du auch schon gekommen sein.«

Frank nickte. »Als ich ankam, war es etwa fünf vor fünf. Das passt also. Ich hoffe, dass wenigstens Bernhard Bauer etwas bemerkt hat. Sonst ist das hier mehr als verschwendete Zeit. Gut gemacht! Also, das mit der Vernehmung.« Frank sah, wie Tabeas Kiefer mahlten. »Ist was?«, fragte er.

Tabea schüttelte den Kopf, überlegte es sich dann jedoch anders. »Es war eine simple Befragung eines unwichtigen Zeugen«, sagte sie schulterzuckend. »Das schafft jeder Streifenpolizist, Frank. Du hattest mich extra vorher gefragt, ob ich es mir zutrauen würde und mir entsprechende Anweisungen gegeben. Und wenn wir ehrlich sind, hätte ich die Befragung ohnehin nicht alleine übernommen, wenn sie wirklich relevant gewesen wäre.«

Frank verengte die Augen. Er hatte höflich sein wollen, doch wenn er ehrlich war, hätte er ähnlich reagiert wie Tabea. Sein Lob war mehr als überflüssig und genau genommen auch substanzlos gewesen. Doch bevor er etwas erwidern konnte, öffnete sich die Tür in seinem Rücken und der Anwalt lief fast in ihn hinein, bevor er merkte, dass Frank unmittelbar vor dem Raum stehen geblieben war. »Sie haben uns doch wohl hoffentlich nicht belauscht?«, fragte er pikiert und Frank warf Tabea einen wissenden Blick zu.

»Doch, doch«, sagte er. »So pflege ich stets meine Arbeit zu machen.« Er verdrehte die Augen und ging an dem Anwalt vorbei.

»Sie sind Bernhard Bauer, vierundvierzig Jahre alt, wohnhaft in Bardowick?«, fragte er der Form halber und sah Baudi dabei prüfend an.

Der Bauarbeiter nickte und begann prompt, draufloszuplappern. »Hör'n Sie«, sagte er, »was ich da vorhin erzählt hab, war natürlich Quatsch. Ist nicht leicht, Aufmerksamkeit zu bekommen, wissen Sie? Und wenn man dann mal die Chance dazu hat, dann muss man die halt nutzen.«

Frank spürte, wie Ungeduld in ihm aufstieg. »Ich habe auch nicht angenommen, dass Sie den Sturz der Frau beobachtet haben«, sagte er. »Dennoch würde ich gerne wissen, wann genau und warum Sie zum Tatort gefahren sind.«

Baudi legte die Hände auf den Tisch und verknotete die Finger ineinander. »War aufm Weg zur Baustelle und musste mal austreten«, gab er zu. »Hab also das Auto unter der Laterne geparkt. Der Schlüssel funktioniert nicht mehr, wissen Sie, ich kanns nicht abschließen, aber da hatte ich's im Auge. Bin also raus und wollte pinkeln, da hab ich auch schon die Absperrung gesehen. Bin einmal schnell hinspaziert, so was sieht man ja auch nicht alle Tage. Hab auch echt nur kurz 'nen Blick rüber geworfen und gesehen, dass die den Sack zugemacht haben. Die haben von 'ner Frau gesprochen. Hab dann Kalle angerufen, dass er kommen soll, aber der Dussel war zu langsam. Da war alles schon gelaufen. Und das war's auch schon.«

Doch Frank spürte, dass das längst nicht alles war. Der Anwalt Thomas Gregor wollte sich gerade erheben, doch Frank ließ den Befragten nicht aus den Augen. »Also fast alles«, sprudelte es aus ihm heraus.

Während Bernhard Bauer sprach, sah Frank, dass dessen Anwalt sich auf seinem Stuhl versteifte. »Hab 'ne fast volle Packung Kippen kurz hinter der Absperrung aufm Boden gefunden und die eingesackt. Musste dafür auch ehrlich nur für 'ne Sekunde auf die andere Seite. Marlboro, genau meine Marke. Die sind teuer geworden, konnte ich doch nicht liegen lassen. Aber dann hab ich wirklich sofort den Kalle angerufen.«

Thomas Gregor hob resignierend die Hände. »Und genau deshalb ist es so wichtig, dass die Mandanten dem Anwalt alles vor der Befragung sagen«, stöhnte er und warf Frank einen Blick zu. »Ich nehme an, Sie hätten gerne die Zigarettenpackung, die mein Mandant vom Tatort entwendet hat?«

Frank spürte das leise Triumphgefühl in sich aufsteigen. Etwas war vom Tatort entwendet worden und sie würden es zurückbekommen. Wenn sie viel – sehr viel – Glück hätten, dann war es dem Täter während des Mordes aus der Tasche und die Brücke hinunter auf die Gleise gefallen. Er meinte: »Das wäre wirklich ganz reizend.«

Kapitel 12

DA bist du. Und du bist bezaubernd schön, so schön! Du siehst aus wie sie – die Haare, die Augen, diese langen Beine. Du bist perfekt.

Ein Bild von dir nach dem anderen. Mal lachend, mal träumend, mal allein und mal mit Freundinnen.

Und mit jedem wirst du schöner. Ein kalter Bildschirm, über den ich streiche, doch das wird nicht mehr lange der Fall sein, mein Herz. Ich weiß, wo du bist, und ich beobachte dich schon seit Langem.

Mit der Schönen vor dir bin ich fertig, und sie war wirklich schön, doch so schrecklich schwach. Du bist nicht schwach, ich weiß es genau. Du bist stark, Liebes, so stark.

Es wird nicht mehr lange dauern, dann bist du bei mir. Dann bist du an der Reihe. Und du wirst stärker sein, mächtiger.

Ich habe hier nicht mehr viel zu erledigen, Honey. Dann mache ich mich auf den Weg. Wir werden uns sehen, und du wirst wissen, dass du zu mir gehörst.

Das glaubst du nicht? Doch, doch! Du kannst mir vertrauen! Denn dass wir uns ganz bald begegnen werden, ist mein Versprechen an dich.

Kapitel 13

»WIESO bist du eigentlich Streifenpolizistin geblieben?«, fragte Frank, biss in sein Sandwich und wischte sich den Mund mit der Papierserviette ab. Nach den abendlichen Befragungen am Vortag hatte das Team Feierabend gemacht, und Tabea war in einen unruhigen Schlaf gefallen. Sie hatte von Zetteln geträumt, die an Zehen befestigt waren, von Bauarbeitern, die eine Frau von der Brücke stürzten, und alles war blau – immer wieder blau. Schweißgebadet war sie am Morgen aufgewacht und hatte den Regler der Dusche auf kalt gedreht. Nachdem sie sich den Schrecken des Vortages vom Körper gewaschen hatte, hatte sie sich in das Café aufgemacht, in dem Frank bereits auf sie gewartet hatte.

Tabea zuckte mit den Schultern. Warum war sie Streifenpolizistin? Nachdem ihr Vater bei einem Unfall mit Fahrerflucht gestorben war, hatte sie sich eigentlich vorgenommen, später einmal ebensolche Täter ausfindig zu machen. Doch dann war alles ganz anders gekommen. »Weiß nicht«, nuschelte sie ausweichend. »Hat wohl am besten zu mir gepasst.« Sie schluckte und stellte nun ihrerseits eine Frage: »Was zieht dich nach Hamburg?«

Er zuckte mit den Schultern und biss in sein Sandwich. Dann sagte er mit vollem Mund: »Hat wohl am besten zu mir gepasst.«

Ein Grinsen breitete sich auf ihrem Gesicht aus. Jetzt waren sie wohl quitt. »Die Zigaretten sind inzwischen bei Freddy?« Erfolgreich wechselte Tabea das Thema und fragte sich, wozu er diese Retourkutsche gebracht hatte. Warum sollte sie etwas von ihrem Privatleben erzählen, wenn Frank sich derart verschlossen ihr gegenüber verhielt? Für einen kurzen Moment blitzte das Bild ihrer Mutter vor ihr auf. Alt und gebrechlich hatte sie ausgesehen, als Tabea sie letzte Woche besucht hatte. Sie schüttelte den Kopf. Ihre private Situation hatte hier nichts verloren. Sie sah Franks versteinerte Miene und verschränkte die Arme vor der Brust. Dieser Mann verwirrte sie. Offensichtlich wollte er etwas über ihr Privatleben wissen, blieb aber selbst vollkommen verschlossen. Er nahm sie Albert Krause gegenüber in Schutz, schmetterte ein ehrlich gemeintes Lob von Ella aus der IT jedoch ab. Wirklich verwirrend.

Plötzlich nickte er und sagte: »Er überprüft sie auf Fingerabdrücke und DNA. Doch da ist kaum noch was zu erwarten, nachdem *Baudi* das Päckchen den ganzen Tag in seiner Hosentasche mit sich herumgetragen und mit Bauschutt verdreckt hat.«

Tabea war einen Moment verwirrt, erinnerte sich dann aber wieder daran, dass sie Frank ja nach den Zigaretten gefragt hatte. Resigniert zuckte sie nun mit den Schultern. »Man sollte meinen, jeder, der sich offensichtlich an einem Tatort befindet, weiß es besser. Ich habe übrigens mit Hartmut von der Spusi gesprochen. Er hat den Bauarbeiter durchaus gesehen, doch, da der sich still hinter dem Absperrband befunden hat, nicht weiter beachtet.« Tabea sah, wie Frank eine Augenbraue hob und wechselte erneut schnell das Thema, bevor er anmerken würde, dass das in *seinem* Team nicht passiert wäre. »Ich gehe davon aus, dass wir nach einem männlichen Täter suchen?«

Frank nickte und kaute noch ein wenig schneller, um zu antworten, doch Tabea kam ihm zuvor. »Weil es sich hier mit großer Wahrscheinlichkeit um eine Serie handelt und solche statistisch gesehen eher von Männern begangen werden. Und weil die brutale Mordmethode eher auf einen Mann als eine Frau hindeutet, richtig?« Tabea ärgerte sich über Franks irritierten Blick. »Auch wenn ich nicht im Morddezernat tätig bin«, erklärte sie, »versuche ich, mich regelmäßig mit entsprechenden Ermittlungstaktiken und Statistiken auseinanderzusetzen.« Frank sah sie fragend an, doch sie winkte ab. »Persönliche Gründe«, sagte sie nur und dachte für den Bruchteil einer Sekunde an ihren toten Vater, bevor sie den Gedanken beiseiteschob.

Die Erklärung reichte Frank offenbar aus. Er wischte sich einen Fleck Salatsoße aus dem Mundwinkel und lehnte sich zurück. »Auch die Art, wie er die Frau angemalt hat, deutet auf einen Mann«, erklärte er. »Auf jeden Fall erfolgte es per Hand, wir haben Pinselhaare auf der Frau gefunden. Das hat schon fast etwas Sexuelles an sich. Aber glücklicherweise ist sie zumindest nicht sexuell missbraucht worden. Außerdem war er ihr körperlich überlegen, ansonsten hätte er sie betäuben müssen, um sie unter Kontrolle zu kriegen, und Betäubungsmittel hatte sie schließlich nicht im Blut.«

Tabea hatte die Augen geschlossen, während Frank gesprochen hatte, stellte sich den Tathergang erneut bildlich vor. Doch in dem Moment, in dem er endete, riss sie die Augen auf. »Wieso hat sie keine Spuren unter den Nägeln?«, fragte sie, ohne auf das vorher Gesagte einzugehen. »Ich würde mich nicht von einer Brücke stoßen lassen, ohne mich zu wehren.«

Frank zuckte mit den Schultern. »Wir wissen, dass er ihr nach dem Sturz nicht nach unten gefolgt ist, die Hände also nicht nachträglich gesäubert wurden. Sie hat ihn demnach während des Mordes nicht gekratzt.« Frank senkte die Stimme, als die Bedienung näher kam und sie fragend ansah. Er schüttelte den Kopf und sie verschwand wieder. Dann sprach er weiter: »Möglicherweise hat sie sich am Geländer festgeklammert und hatte keine Hand frei. Oder aber er hat lange Kleidung und Handschuhe getragen, sodass sie keine Haut zu fassen bekommen hat … Es gibt mehrere Möglichkeiten.«

Tabea biss sich auf die Innenseite ihrer Wange. Mit einem Täter dieser Größenordnung hatte sie es in ihrer Laufbahn noch nicht zu tun gehabt. Er schien an einfach alles zu denken. »War sie gefesselt, als der Täter sie zur Brücke fuhr?«

Frank nickte. »Davon können wir ausgehen. Zwar konnten wir nicht nachvollziehen, ob sich die vorher aufgetragene Farbe durch die Fesseln an den Handgelenken abgerieben hat, weil die Farbe durch das viele Blut an Kopf und Armen ohnehin verwaschen war. Aber der Täter wäre ein hohes Risiko eingegangen, wenn er sie ohne Fesseln zur Brücke gefahren hätte.«

Tabea schoss eine weitere Frage in den Kopf. Noch immer war ihr nicht klar, wie der Tathergang genau gewesen war. »Hat er sie auf dem Beifahrersitz transportiert? Wenn er sie in den Kofferraum gelegt hätte, wären doch sicher entsprechende Spuren an ihr gefunden worden?«

Frank hob die Augenbrauen. »Du bist dir sicher, dass du noch nie im Bereich der Mordkommission tätig warst?«, fragte er, und Tabea wich seinem Blick aus. Der Mann verwirrte sie einfach unglaublich mit diesem Wechsel aus Lob und Abweisung und er erinnerte sie an den Wunsch, als Ermittlerin tätig zu sein. Er war jahrelang in ihr gewachsen, und sie war fest davon überzeugt gewesen, dass sie eines Tages ihren Traum verwirklichen würde. Bis er mit der Erkrankung ihrer Mutter zerplatzt war. Tabea spürte das Hin und Her in sich. Einerseits tat es ihr gut, endlich an dem Platz zu stehen, an dem sie sein sollte. Andererseits wusste sie, dass es nur von kurzer Dauer wäre. Und damit konnte sie nicht umgehen.

»Du hast recht«, bestätigte er ihre Vermutung. »Mit großer Wahrscheinlichkeit hat sie sich im Auto neben dem Täter befunden, möglicherweise hat er, um ganz sicherzugehen, eine Waffe auf sie gerichtet, während sie gefesselt neben ihm saß.«

Tabea sah die blau gefärbte nackte Frau auf dem Beifahrersitz vor sich. Sie atmete tief durch, dann öffnete sie die Augen. Sie musste die Frage stellen, der sie bisher ausgewichen war. »Du sprachst vorhin bezüglich des Anmalens der Frau von einem fast schon sexuellen Prozedere. Was hast du damit gemeint?«

Frank hob die Hand, um der Bedienung zu signalisieren, dass er zahlen wollte. »Das Muster, das der Pinsel auf ihrer Haut hinterlassen hat, war akkurat«, erklärte er, »also eine sehr saubere Linienführung. Er hat großes Interesse daran gehabt, die Frau perfekt anzumalen. Nirgendwo ist die Farbe verwischt oder ungleichmäßig aufgetragen – abgesehen von den Stellen, an denen Blut entlanggelaufen ist, aber das war nachträglich. Er hat präzise gearbeitet, und es würde mich nicht wundern, wenn ihn diese Arbeit erregt hätte. Schließlich hat er sie hierfür vollkommen entblößt.«

Tabea hakte nach: »Die Obduktion hat ergeben, dass sie nicht sexuell missbraucht wurde. Wie lässt sich das erklären, wenn es ihn doch erregt hat?«

Frank zuckte mit den Schultern: »Möglicherweise leidet er unter einer körperlichen sexuellen Störung. Vielleicht ist es auch die Perfektion, die ihn erregt – sehr viel mehr als die Frau an sich. Aber mehr können wir erst verstehen, wenn wir sein Motiv kennen. Für den Augenblick können wir dankbar sein, dass das Opfer nicht auch noch eine Vergewaltigung hat erdulden müssen.«

Tabea stöhnte auf und sah den irritierten Blick, den die Bedienung ihr zuwarf. »Getrennt oder zusammen?«, fragte sie, und Tabea antwortete sogleich mit einem »Getrennt«. Frank aber kramte in seinem

Portemonnaie und sagte: »Ich mach das schon.« Die Bedienung zwinkerte Tabea zu und wandte sich dann direkt an Frank. »Ein Kavalier«, stellte sie fest und nahm den Schein, den er ihr entgegenstreckte.

Tabea wollte sich gerade bedanken, als eine leise, unaufdringliche Melodie die Stille durchbrach. Frank griff zu seinem Diensthandy und führte es ans Ohr. Während er sprach, wanderte sein Blick in Tabeas Richtung. Er nickte, und seine Lippen bildeten einen schmalen Strich, als er auflegte. »Komm mit! Schnell!«, sagte er und eilte aus dem Café.

Kapitel 14

»SAGTE dein Kollege nicht, du hättest ebenfalls ein schnelles Auto?«
Frank verdrehte die Augen, als sich Tabea hinter das Lenkrad ihres alten
Opel Corsa setzte. Doch es half nichts. Lüneburg war eine Fahrradstadt
und in der City waren Autos nur begrenzt erlaubt. Demensprechend war
er gezwungen gewesen, seinen Sportwagen außerhalb der Stadt in einem
Parkhaus abzustellen. Da der Fußweg dorthin weiter gewesen wäre als
der zur Polizeiwache, war er nun auf den Corsa seiner Kollegin
angewiesen.

»Wir kennen die Identität des Opfers«, rückte er mit der Information
heraus, die ihm Ella gerade am Telefon hatte zukommen lassen. Er sah,
wie sich Tabeas Hände um das Lenkrad verkrampften. »Ich mache einen
Teamcall, dann hörst du alles«, sagte er und wählte die Kurzwahltaste,
die er extra für diese Zwecke auf dem Handy eingerichtet hatte.

»Lotta Kahl«, sagte Ella, als sich das Gespräch aufgebaut hatte, ohne
dass Frank sie dazu hätte auffordern müssen. »Fünfunddreißig Jahre alt
und wohnhaft im Roten Feld 22. Dort lebte sie mit ihrem Ehemann
zusammen, der sie vor zwei Tagen als vermisst gemeldet hat. Alle
äußeren Merkmale passen, sowohl Haarfarbe und -länge als auch
Augenfarbe und Körperbau. Ein weiteres Merkmal war die behandelte
und gut verheilte Lippen-Kiefer-Gaumen-Spalte, die Frau Kahl laut
Aussage ihres Mannes gehabt hat.«

Tabea blieb an einer roten Ampel stehen, als Frank ihr das
Handydisplay zudrehte. Ella hatte gerade das Foto der Frau über die
Bildschirme geteilt, sodass alle im Team es nun sehen konnten. Er sah
sie zusammenzucken und ließ ihr einen Moment Zeit, um sich zu
sammeln. Die Frau auf dem Foto war wirklich hübsch und hatte nichts
mehr gemeinsam mit dem zerstörten Gesicht nach ihrem Sturz. Er sah,
wie Tabea neben ihm schwer schluckte. Von der Schönheit der Frau war
nichts geblieben, und ihrer Familie wäre es nicht einmal vergönnt, sie
ein letztes Mal zu sehen. Dennoch waren sie nun einen Schritt weiter:

Ihr Opfer hatte einen Namen bekommen. Frank deutete auf die Ampel, die gerade wieder grün geworden war, und endlich wandte Tabea sich wieder der Straße zu.

»Wir sind schon auf dem Weg«, sagte Frank. »Findet alles über sie heraus. Job, familiärer Hintergrund, mögliche Feinde … Alles, was uns weiterhilft. Bis gleich.« Er legte auf und sah zu Tabea hinüber.

Ihre Hand zitterte, als sie den Blinker setzte, um auf die Einfahrt der durchgegebenen Adresse einzubiegen. »Wie machen wir weiter?«, fragte sie, doch Frank hatte das Auto bereits verlassen, sobald sie stehen geblieben war. Er lehnte sich zurück in den Innenraum und sprach leise.

»Hast du das schon einmal gemacht?« Tabea schüttelte den Kopf, woraufhin er nickte. »Dann einigen wir uns darauf, dass ich das hier übernehme. Ich weiß, wie komisch man sich in einer Situation wie dieser fühlt. Als ich das erste Mal einer Frau mitteilen musste, dass ihr Mann ermordet wurde, hätte ich mich fast übergeben. Halt dich einfach im Hintergrund, das ist gar kein Problem.«

Ohne eine Antwort abzuwarten, knallte er die Tür hinter sich zu und ging zur Haustür. Er ärgerte sich darüber, diesen Balanceakt stemmen zu müssen. Einerseits musste er Tabea gegenüber höflich und verständnisvoll sein, andererseits durfte er sie auch nur so wenig wie möglich involvieren.

Er drückte auf den Klingelknopf, als Tabea an seiner Seite auftauchte. Es dauerte nur Sekunden, bis sich die Tür öffnete.

Frank sah die Panik in den Augen des Mannes, der den Kopf schüttelte, nickte und erneut den Kopf schüttelte. »Herr Kahl?«, fragte Frank und hob seinen Dienstausweis, wobei er den Zusatz *Morddezernat* mit dem Zeigefinger überdeckte. Der Ehemann der Toten machte keine Anstalten, aus dem Weg zu gehen oder auch nur zu sprechen, weshalb Frank fragte: »Dürfen meine Partnerin und ich reinkommen?«

Aus dem Augenwinkel sah er, wie Tabea ihn von der Seite her anblickte. Bestimmt verwirrte sie, dass er sie als seine Partnerin bezeichnet hatte, doch vor allen Beteiligten mussten sie nun einmal als Einheit agieren, auch wenn er weiterhin versuchen würde, sie auf Abstand zu halten. Endlich rückte der Mann von der Haustür ab, drehte sich um und ging voran ins Wohnzimmer. Frank tat es ihm gleich und hörte, wie Tabea hinter ihnen die Tür ins Schloss zog.

»Wo ist sie?«, hörte Frank erstmals die Stimme des Mannes, noch bevor er ins großzügige Wohnzimmer eintrat. Der hellbraune, stilvolle Laminatboden passte perfekt zur Einrichtung. Hier herrschte eine Mischung aus dezentem Schick und Gemütlichkeit, wie Frank es aus kaum einer anderen Wohnung kannte – schon gar nicht aus seiner eigenen, die man höchstens als schmucklos betiteln konnte. Er betrachtete die verspielten weißen Vorhänge, die in anderen Räumlichkeiten altbacken gewirkt hätten, hier jedoch durch die moderne Einrichtung einen besonderen, kontrastreichen Charme erhielten. Frank war sich fast sicher, dass die Wohnung die Handschrift einer Frau trug.

»Sie sind Franz Kahl?«, fragte Frank und der Mann nickte. Seine Hände zitterten und ihm standen bereits Tränen in den Augen.

»Bitte«, flehte der Mann und ließ sich auf einen Stuhl fallen, ohne den Ermittlern einen Platz anzubieten. Dennoch setzte Frank sich dem Mann gegenüber und nickte Tabea kurz zu, damit sie sich ebenfalls an den kleinen runden Esstisch setzte.

»Herr Kahl«, sagte er und spürte eine unangenehme Nervosität in sich aufsteigen. Das war der schwerste Teil des Jobs. »Sie haben den Kollegen mitgeteilt, dass Ihre Frau bereits seit fast sechzig Stunden vermisst …« Doch was er hatte sagen wollen, ging in einem wütenden, verzweifelten Schrei Franz Kahls unter. Er riss die Arme hoch und presste sich die Hände vors Gesicht. Doch auch das dämpfte die Lautstärke kaum. Frank sah, wie Tabea sich in den Oberschenkel kniff. Und auch er war sich vollkommen sicher, dass er diesen gutturalen, fast schon tierischen Laut in seinem ganzen Leben nie mehr vergessen würde. Nicht zum ersten Mal hörte er so etwas, und jeder einzelne dieser Momente hatte einen festen Platz in seiner Erinnerung.

»Ist sie tot?« Franz Kahl sprang vom Tisch auf und sein Stuhl fiel krachend hinter ihm zu Boden. »Sagen Sie, dass sie nicht tot ist!« Er packte Frank bei den Schultern und schüttelte ihn. Dieser griff nach den Handgelenken des Mannes, während Tabea den umgefallenen Stuhl aufhob und zu Franz Kahl hinüberschob.

Frank löste dessen Hände von seinen Schultern und drückte ihn zurück auf den Stuhl. »Herr Kahl«, sagte er und durchbohrte ihn mit seinem Blick. »Ist es richtig, dass Ihre Frau seit rund sechzig Stunden verschwunden ist?«, fragte er erneut.

Franz Kahl warf einen Blick auf die Uhr und nickte. »Ja«, meinte er. »Sie hätte am Donnerstag zur Mittagszeit zu Hause sein sollen. Wir hatten meine Eltern für dieses Wochenende eingeladen und wollten einkaufen gehen. Aber sie ist nicht hier angekommen, obwohl sie pünktlich von ihrer Arbeit aufgebrochen ist.«

Frank nickte langsam. »Wo arbeitet sie?«, fragte er. Er musste wissen, aus welchem Umfeld Lotta Kahl mitten am Tag entführt worden war. Und wenn er ihm erst einmal vom Tod seiner Frau erzählt hätte, würde er keine Information mehr aus ihm herausbekommen. »Erst befragen, dann informieren«, erinnerte er sich an die Worte seines ersten Einsatzleiters, der ihm fast alles, was er heute konnte, beigebracht hatte.

»Sie ist Psychologin im PKL«, hörte er den Ehemann antworten. Frank nahm wahr, wie Tabea sich auf ihrem Stuhl versteifte und sah sie fragend an.

»Psychiatrisches Klinikum«, raunte sie ihm zu. Und anders als vereinbart wandte sie sich an den Ehemann der Getöteten. »Ist sie am Donnerstag mit öffentlichen Verkehrsmitteln oder mit dem eigenen Pkw gefahren?«

Frank bemühte sich, ihren Blick einzufangen, wollte sie darauf aufmerksam machen, dass er allein mit dem Mann sprechen wollte, doch sie sah ihn nicht an.

»Mit unserem Audi«, antwortete Franz Kahl, und seine Hände wollten nicht aufhören zu zittern. »Der hat bis heute, als ich ihn abgeholt habe, noch immer auf dem Parkplatz gestanden. Sie ist also nicht mal ins Auto gestiegen.«

Frank holte Luft, um die nächste Frage zu stellen, doch Tabea kam ihm ein weiteres Mal zuvor. »Der Parkplatz ist nicht groß«, sagte sie. »Und von nahezu allen Seiten aus einsehbar. Ist es möglich, Herr Kahl, dass Ihre Frau nach der Arbeit noch zu Fuß irgendwo hingegangen ist, bevor sie nach Hause kommen wollte?«

Frank hatte Mühe, seinen Unmut hinunterzuschlucken. Er musste zugeben, dass Tabea ihm mit ihrer Ortskenntnis und den daraus resultierenden gezielten Fragen einen Schritt voraus war. Es machte auch alles durchaus Sinn, dennoch hatten sie eine Vereinbarung gehabt. Und wenn Tabea in diesem Fall mitmischen wollte, hatte sie sich an die Absprachen zu halten. Für den Bruchteil einer Sekunde flackerte das Bild Emelies vor seinem inneren Auge auf. Ihre bleiche Haut, ihre glasigen, leeren Augen. Frank verdrängte den Gedanken und sah dann wieder den Ehemann der Toten an. Der schüttelte energisch den Kopf. Er hob sein Smartphone und öffnete eine Nachricht. »Sie ist nirgendwo mehr hingegangen, sie wollte gleich nach Hause fahren«, sagte er und öffnete die Sprachnachricht auf seinem Handy. »Hören Sie selbst.« Er spielte die Message ab. »Hey Darling. Hab jetzt Feierabend«, sagte die fröhliche weibliche Stimme. »Ich düse jetzt raus und fahre los. Hol schon mal die Einkaufsliste, dann kannst du direkt reinspringen, wenn ich ankomme. Lieb dich!«

Frank fing Tabeas Blick auf. Wenn es so gewesen war, musste der Täter Lotta Kahl direkt von einem belebten Parkplatz aus entführt haben. Frank nickte. Momentan gab es keine Fragen, die sie weiterbringen konnten. Er sah, wie Tabea sich erneut neben ihm versteifte, wissend, was nun folgen würde.

Kapitel 15

»ICH fahre«, hörte sie Frank raunen, während Tabea fahrig versuchte, das Auto zu öffnen. Ihr war schlecht und ihre Hände zitterten. Sie sah ihn dankbar an, hätte sie doch vermutlich nicht einmal mehr den Zündschlüssel ins Schloss bekommen. Sie ließ ihn in seine offene Hand fallen und wandte sich in Richtung Beifahrerseite. »Navigiere mich zu einem ruhigen Ort«, sagte er und Tabea hörte den hohlen Klang ihrer eigenen Stimme, als sie seiner Anweisung nachkam.

Nach einer kurzen Fahrt hielt er auf einem Rastplatz. »Aussteigen«, sagte er nur, und sie kam widerspruchslos seiner Aufforderung nach. Für einen kurzen Moment dachte Tabea, dass er sauer wäre, weil sie sich nicht an die Absprache gehalten hatte. Doch dann wurde seine Stimme weicher, als er sie aufforderte: »Und jetzt einige Male tief durchatmen.«

Tabea atmete mehrmals durch die Nase und stieß die Luft langsam durch ihren zu einem O geformten Mund wieder aus. Sie spürte, wie das Zittern ihrer Hände nachließ. Dafür stiegen ihr nun Tränen in die Augen. Sie wandte sich von Frank ab und versuchte, sie unauffällig wegzuwischen. Er war höflich genug, es nicht zu erwähnen.

»Wie habt ihr das gemacht?«, fragte sie, als sie sich sicher war, dass ihre Stimme sie nicht im Stich lassen würde.

In dem Moment, in dem Franz Kahl ein Foto seiner toten Frau hatte sehen wollen und Franks Hand zu seiner Hemdtasche wanderte, hätte sie am liebsten laut »Nein« geschrien.

»Bildbearbeitung. Ella hat das Gesicht der Frau am Computer rekonstruiert, damit wir Material haben, um sie zügig identifizieren zu können. Natürlich wird ihre Zahnbürste«, er deutete auf seine Tasche, in der er den Beweismittelbeutel verstaut hatte, »abschließend sicherstellen, dass es sich bei der Toten um Lotta Kahl handelt. Aber wir können nun mit großer Wahrscheinlichkeit davon ausgehen, dass wir recht haben«, antwortete Frank, und Tabea hatte erneut

Schwierigkeiten, das Zittern ihrer Unterlippe in den Griff zu bekommen. Sie dachte an das Bild zurück, das der Ermittler dem Ehemann der Toten zur Identifikation vorgehalten hatte. Auf keinen Fall hätte Frank dem Ehemann ein Bild seiner toten Frau in deren jetzigem Zustand zeigen können. Die herausstehenden Knochen waren viel zu verstörend, als dass der Mann diesen Anblick hätte ertragen können. Vielleicht hätte er sie ohne die Rekonstruktion nicht einmal wiedererkannt. Doch auf dem Foto hatte Lotta Kahl wie schlafend gewirkt.

»Und wenn der Mann sie sehen will?«, fragte Tabea und sah den Ermittler nun unverwandt an. »Wie soll er das Foto mit seiner Frau in Einklang bringen, wenn er sie im Saal identifizieren möchte?«

Frank legte eine Hand auf ihre Schulter. »Wir wissen, was wir tun«, sagte er und klang so distanziert wie immer. »Wir haben häufig mit Opfern zu tun, deren Anblick kaum zu ertragen ist. Unter anderem aus diesem Grund arbeiten wir mit Albert zusammen.«

Tabea zog die Augenbrauen zusammen. Was hatte der Rechtsmediziner hiermit zu tun?

»Albert ist nicht nur Rechtsmediziner, sondern auch einer der wenigen und der besten Rekonstrukteure für Gesichter«, erklärte Frank. Tabea erinnerte sich daran, wie Albert Krause während der Obduktion die Fähigkeiten der plastischen Chirurgen hervorgehoben hatte.

»Heißt das …«, begann sie ihre Frage, doch Frank nickte bereits. »Die Hinterbliebenen müssen mit extrem viel Leid umgehen. Wenn sie darauf bestehen, ihre Angehörigen zu sehen – wovon ich ihnen grundsätzlich bei besonders schweren Verbrechen abrate –, richtet Albert sie so weit wieder her, dass der Schock nicht größer wird, als er ohnehin schon ist. Die Gesichtsrekonstruktion dient der Identifikation von Leichen und wird vor allem bei Brandopfern oder stark verwesten Leichen angewandt. Doch ich bin der Meinung, dass niemand sich einen verstümmelten Angehörigen ansehen sollte, weshalb Albert in solchen Fällen zumindest das Gesicht vor der Identifikation rekonstruiert.«

Tabea spürte, dass sie sich endlich wieder unter Kontrolle hatte. »Du musst mich für eine grottenschlechte Polizistin halten«, sagte sie. Sie war wütend auf sich selbst und schnäuzte sich geräuschvoll die Nase. Dann ließ sie das Taschentuch in ihre Jackentasche gleiten und stieg ins Auto.

Sie spürte seinen Blick auf sich, als er neben ihr Platz nahm. »Im Gegenteil«, sagte er, doch noch immer konnte und wollte sie ihm ihr verweintes Gesicht nicht zuwenden. »Ich würde dich für eine schlechte Polizistin halten, wenn du beim ersten Fall dieser Art anders reagieren würdest.«

Kapitel 16

»WIE geht es jetzt weiter?« Tabea sah ihren Kollegen fragend an. Sie wusste genau, warum Frank sein Job so wichtig war. In dem Moment, als sie den Ehemann der Toten zusammenbrechen gesehen hatte, hatte sie einen brennenden Schmerz in sich gespürt. Wie ein Feuer war er durch ihren Körper gerast und hatte sie vollkommen in Besitz genommen. Der Wunsch, ihm zu helfen, war in ihr aufgeflammt, und seit Langem spürte sie mal wieder den unbedingten Willen, mehr zu sein als eine Streifenpolizistin. So wie sie es gewollt hatte, als ihre Mutter damals zusammengebrochen war, zu einer Zeit, als diese sich noch an ihren Mann erinnern konnte.

Tabea musste den Mann finden, der dieser Familie so viel Leid zugefügt hatte, würde alles dafür geben, ihm bald gegenüberzustehen und ihn festzunehmen. »Bringen wir die Zahnbürste ins Labor?«, fragte sie, doch Frank schüttelte den Kopf.

»Fahr mich zum Tatort«, antwortete Frank.

Tabea sah ihn fragend an. »Du hast doch den Tatort schon begutachtet, als du gestern Morgen angekommen bist«, sagte sie.

Frank schüttelte den Kopf. »Da war es noch dämmrig, und ich hatte mir ohnehin vorgenommen, noch einmal mit dir zusammen und bei Tageslicht die Bahnstrecken anzusehen. Der Täter wird ebenfalls zu unterschiedlichen Tageszeiten vor Ort gewesen sein, und ich muss wissen, was genau er gesehen hat.«

Tabea verstand. Sie wusste, wie unterschiedlich Tatorte wirken konnten, je nachdem, wann und unter welchen Umständen man sie betrachtete. Erinnerungen flackerten in ihr auf.

Unfall mit Fahrerflucht – Sechsjährige Tochter sieht ihrem Vater beim Sterben zu und *Der Anblick, den sie niemals vergessen wird*, hatten die reißerischen Schlagzeilen gelautet. Erst als sie älter war und lesen konnte, hatte sie die entsprechenden Berichte im Internet gesucht und gefunden. Doch sie hatten sie nicht berührt. Die Bilder des zerstörten

Wagens ihres Vaters hatten sie vollkommen kaltgelassen. Auch die Blutlache auf dem Boden und der danebenliegende schwarze Leichensack, den die hemmungslosen Journalisten abgelichtet und veröffentlicht hatten, hatten nichts in ihr ausgelöst. In ihren Gedanken hatten weder die Fotos noch der Text etwas mit dem zu tun, was sie damals erlebt hatte. Sie hatte nach dem Unfall nur das Wageninnere gesehen, hatte kopfüber in den Gurten gehangen und sich gewundert, warum der Fahrersitz leer war. Entgegen der Nachrichten hatte sie ihren Vater, der durch die Windschutzscheibe hinausgeschleudert worden war, von ihrem Sitz aus nicht sehen können. Dass er tot war, hatte sie erst Stunden später im Krankenhaus erfahren. So lange hatte sie dann die Person gesucht, die den Unfall damals verursacht hatte. Sie hatte als Kind mit primitiven Mitteln ihre Ermittlungen aufgenommen und später auch das nötige Wissen aus ihrer Ausbildung zur Polizistin genutzt. Doch tief in sich wusste sie, dass sie die Person, die auf die Gegenfahrbahn geraten und somit das Auto ihres Vaters von der Straße abgedrängt hatte, niemals finden würde.

»Tabea?« Franks Stimme riss sie aus ihren Gedanken. »Bist du sicher, dass du fahren kannst?«

Tabea zwinkerte. »Natürlich«, meinte sie und fühlte sich zu einer Erklärung verpflichtet. »Ich musste nur an etwas denken.« Sie setzte den Blinker, sah in den Rückspiegel und trat aufs Gaspedal. Sie wechselten kein Wort, bis sie die Brücke erreicht hatten.

»Das gibt es doch nicht!« Schon von Weitem erkannte Tabea, dass die Brücke längst nicht so leer war, wie sie hätte sein sollen. Eine Unmenge an Reportern stand hinter dem Geländer, und einige von ihnen hängten sich wagemutig darüber, während sie versuchten, die letzten Spuren blutigen Rots zu erblicken, die sich unter ihnen ausgebreitet hatten. »Wer hat die informiert?« Tabea sah ihren Kollegen an, doch der schüttelte unwissend den Kopf.

»Normalerweise«, sagte er, »kommen die nur, wenn Passanten etwas mitbekommen und sie informiert haben, wenn wir Presseberichte herausgeben oder wenn sie illegal den Funk abgehört haben. Dann sind sie in der Regel aber schon kurz nach uns vor Ort. Dass sie sich zwei Tage später an einem Tatort tummeln, kann eigentlich nur bedeuten, dass jemand ihnen nachträglich einen Hinweis gegeben hat.«

Tabea riss erstaunt die Augen auf. »Wer sollte das getan haben?«, fragte sie, doch Frank war bereits aus dem Wagen gestiegen. Tabea sah, wie sich einige der Journalisten ihr und Frank zuwandten, da sie vermuteten, dass er in dem Fall ermittelte.

»Wer wurde hier ermordet?«, rief eine laute Stimme, und Tabea ordnete sie einem dunkelhaarigen, kräftig gebauten Reporter zu, der Frank sofort sein Aufnahmegerät unter die Nase hielt. Eine junge Frau quetschte sich durch die Menge nach vorn und hielt nun ebenfalls einen kleinen schwarzen Kasten in Franks Richtung. Tabea beobachtete die Meute Reporter, die der Brüstung nun gänzlich den Rücken gekehrt hatte. »Ist es richtig, dass eine Polizistin einen Anruf von einem Mann erhalten hat, der sie zum Tatort lotste?«

Tabea zog erstaunt die Augenbrauen hoch, als sie die Stimme der Journalistin durch die Windschutzscheibe hindurch hörte. Da die Brücke bereits freigegeben war, war es nicht verwunderlich, dass sich Menschen dort aufhielten. Mit der Traube von Reportern, die die Straße nahezu blockierten, hatte sie hingegen nicht gerechnet – und noch viel weniger damit, dass sie konkretes Wissen über den Fall haben würden.

»Kein Kommentar«, hörte sie die Stimme Franks und stieg nun ebenfalls aus dem Wagen. Ein kalter Windzug kam ihr entgegen, und sie spürte ein Frösteln. Inzwischen redeten alle Reporter durcheinander, kein einziges Wort war mehr zu verstehen. Sie ging zu Frank hinüber und drängelte sich ebenfalls durch die Menschentraube. Auch ihr flogen mehrere Fragen um die Ohren. Erschrocken stellte sie fest, dass die Reporter – abgesehen vom Namen des Opfers – nahezu alle Fakten kannten.

»Bereich absperren?«, raunte sie Frank ins Ohr, doch er schüttelte den Kopf.

»Wir gehen runter«, sagte er und zog Tabea mit festem Griff hinter sich her. Da die Umgebung rund um die Gleise nicht von Passanten betreten werden durfte, würden die beiden dort ihre Ruhe haben.

Und so war es dann auch, als sie unten ankamen. Doch die Reporter sahen gebannt von der Brücke hinunter und hielten ihre Mikrofone in Tabeas und Franks Richtung, wohl darauf hoffend, dass ihre Stimmen zu ihnen hinaufgetragen würden.

Frank sah vom Fuß der Brücke aus nach oben, und sofort war das wilde Klicken der Kameras zu hören. Doch während sie von dem medialen Ansturm vollkommen überfordert war, schien er diesen ausblenden zu können. Frank holte sein Diensthandy hervor und öffnete die Datei mit den Beweisfotos. Tabea erhaschte einen Blick auf die Bilder, auf denen Lotta Kahl aus unterschiedlichen Perspektiven zu sehen war.

Frank sah zwischen den Fotos und dem eigentlichen Tatort hin und her. Auch Tabea versuchte, etwas zu erkennen, wusste jedoch nicht, wonach Frank suchte. Sie verhielt sich still, gab dem Ermittler Zeit, das zu sehen, was sie bereits gesehen hatte. Ihre eigenen Gedanken hingegen widmeten sich den Menschen, die auf der Brücke standen. Wer hatte sie informiert? Es musste ein Insider sein, denn es wusste kaum jemand davon, was in der Mordnacht geschehen war.

»Verdammt noch mal, du Penner!« Tabea sah auf, als sie den Schrei von oben hörte. Sie erkannte, dass einer der Reporter Mühe hatte, die Balance zu halten, nachdem er sich gefährlich weit übers Geländer gebeugt hatte. Sie sah die Rangelei zweier Männer, hörte die Beschuldigung, einer von ihnen hätte den anderen fast hinuntergestoßen.

»Ignorieren, solange keiner von ihnen fällt«, sagte Frank, der das Handy zurück in seine Jackentasche gleiten ließ. Erstaunt sah Tabea ihn an, doch er zuckte nur mit den Schultern. »Sie sind hemmungslos und arbeiten auf eigenes Risiko«, sagte er. »Und in der Regel geschieht den Geiern auch nichts.« Er drehte sich um und wollte wortlos den Rückweg antreten, doch Tabea hielt ihn auf.

»Was ist dir aufgefallen?«, fragte sie leise, falls die Mikrofone der Reporter wirklich so gut waren, dass sie ihre Stimmen auf diese Entfernung einfangen konnten.

Frank holte das Handy erneut hervor, doch Tabea entging sein Widerstreben nicht. »Hier«, sagte er und deutete auf die leere Gleisstrecke. »In der Mordnacht stand hier kein Güterzug.«

Tabea sah sich um. Und tatsächlich befanden sich aktuell auf mehreren Gleisen mit Graffiti besprühte Züge.

»Nachts suchen nicht selten Obdachlose Schutz in den leeren Waggons«, erklärte Frank. »Das hätte den Täter gestört.«

Tabea nickte. »Er muss sich vorher informiert haben, ob hier in der Nacht irgendwelche Züge abgestellt werden«, sagte sie und öffnete den Mund. »Das heißt«, schlussfolgerte sie, »er muss Kontakt zum Bahnpersonal aufgenommen haben.« Tabea spürte, wie die Aufregung in ihr wuchs, als sie eilig zum Auto ging. Endlich schienen sie eine erste handfeste Spur zu haben.

Kapitel 17

»WOHER haben die Geier ihre Infos?«, fragte Frank, nachdem er und Tabea sich durch die Journalisten zurück ins Auto gekämpft hatten. Er hasste Journalisten und würde daraus auch keinen Hehl machen. Die Sensationslust in ihren Augen, die Gier danach, den reißerischsten Bericht mit möglichst schockierenden Fotos zu veröffentlichen, hatte er schon immer widerwärtig gefunden. Er mochte nicht einmal daran denken, wie es sich für Angehörige anfühlen musste, derartige Schlagzeilen und Bilder überall sehen zu müssen. Er war sich sicher, sie würden sogar unverpixelte Fotos von grausam zugerichteten Leichen veröffentlichen, wenn sie es dürften.

»Von mir wissen sie nichts«, sagte Tabea und trat aufs Gaspedal. Sie mussten möglichst schnell zurück, um das Team im Präsidium über die neuesten Erkenntnisse zu informieren.

»Ich habe dir nichts dergleichen unterstellt«, sagte er und hörte, dass seine Stimme gereizter klang als nötig. »Dennoch muss es irgendjemand gewesen sein.«

»Die Bauarbeiter?«, hörte er sie fragen, doch sie beantwortete ihre Frage selbst, bevor Frank auch nur den Kopf schütteln konnte. »Blödsinn«, sagte sie und hektische Flecken breiteten sich auf ihren Wangen aus. »Die haben ja gedacht, die Frau hätte sich selbst umgebracht, und von uns haben sie keine Insiderinformationen bekommen.« Tabea legte den Kopf schief. »Ich kann es mir nur so erklären, dass der Täter selbst die Presse informiert hat. Außer deinem Team, meinem Chef und Tobi weiß niemand etwas von dem Fall – schon gar nicht von dem Anruf bei mir.« Ihr Blick huschte zu ihm hinüber und er versuchte, seine Gefühle zu verbergen, doch zu spät. Tabea setzte den Blinker und fuhr das Auto an den Straßenrand. »Für Tobi lege ich meine Hand ins Feuer. Er hat die Presse ganz sicher nicht informiert«, sagte sie.

Und in der Tat hatte Frank kurz den Verdacht gehegt, der kauzige Mitarbeiter, der in der Mordnacht in der Dienststelle gewesen war, könnte die undichte Stelle sein. »Manchmal«, sagte er und gab sich Mühe, sich möglichst vorsichtig auszudrücken, »stellen wir erstaunt fest, dass wir uns die Hand verbrannt haben.«

Der Blick, den sie ihm zuwarf, sprach Bände. »Und manchmal«, sagte sie mit zusammengebissenen Zähnen, »liegen wir richtig. Ich behaupte, ein gewisses Maß an Menschenkenntnis zu besitzen, und Tobi ist mein engster Vertrauter auf der Dienststelle. Er ist mein Freund.« Die Polizistin deutete auf die zarte Narbe auf ihrer Wange, die Frank bereits bei ihrem ersten Aufeinandertreffen letzte Nacht aufgefallen war. »Wäre Tobi nicht gewesen«, sagte sie, »wäre weit mehr als diese Narbe von einem meiner ersten Einsätze übrig geblieben. Ich war unerfahren und hatte die Anzeichen nicht bemerkt, als ich einen Betrunkenen aus einem Auto gezogen habe. Tobi war schneller. Er hat geschossen, bevor der Mann ein zweites Mal mit dem Messer zustoßen konnte. Ihn als Freund zu haben, ist verdammt viel wert. Befrage ihn, wenn du mir nicht vertraust, aber ich sage dir: Tobi war es nicht!«

Frank atmete tief durch, bevor er antwortete. »Eure Freundschaft in allen Ehren. Aber ich werde ihn tatsächlich befragen. Das werde ich müssen.« Ihre Augen schienen Funken zu sprühen, doch er sprach weiter. »Ich werde mit jedem sprechen, der Insiderinfos hat – mit jedem in deinem und jedem in meinem Team. Wir werden auch die Journalisten auffordern, ihren Informanten zu nennen. Das gehört zu einer Mordermittlung dazu, Tabea. Wir müssen unbedingt herausfinden, ob der Anruf bei der Presse vom Täter oder von einem unserer Leute ausgegangen ist. Sollte der Täter nur dich allein angerufen haben, hat er ein persönliches Interesse an dir. Sollte er jedoch selbst die Presse informiert haben, geht es ihm auch um Aufmerksamkeit. Es ist wichtig, dass wir verstehen, warum er wie handelt und deshalb dürfen wir auf keinen Fall ohne Beweise von einer der beiden Möglichkeiten ausgehen. Das Risiko, ein falsches Bild von ihm zu bekommen, ist viel zu hoch. Dieser Fehler ist mir vor Jahren einmal passiert, und ein solches Desaster wird es kein weiteres Mal geben.«

Während er sprach, wich die Härte aus ihrem Blick, und ihre Hände entkrampften sich.

Er fragte: »Wie wäre es, wenn du versuchst, bei der Presse herauszufinden, wer ihr Informant war? Sie werden versuchen, dessen Identität geheim zu halten, aber vielleicht gelingt es dir dennoch, Infos aus ihnen herauszubekommen. Ich kümmere mich in der Zwischenzeit um deinen Kollegen.«

Doch Tabea schüttelte den Kopf. »Wir sprechen gemeinsam mit Tobi, danach kann ich die Presse befragen«, sagte sie, und er erkannte, dass es sich nicht um eine Bitte, sondern vielmehr um eine Forderung handelte. Er nickte, denn er hätte ebenso gehandelt wie sie.

Sie parkte das alte, rostige Auto vor der Polizeidienststelle und öffnete die Tür. »Was ich noch sagen wollte«, ergänzte sie, bevor er aussteigen konnte, »ich weiß nicht, was damals bei dir geschehen ist, aber ich werde unseren Fall nicht gefährden. Ich möchte den Mann ebenso gerne finden wie du. Und ich kann auf mich selbst aufpassen. Das hier«, sie deutete auf die Narbe auf ihrer Wange, »wird mir kein zweites Mal passieren.«

Frank ärgerte sich darüber, die Andeutung gemacht zu haben. Wider besseres Wissen hatte er ein Stück seiner Vergangenheit preisgegeben. Er spürte, dass ihre Wut nicht allein daher rührte, dass er Tobi verdächtigte. Sie ahnte, dass er versuchte, sie so weit wie möglich aus dem Fall herauszuhalten, und das schien ihr nicht zu gefallen.

Frank sah Tabea hinterher, die ihm entschlossen die Autoschlüssel zugeworfen und sich auf den Weg in die Dienststelle gemacht hatte. Er sah, wie sie das Handy herauszog und es ans Ohr hielt. Als sie sich ihm zuwandte, wirkte sie überrascht und öffnete ihren Mund zu einem kleinen »Oh«. Frank stieg eilig aus dem Auto. Doch noch während er über den Parkplatz eilte, beendete sie das Telefonat und verschwand im Inneren des Präsidiums. Er wurde schneller und öffnete schwungvoll die Tür zum Haupteingang, wo er abrupt zum Stehen kam. Tobi stand im Raum und kaute auf einem Donut herum. Neben ihm befand sich ein ihm fremder in Uniform gekleideter Mann, der düster dreinschaute.

Tabea drehte sich zu Frank um und ließ das Handy, das er als ihr Privattelefon erkannte, sinken. Sie blickte ihn mit hochgezogenen Augenbrauen an und deutete mit einem leichten Nicken auf die Männer hinter sich.

»Ich weiß, wer sie informiert hat«, sagte sie leise und sah verletzt und wütend aus. Franks Blick huschte zu Tobi, doch sie schüttelte den Kopf. »Es war nicht Tobi. Und auch nicht der Täter. Es war Hubert. Wir hatten in der Mordnacht gemeinsam Schicht, und er ist gefahren, kurz nachdem der Anruf einging. Anscheinend hat er jedoch genug mitbekommen, um die Presse zu informieren. Oder hast du es in der Dokumentation gelesen, Hubert?«

Frank sah Tabea zögernd an, doch die schritt bereits durch den Raum, um vor dem ihm fremden Polizisten stehen zu bleiben. »Wieso hätte ich das tun sollen?«, fragte er und klang aufrichtig.

Frank wollte gerade das Wort ergreifen, doch da fuhr Tabea schon fort: »Die Frage wirst du uns beantworten müssen und nicht umgekehrt. Und zwar in Vernehmungsraum eins.« Frank sah, wie sich Tobi unaufgefordert dem Polizisten namens Hubert näherte und den zeternden Mann in einen der hinteren Räume brachte.

»Moment noch«, sagte er, als Tabea ihnen folgen wollte. »Klärst du mich bitte auf? Wie kommst du auf die Idee, dieser Hubert könnte die Presse informiert haben? Dass er etwas vom Anruf des Täters auf deinem Handy mitbekommen haben könnte, ist als Beweis ziemlich dünn.«

Sie deutete auf das Handy in ihrer Hand. »Ich habe einen zweiten Anruf bekommen«, erklärte sie. »Es war wieder der Täter.«

Frank sprach, bevor er nachdachte: »Tabea, das hättest du mir sofort sagen müssen.« Er schaffte es nicht, die Gereiztheit in seiner Stimme zu unterdrücken. »Ich hätte die Chance gehabt, seine Stimme zu hören – einzugreifen. Denkst du, du musst hier etwas beweisen?« Er sah, dass er sie empfindlich getroffen hatte, und im selben Moment tat es ihm leid. Und dennoch: So grobe Schnitzer konnten sie sich nicht erlauben.

»Keine Sorge, Kollege«, sagte sie und betonte das letzte Wort überdeutlich. »Er hat sofort aufgelegt, weshalb du ohnehin nicht hättest eingreifen können. Und seine Stimme wirst du hören. Schließlich wird mein Handy abgehört und die Anrufe werden aufgezeichnet, nicht wahr? Er hat nur angerufen, um mir zu empfehlen, dass Hubert die Presse besser raushalten sollte. Er sagte, sonst würden wir es allesamt bereuen.«

Kapitel 18

ICH lasse das Handy sinken. Tabsis lautes Atmen, ihr Bemühen, mich mit Schweigen zu strafen und dennoch ihr Keuchen am anderen Ende. Das macht mir eine Gänsehaut auf dem ganzen Körper. Sicher hat sie sich umgedreht, Ausschau nach mir gehalten, sich gefragt, wie ich so schnell erfahren konnte, dass die Presse informiert wurde.

Ist sie traurig, entsetzt? Ein Polizist, mit dem sie seit Jahren arbeitet, einer, den sie nicht mag, ja, aber dennoch: Er ist ein Verräter?

Doch sie sieht mich nicht, denn ich bin nicht in ihrer Nähe, nicht bei ihr, nicht ... bei ... ihr!

Denn ich bin bei dir. Endlich ist es so weit. Ich habe den perfekten Ort gefunden, um unsere gemeinsame Zeit zu beginnen. Niemand außer uns ist hier, Honey. Niemand wird uns sehen. Auch du siehst mich nicht, doch du wirst mich bald spüren. Ich bin dein Schatten. Unauffällig an deiner Seite, und ich verlasse dich nie.

Jetzt werden wir gemeinsam herausfinden, wie stark du bist, nicht wahr? Wir werden gemeinsam ...

Hey, du Miststück! Das tut weh!

Ich starre auf mein Handgelenk, sehe den Abdruck deiner Zähne, spüre den scharfen Schmerz. Ich reiße dich am Haarschopf nach hinten.

Hat deine Mutter dir denn nicht beigebracht, dass man nicht beißen darf, Darling? Ich habe das schon gewusst, als ich noch ganz klein war. Ich erinnere mich, wie meine Mutter mir einen Wackelzahn herausgerissen hat, als ich es irgendwann doch noch mal versuchte. Einen Zahn ...

Es blutet so stark, Darling, und dein Schrei war laut, so laut. Doch wer beißt, muss es mit einem Zahn büßen, weißt du das denn nicht?

Und nun bist du still, hast endlich aufgehört zu schreien. Verzeih, dass ich dich festbinden musste. Aber nachdem du mich treten wolltest, blieb mir gar nichts anderes übrig. Ich sorge nur für dich, Darling. Will dich stark machen, verstehst du?

Ich schließe den Kofferraumdeckel und lehne mich hinunter, als ich deine dumpfen Tritte höre. Wenn du nicht still bist, werde ich für Stille sorgen, weißt du? Bleib ruhig liegen, Darling. Es ist auch nicht weit, das verspreche ich dir. Bald werden wir an dem Ort sein, an dem wir deine Stärke prüfen können. Und dann finden wir gemeinsam heraus, ob du belohnt oder bestraft gehörst, Honey!

Runde zwei hat begonnen.

Kapitel 19

»HUBERT, wieso hast du die Presse über unseren laufenden Fall informiert?«

Frank sah, wie Tabea sich weit über den Tisch gebeugt hatte, vor dem Hubert Lange bereits seit mehr als einer halben Stunde saß, aber beharrlich schwieg. Der Polizist würdigte sie keines Blickes und Frank spürte, dass sie so nicht weiterkämen. Er hörte die Wut in Tabeas Stimme und sah das arrogante Grinsen Hubert Langes, der sich über ihre Verzweiflung immer mehr zu freuen schien.

Frank ließ seinen Blick durch den leeren Raum wandern, sah die Kamera unter der Decke, die die Vernehmung aufzeichnete und die in diesem Moment zweifelsohne von mehreren Mitarbeitern des Präsidiums aufmerksam beobachtet wurde.

»Wir brechen ab«, sagte er und sah, wie Tabea zum Protest den Mund öffnete. »Sofort!« Seine Stimme war schneidend, und er fasste Tabea nachdrücklich an der Schulter, um sie zum Verlassen des Raumes zu bringen.

»Was soll das?«, protestierte sie gereizt, als sich die Tür des Vernehmungszimmers geschlossen hatte. Sie wischte sich fahrig über den Mund und ballte die Hände zu Fäusten.

Frank spürte Wut in sich aufsteigen. Musste er ihr tatsächlich ein weiteres Mal erklären, dass er wusste, was er tat? Sie brauchten eine Antwort, dringend, und sie brauchten sie schnell. Was sie nicht brauchten, war ein Anwalt, den Hubert Lange zweifellos zeitnah fordern würde. Und genauso wenig brauchten sie jede Menge Zuschauer, vor denen der Polizist seinen Verrat nie eingestehen würde. Und keineswegs wollte er dabei zusehen, wie eine Polizistin – eine toughe und widerstandsfähige Frau – von einem arroganten Mistkerl wie Hubert Lange mit Nichtachtung gestraft wurde.

Frank ließ die verkrampften Hände in die Taschen sinken, holte tief Luft, sah Tabea dann endlich in die Augen. »Ich übernehme ab hier«, sagte er und bemühte sich, ruhig zu sprechen. »Du darfst gern dabei sein. Aber du hältst dich raus. Denk dran, dass du meinem Team unterstellt bist, Tabea. Wenn es da Uneinigkeit gibt, muss ich allein reingehen und wir sprechen anschließend darüber.« Er sah die Wut in ihren Augen, konnte sich selbst gerade nicht leiden, und doch hatte er so handeln müssen. Und er würde Tabea zeigen, wie man in Vernehmungen die Oberhand behielt.

Abrupt drehte er sich um und ging in den Nebenraum, wo Tobi, die Polizistin namens Marianne Steig, die offensichtlich ein Problem mit Tabea hatte, und ein ihm unbekannter Polizist vor dem Bildschirm standen, der den Vernehmungsraum zeigte. »Tobi«, sagte er, woraufhin dieser den letzten Rest Donut von seinen Fingern leckte. »Bitte holen Sie mir ein Gästehandtuch aus dem Bad. Und wer ist hier für die Temperaturregelung zuständig?«

Tobi hob den Finger und schluckte. »Das übernimmt der Hausmeister Herr Schulte oder der Kollege im Innendienst. Da Schulte nicht hier ist, wäre das dann ich.«

Frank nickte. »In Ordnung. Erhöhen Sie die Temperatur in Vernehmungsraum eins um fünf Grad. Und Sie«, er deutete mit einem Nicken auf die beiden im Raum anwesenden Polizisten, »haben Sie nichts zu tun?«

Der Blick Marianne Steigs sprühte Funken. Sie begann, undeutlich vor sich hin zu pöbeln und ließ die Tür hinter sich und ihrem Kollegen lauter als nötig ins Schloss knallen.

»Kaffee?«, fragte er Tabea, die noch immer kein Wort gesprochen hatte.

»Was hast du vor?«, fragte sie, ohne auf seine Frage einzugehen.

Er sah auf die Uhr. »In zwanzig Minuten starten wir einen zweiten Versuch. Und dieses Mal wird er antworten.«

Tabea nickte, und wieder musste er sich eingestehen, dass er Respekt vor ihr hatte. Wäre man ihn so angegangen, hätte er anders reagiert. Doch Tabea widersprach ihm nicht, wirkte nicht einmal gekränkt oder beleidigt. Sie schien sogar noch stärker zu sein, als er angenommen hatte.

Frank betätigte die Schnellwahltaste auf seinem Handy, und nur Sekunden später hatte er das Team in der Leitung. »Wir treffen uns in rund fünfundvierzig Minuten zur Besprechung im Büro«, wies er alle an und sprach nun direkt zu Ella. »Beginne mit der Entzerrung und Stimmmusteranalyse des Anrufs, der als Letztes auf Tabeas Handy eingegangen ist. Das war der Täter. Alles andere später.« Er wartete keine Antwort ab, bevor er auflegte.

Die Tür öffnete sich, und Tobi kam mit dem Gästehandtuch herein. »Bitte«, sagte er, als Frank es ihm abnahm. Er wollte gerade den Raum verlassen, doch Frank hielt ihn auf. »Tabea sagt, Sie seien loyal«, sagte er, und Tobi warf ihm einen erstaunten Blick zu. »Bitte sorgen Sie dafür, dass die Vernehmung nicht aufgezeichnet und der Bildschirm abgeschaltet wird. Wir brauchen hier keine Zuschauer.«

Dieses Mal schwieg Tabea nicht. »Frank«, sagte sie, »wenn das nicht aufgezeichnet wird, dann ist ein Geständnis von Hubert vor Gericht nicht zugelassen. Außerdem kann und wird er dich verklagen, wenn du nicht nach Vorschrift handelst. Das ist es nicht wert. Und was willst du tun? Ihn foltern?«

Beim letzten Wort hatte sie nervös aufgelacht, doch Frank spürte die Ruhe in sich, die ihn in Situationen wie diesen stets überkam. Er wusste, dass er sich auf einem schmalen Grat bewegte. Normalerweise wandte er Verhörtechniken, die sich in der Grauzone bewegten, nur an, wenn das Leben eines Menschen in unmittelbarer Gefahr war. Er wusste, dass jene, die in Amerika nach den Anschlägen vom elften September angewandt wurden, aufgrund von Menschenrechtsverletzungen in höchstem Maße kritisiert worden waren.

Er schüttelte den Kopf. Schließlich ging es in diesem Fall nicht um Waterboarding. Er wollte lediglich den Adrenalinpegel Hubert Langes in die Höhe treiben. Und er wollte, dass Tabea etwas dazulernte. Frank hasste es, wenn arrogante Kerle wie Lange sich an der Verzweiflung und Wut anderer ergötzten. Vor allem, wenn sie sich so offenkundig darüber freuten, einer Frau überlegen zu sein. Für einen kurzen Moment dachte Frank an die Plänkeleien zwischen ihm und Emelie Weber. Und wieder einmal fragte er sich, ob er zu weit gegangen war. Schließlich waren sie möglicherweise der Grund für ihr Verhalten gewesen, das ihr zum Verhängnis geworden war. Frank schüttelte den Gedanken ab und sein Ärger auf Hubert Lange forderte seinen Tribut. Tabea sollte sehen, wie man mit Verdächtigen wie ihm umging. Kein zweiter Zeuge sollte sie so vorführen, wie Lange es getan hatte.

»Mein Chef hat mich schon aus einigem rausgeboxt«, sagte er, nachdem er seine Entscheidung getroffen hatte, und sah Tabea direkt in die Augen. »Außerdem mache ich mir wegen Strafen keine Sorgen, solange wir dem Täter näherkommen. Und die Vernehmung ist fürs Gericht unnötig, weil wir Hubert Lange ohnehin nicht anklagen werden. Wir müssen für die weitere Ermittlung nur schwarz auf weiß haben, dass er es wirklich war. Dann wissen wir sicher, dass der Täter das Mitwissen der Presse ablehnt – und folglich nicht der Aufmerksamkeit halber mordet. Außerdem haben wir dann eine weitere Spur, die wir verfolgen können.«

Tabea sah ihn fragend an. »Denk nach«, forderte er sie schroffer auf als nötig. »Woher weiß der Täter, wer die Presse informiert hat? Wer hat es ihm erzählt? Wenn wir das herausfinden, sind wir ihm ein ganzes Stück näher. Wenn wir das wissen, haben wir eine konkrete Kontaktperson zum Täter. Das Gesetz ist mir in diesem Fall ausnahmsweise egal, verstehst du? Aber die Information brauchen wir umgehend. Sonst finden wir bald die nächste Frau mit zerschmettertem Körper.« Außerdem wollte er Hubert Lange Angst machen. Er wollte diesen widerwärtigen Kerl leiden sehen. Aber das würde er Tabea nicht erzählen.

Erneut blickte er auf den Bildschirm und sah, wie Hubert Lange sich den Schweiß von der Stirn wischte. »Bildschirm abschalten, Tobi. Und wir können starten«, sagte Frank und ging zusammen mit Tabea zurück in den Vernehmungsraum.

Kapitel 20

TABEA sah, wie Frank länger als nötig zur Kamera an der Decke sah.

»Hey!«, schrie Hubert empört auf, als Frank die Linse mit dem Gästehandtuch verhängte. »Das dürfen Sie nicht!«

Doch Frank reagierte nicht. Seelenruhig ging er auf ihren unliebsamen Kollegen zu und setzte sich ihm gegenüber an den Tisch. Tabea wusste, dass Tobi im Nebenraum die Aufnahme abgebrochen hatte, doch natürlich ging es in erster Linie darum, dass Hubert das auch mitbekam. Er war derjenige, der sich sorgen sollte, weil niemand die Vernehmung beobachtete und Frank dadurch scheinbar Narrenfreiheit hatte.

»Spiel es noch einmal ab«, forderte Frank Tabea auf.

Ein zweites Mal drückte sie das Start-Symbol auf dem Laptop, aus dessen Lautsprechern nun die Aufnahme, die abgefangen worden war, durch den Raum schallte. Tabea sah, wie Hubert Lange die Augen schloss. Bereits bei der vorherigen Vernehmung hatte er das Telefonat gehört, doch dieses Mal war es etwas anderes. Selbst Tabea, die den Raum gerade eben erst betreten hatte, spürte die drückende Hitze, die auch in ihr ein Stressgefühl auslöste. Und bei Hubert, dessen Adrenalinspiegel ohnehin stark erhöht sein musste, war die unangenehme Temperatur sicher kaum zu ertragen.

»Tabsi«, sagte die Stimme und Tabea überlief eine Gänsehaut bei der verzerrten Stimme mit dem dennoch brüchigen heraushörbaren Timbre. Sie hörte ihr eigenes Keuchen ebenso wie die Autotür, die Frank zugeschlagen hatte, nachdem sie ihm vom Parkplatz aus einen Blick zugeworfen hatte.

»Richte deinem Kollegen Hubert Lange aus, dass er kein zweites Mal Infos an die Presse geben wird, sonst wird es euch leidtun! Und sei dir sicher: Ich werde es erfahren.«

Tabea hörte das Klicken in der Leitung, als der Anrufer aufgelegt hatte. Das einseitige Telefonat hatte keine fünf Sekunden lang gedauert und doch reichte es aus, um Tabea schwindelig werden zu lassen.

»Wieso?«, fragte Frank.

Tabea beobachtete, wie sich Hubert Lange Schweißtröpfchen vom Gesicht wischte. Unter den Armen quollen dunkle Flecken hervor. Die Verbindung aus Temperatur und Adrenalin zeigten körperlich nun vollends ihre Wirkung. Nun musste Lange nur noch reden.

»Ich möchte einen Anwalt«, sagte er das, was Tabea längst erwartet hatte.

Frank lachte. »Und ich möchte eine Antwort. Und ich bin derjenige, der seinen Willen bekommen wird.«

Tabea sah Frank an. Er schien vollkommen ruhig zu sein. Auf seiner Haut erkannte sie nicht eine einzige Schweißperle. Die Stille im Raum war greifbar, und noch immer sah Hubert verkrampft auf den Tisch, verschränkte die Arme vor der Brust. Tabeas Blick wanderte zwischen Hubert und Frank hin und her.

»Er hätte mich ebenso anrufen können«, sagte Hubert Lange und sah endlich auf. Doch sein Blick wanderte nicht zu Frank, sondern zu Tabea. Sie hörte die Härte in seinen Worten. »Er hätte«, sagte er und ließ seine zu Fäusten geballten Hände unter dem Tisch verschwinden, »mich ebenso anrufen können. Aber er hat dich angerufen, Tabea. Dich. Du, die immer sagt, sie will nur Streife fahren. Du, die immer behauptet, sie hätte noch Zeit für einen Wechsel zur Kripo. Ist dir überhaupt klar, dass es Polizisten unter uns gibt, die höhere Ziele verfolgen? Die keine kranke Mutter versorgen müssen wie du?«

Tabeas Blick huschte zu Frank hinüber. Das war die Information, die sie ihm gegenüber nicht hatte preisgeben wollen. Doch er ließ keine Reaktion erkennen.

»Seit Jahren will unsere kleine Tabea immer nur Streife fahren. Hat zu viel mit ihrer Mama zu tun, um sich weiterzubilden. Und was ist mit uns Übrigen?«, fragte Hubert, und seine Stimme nahm einen ätzenden Tonfall an. »Mit denen, die sich anstrengen, um voranzukommen? Was ist mit denjenigen, die höhere Ziele haben, als die nächsten Jahre von Besoffenen vollgekotzt zu werden?«

Hubert schwitzte nun so stark, dass ihm der Schweiß an den Schläfen und über die Wangen hinunterlief und am Kinn herabtropfte.

»Dann hast du die Presse für einen kurzen, großen Moment informiert?« Tabea fragte, bevor sie nachgedacht hatte. Sie erwartete fast, dass Frank sie erneut zurechtweisen würde, doch noch immer wirkte er, als hätte Hubert ihm gerade etwas über das Wetter erzählt und nicht über seinen enormen Fehltritt.

»Hast du wirklich das Leben der nächsten Frau riskiert, nur um für einen Moment zu brillieren? Und das, obwohl dein Name in den Medien nicht einmal genannt werden wird, weil du dafür wiederum zu feige bist?« Tabea ging durch den Raum und schlug mit der Faust auf den Teil des Tisches, auf dem bis gerade eben noch Hubert Langes Hände gelegen hatten. Er zuckte zusammen, doch das bremste sie nicht. »Mit wem hast du gesprochen?«, fragte sie laut und schoss nach, bevor er sich verschließen konnte. »Wenn du uns nicht sofort sagst, wen genau du im Einzelnen informiert hast, dann mache ich dich persönlich für den Mord an der nächsten Frau verantwortlich, Hubert. Und dann brauchst du nicht einmal mehr über eine Beförderung nachdenken, denn dann wischst du hier höchstens noch die Flure.«

Tabea sah, wie Frank Hubert einen Zettel und einen Stift über den Tisch hinweg entgegenschob. Ein letztes Mal sah Hubert Tabea hasserfüllt an, dann griff er zu und begann zu schreiben.

Kapitel 21

»TATJANA Behrens, Emma Eckersdorf, Detlev Schmied, Johannes Braun«, las Tabea die Liste vor, nachdem sie und Frank den Konferenzraum betreten hatten. Ein weiteres Mal wischte sie sich den Schweiß von der Stirn, während Frank vollkommen entspannt wirkte. Ella aus der IT warf ihr einen wissenden, mitleidigen Blick zu. »Mein Kollege Hubert Lange hat diese Pressemitarbeiter über den ersten Anruf des Täters informiert«, erklärte sie. »Er hat ihnen gesagt, dass es einen Mord gegeben und wo dieser stattgefunden hat, nachdem er die dafür nötigen Infos aus dem System gezogen hatte. Und das nur, um etwas mehr Aufmerksamkeit zu bekommen.« Tabea verdrehte die Augen.

»Wir werden Kontakt zu ihnen aufnehmen«, nahm Frank ihr das Wort ab.

Ihre Wut auf ihn war längst verflogen. Sie hatten die Information, die sie brauchten, und das war das Wichtigste.

»Denn irgendeiner aus ihren Teams«, fuhr er fort, »hat wiederum den Täter über Hubert Langes Anruf informiert, welcher sich daraufhin ein zweites Mal bei Tabea gemeldet hat. Das ist Spur eins. Außerdem«, kam er nun auf das zu sprechen, was er und Tabea am Tatort herausgefunden hatten, »können wir davon ausgehen, dass der Täter Kontakt zum Bahnpersonal aufgenommen hat. Er muss sichergestellt haben, dass in der Mordnacht keine leeren Waggons auf den Gleisen herumstanden, von denen es laut Tabea häufig welche gibt. Das Risiko, dass ein Obdachloser, der Schutz in ihnen sucht, ihn beobachtet, wäre sonst zu hoch gewesen. Wir werden also auch die Bahnarbeiter befragen. Ich bin gespannt, wie er die Info aus ihnen herausbekommen hat. Du«, sagte er und deutete auf Freddy, »wertest die DNA auf der Zahnbürste Lotta Kahls aus. Wir haben sie von ihrem Ehemann und wir wollen vollkommen sichergehen, dass sie wirklich unsere Tote ist. Er konnte sie ja nur über die Gesichtsrekonstruktion identifizieren. Ich erwarte allerdings keine Überraschung. Erst einmal sollten wir davon ausgehen, dass sie es ist.«

Er übergab Freddy den Beweismittelbeutel. Anschließend fasste Frank zusammen, was er und Tabea von Franz Kahl erfahren hatten. »Lotta Kahl hatte gerade Feierabend, als sie entführt wurde. Sie wollte sich auf den Weg nach Hause machen, ist dort allerdings nicht angekommen. Ihr Fahrzeug befand sich noch auf dem Parkplatz, an dem sie es am Morgen abgestellt hatte. Somit ist sie vermutlich bereits dort von unserem Täter angesprochen und schließlich entführt worden.« Er klebte ein Foto von Lotta Kahl ans Whiteboard. »Wir müssen herausfinden, wie er das geschafft hat. Schließlich handelt es sich um einen öffentlichen Parkplatz, und es war mitten am Tag«, schloss er den Bericht.

»Gibt es schon etwas Neues wegen des Zigarettenpäckchens, das der Bauarbeiter vom Tatort hat mitgehen lassen?«, fragte Tabea.

Freddy hob resignierend die Hände. »Eine kalte Spur«, sagte er. »Vielleicht ist es dem Täter während des Mordes aus der Tasche auf die Gleise gefallen, vielleicht aber auch nicht. Da man deinem Zeugen ohnehin nur die Hälfte glauben kann, können wir unmöglich sagen, wie nah an der Toten das Päckchen wirklich gelegen hat. Die Fingerabdrücke waren zumindest vom Bauarbeiter, und außer einigen Spuren von Bauschutt konnte ich nichts mehr sicherstellen.«

Tabea sah, wie Frank die Zähne zusammenbiss. Auch sie ärgerte sich über den Bauarbeiter und sein Handeln. Hätten sie tatsächlich Fingerabdrücke gefunden, hätte es sich hier um eine wirklich heiße Spur handeln können.

»Hast du das Telefonat schon gehört?«, fragte Frank nun Ella, die nickte und es noch mal fürs Team abspielte.

»Ich hab mich schon drangemacht, den Verzerrer aus der Aufnahme zu ziehen, damit wir eine klare Stimme haben«, sagte Ella. »Aber so, wie das hier klingt, wird das keine leichte Aufgabe. Der Mann scheint zu wissen, was er tut. Er hat mehrere Sequenzen übereinandergelegt, und ich muss sie nicht nur entwirren, sondern auch noch herausfinden, welche von ihnen die ursprüngliche ist. Wenn ihr dann jedoch einen Verdächtigen habt, schmeißen wir die Stimmmusteranalyse an und können prüfen, ob es eine Übereinstimmung gibt.«

Tabea nickte. Sie hatte bereits einmal von diesem Vorgang gehört, ihn jedoch bisher noch nie miterlebt.

»Für eine Standortermittlung war er zu kurz in der Leitung«, ergänzte Ella, ohne jedoch einen vorwurfsvollen Ton anzuschlagen. Tabea hatte sich selbst schon über sich geärgert, als das Telefonat so schnell abgebrochen war. Doch sie war zu perplex gewesen, um den Täter lange genug in der Leitung zu halten.

»Er ist klug«, sagte Frank. »Wenn er es schafft, dich mit der Stimmenentzerrung länger zu beschäftigen, dann wird er auch nicht so einfach seinen Standort preisgeben. Wir probieren es beim nächsten Mal, aber ich vermute, dass er das Signal ohnehin ins Ausland umgeleitet haben wird.«

Tabea schaltete sich ein: »Dennoch wird er mich beim nächsten Mal nicht loswerden«, sagte sie.

Ella warf ihr einen aufmunternden Blick zu, der von einer Daumen-hoch-Geste begleitet wurde. Frank hingegen sah sie distanziert und skeptisch an.

»Albert«, wandte er sich schließlich an den Rechtsmediziner, »für dich haben wir momentan keine neue Aufgabe, und wir können nur hoffen, dass das noch möglichst lange so bleiben wird. Ansonsten weiß jeder, was er zu tun hat?«, fragte er in die Runde, und Tabea stellte fest, dass niemand eine Antwort gab, während sie sich von ihren Plätzen erhoben. Doch offensichtlich reichte Frank diese Reaktion aus.

Gerade wollte sie sich an ihn wenden, um die nächsten Schritte zwischen ihnen beiden aufzuteilen, als sein Handy klingelte. Ruhe trat ein, und Frank nahm das Telefonat entgegen. »Schünemann«, meldete er sich, und Tabea ahnte sofort, dass es sich um schlechte Nachrichten handeln würde. Sein Blick blieb für einen winzigen Moment an ihr hängen. Er lauschte eine Weile, bevor er sagte: »Schicken Sie mir das Foto aufs Handy.« Dann legte er auf. »Es gibt eine Vermisste«, meinte er und starrte auf das Display seines Handys, bis endlich das Piepen ertönte, auf das er ganz offensichtlich gewartet hatte.

»Verdammt!«, sagte er, und Tabea spürte, wie sich ihr Herzschlag beschleunigte. Er drehte ihnen allen das Telefon zu, während er sagte: »Wir können davon ausgehen, dass unser Mann die zweite Frau in seiner

Gewalt hat und folglich schneller agiert als die meisten Täter, mit denen wir es zu tun bekommen.«

Tabea wollte schon fragen, wie er zu dieser Schlussfolgerung kam, doch das erübrigte sich, als sie das Bild der vermissten Frau betrachtete. Sie stutzte, dann sah sie zwischen dem Foto von Lotta Kahl und dem neuen hin und her.

»Aber«, sagte sie, doch es war Freddy, der weitersprach: »Sind die Frauen Zwillinge?«

»Sind sie nicht«, antwortete Frank. »Die Frau heißt Merle Winkelmann und wohnt in Braunschweig. Sie ist Influencerin.«

Tabea hörte den Unterton in Franks Stimme, der jedoch nicht weiter auf das umstrittene Berufsfeld einging.

»Sie reist wohl regelmäßig durch ganz Deutschland. Ihre Schwester Ronja, die sie als vermisst gemeldet hat, hat erwähnt, dass sie sich momentan in Lüneburg aufhält, um neue Videos in der Altstadt zu drehen. Vor einigen Minuten hat Ronja einen merkwürdigen Anruf von Merles Handy erhalten. Sie beschrieb dem Polizisten, dass ihre Schwester ängstlich gewimmert hat, ohne jedoch ein Wort zu sagen, dann wurde der Anruf abrupt unterbrochen. Und wenn wir unsere beiden Bilder vergleichen, sollten wir wohl davon ausgehen, dass unser Täter sie hat. Offensichtlich hat er einen ziemlich klaren Opfertyp.«

»Aber«, fragte nun Albert, »woher wusste der Täter, dass sich eine Frau aus Braunschweig, die seinem Opfertyp entspricht, zu diesem Zeitpunkt in Lüneburg befinden würde?«

Tabea hörte das Grunzen Ellas, die ihren Laptop den Kollegen bereits zudrehte. »Sie ist Influencerin, Albert«, sagte sie, und das Gesicht Merle Winkelmanns grinste Tabea von einer Internetplattform entgegen. »Es ist ihr Job, der Welt mitzuteilen, wo sie sich aufhält. Dass sie nach Lüneburg kommen wird, hat sie bereits vor Monaten in ihrer Reiseroute veröffentlicht.«

Frank unterbrach sie. »Ich denke«, sagte er, »dieser Täter nimmt es mit seinem Opfertyp noch genauer als andere. Viele wählen ähnliche Menschen – sehr weibliche oder eher schlanke Frauen, oder sie legen Wert auf die Haarfarbe. Dass sich unsere erste Tote und Merle Winkelmann so frappierend ähneln, zeigt aber, dass er ein sehr genaues Bild von seinen Opfern im Kopf hat. Die sind Stellvertreter für eine

Frau, die er hasst und umbringen möchte. Es würde mich nicht wundern, wenn er schon mehrere ähnliche Typen im Visier hat und sich eine nach der anderen greifen will.«

»Dann ist es kein Zufall, dass er gerade jetzt mit dem Morden angefangen hat«, sagte Tabea. »Er wusste, dass eine Frau seines favorisierten Typs in Lüneburg wohnt – Lotta Kahl. Sie hätte er jederzeit entführen und ermorden können. Dass Merle Winkelmann, die er vermutlich schon vorher als eines seiner Opfer ausgewählt hat, in der Stadt sein würde, vereinfachte ihm die zweite Entführung deutlich. Schließlich gibt es nicht so viele Frauen im Land, die sich so stark ähneln wie diese beiden. Er muss Freude empfunden haben, als er erfahren hat, dass zwei Frauen seines Typs so nahe beieinander sein würden. Da können wir jetzt wohl nur hoffen, dass er nicht allzu schnell auf eine weitere stößt, die dem entspricht.« Tabea spürte, wie ihr Hals sich zuzog. Ein drittes Opfer – dazu durfte es nicht kommen.

Kapitel 22

»DA vorn links«, sagte Tabea und deutete auf die kreuzende Straße. Es war dunkel geworden und nur noch die Straßenlaternen erleuchteten die Gehwege. Nachdem Ella das Handy von Merle Winkelmann geortet hatte, waren Frank und sie umgehend losgefahren.

»Das Signal bleibt konstant, das Handy scheint nicht bewegt zu werden«, hatte Ella den beiden hinterhergerufen, doch Frank hatte es vermutlich nicht mehr gehört. Und ohne ein Wort hatte er dann den Wagen gestartet und war losgerast, während Tabea noch die Autotür zuzog.

»Und hier noch einmal rechts, dann sind wir da.«

Frank brachte das Auto mit quietschenden Reifen zum Stehen und stieg aus. Sie hatten die Straße, in der sich Merle Winkelmanns Handy befinden musste, erreicht. Tabea spürte, dass ihre Nerven zum Zerreißen gespannt waren. Ob es zum perfiden Spiel des Täters gehörte, dass sein neuestes Opfer Kontakt zu ihrer Schwester aufgenommen und sie somit in Angst und Schrecken versetzt hatte? Oder hatte sie es geschafft, sich für ein kurzes Telefonat zu befreien? Sicher war jedoch, dass das Telefonat beendet worden war – und das genau an dem Ort, an dem Tabea und Frank sich jetzt befanden. Tabea konnte die Nähe zum Täter spüren. Fast, als wären sie ihm unmittelbar auf den Fersen. Noch vor rund einer Stunde war er selbst hier gewesen.

Auch Tabea verließ das Auto, sah sich zu allen Seiten um. Ein runtergerocktes Sushi-Restaurant auf der linken Straßenseite, ein modernes Kosmetikstudio gegenüber. Eine alte Frau sah aus dem Fenster und ließ die Gardine zurückschwingen, als sie Tabea bemerkte. Tabea legte den Kopf schief. Als es ihrer Mutter noch besser gegangen war, hatte sie stundenlang am Fenster gestanden und alles beobachtet, was sich draußen so abspielte. Ob sie das auch in diesem Moment tat? Ob sie sich allein fühlte? Tabea musste unbedingt ihre Schwester anrufen und sie bitten, in nächster Zeit öfter nach ihr zu sehen, da sie selbst nicht dazu kommen würde.

Sie schluckte und verbannte den Gedanken aus ihrem Kopf, konzentrierte sich weiter auf die Umgebung. Aber hier war nichts als ein paar wenige Autos, die in größeren Abständen die Straße entlangfuhren, eine Fußgängerampel und in der Ferne das ruckelnde Geräusch von Zügen.

»Nichts Auffälliges. Er ist längst weg«, sprach Frank das aus, was auch sie längst festgestellt hatte. Er zückte das Handy, und Sekunden später hatte er Ella am Ohr. »Wohin müssen wir?«, fragte er, und Tabea folgte ihm den Weg entlang, den Ella ihm mithilfe der Handyortungssignale wies. Am Ende erreichten sie einen großen Busch. Frank zog sich Handschuhe über, bog die Zweige auseinander und spähte auf den Boden.

»Da unten«, sagte Tabea, leuchtete mit ihrer Taschenlampe an eine Stelle und ging in die Knie, doch Frank griff bereits nach ihrer Schulter und zog sie zurück. Tabea biss sich auf die Unterlippe. Sie hatte impulsiv reagiert, jedoch das Handy nicht an sich nehmen wollen. Schließlich sicherte sie als Polizistin nicht zum ersten Mal ein Beweismittel. Frank aber schien ihr einfach viel zu wenig zuzutrauen.

Für einen winzigen Moment sah sie eine Entschuldigung in seinen Augen, doch sie kam nicht über seine Lippen. Tabea schüttelte resigniert den Kopf. An Franks Art konnte sie sich nur schwer gewöhnen. Auf der einen Seite gab er sich freundlich und wohlwollend, auf der anderen distanziert und abweisend. Und immer wieder tat er so, als wäre sie vollkommen unfähig. Tabea schüttelte Franks Hand ab und ging einen Schritt zurück. Aus der Ferne warf sie einen Blick auf das Handy, das scheinbar vollkommen funktionsfähig am Boden lag. »Mach mal ein paar Fotos«, forderte Frank sie auf. Am liebsten hätte sie sich geweigert, doch da Frank noch immer mit einer Hand das Handy am Ohr und mit der anderen die Zweige aus dem Blickfeld hielt, hatte sie keine Wahl.

Nachdem sie mehrere Bilder aus unterschiedlichen Blickwinkeln geschossen hatte, griff Frank zwischen die Zweige, beugte sich zum Telefon hinunter, nahm es auf und ließ es in einem Beweismittelbeutel verschwinden.

»Ella?«, sagte er und musste sie nicht erst auffordern. Wenige Sekunden später klingelte das Handy im Beutel. »Wir haben es«, bestätigte er den naheliegenden Verdacht. »Ich nehme an, der Täter hat es nach dem Anruf entsorgt.«

Frank legte auf, doch Tabea nahm in diesem Moment wahr, dass die Frau von eben wieder am Fenster erschienen war. Eilig ging sie auf das Haus zu und klingelte. Sie wartete, doch die Tür öffnete sich nicht. »Frau Reinhold«, rief sie nach einem Blick aufs Klingelschild und hörte nun Franks Schritte hinter sich. »Hier ist Tabea Kurz von der Polizei. Ich habe Sie am Fenster gesehen und bitte Sie, zu öffnen. Mein Kollege und ich haben nur einige Fragen.«

Frank verkrampfte sich neben ihr, doch das war ihr egal. Da er sie ohnehin für eine Anfängerin hielt, hatte sie schließlich nichts zu verlieren.

Endlich öffnete sich die Tür einen Spaltbreit. Tabea sah die Kette, die sich zwischen Haustür und Zarge spannte: »Polizei?«, fragte die Frau mit der unverkennbaren Tonlage, die das Alter mit sich brachte. »Aber ich habe doch nichts getan.« Tabea schüttelte den Kopf.

»Das wissen wir«, sagte sie, zückte ihren Dienstausweis und war dankbar dafür, dass im Gegensatz zu Franks nicht der Zusatz *Morddezernat* vermerkt war. »Wir wissen auch, dass es für einen Besuch sehr spät ist«, meinte sie und sah, wie die Augen der alten Frau langsam den Ausweis studierten. »Doch mein Kollege und ich brauchen dringend einige Antworten, und ich hoffe, Sie können uns weiterhelfen.«

Die Frau schloss die Tür vor Tabeas Nase, und sie hörte, wie die Kette dahinter zurückgezogen wurde, bevor die Frau erneut erschien.

»Entschuldigen Sie die Unordnung«, sagte Frau Reinhold und streckte Tabea eine zittrige Hand entgegen. Die Polizistin ergriff sie und zuckte unter der Eiseskälte der Finger zusammen. »Nein, nein«, sagte die Frau und ließ Frank und Tabea eintreten. »Meine Mama hätte mir damals den Hintern versohlt, wenn es so ausgesehen hätte. Vor allem, wenn Besuch kam.« Sie hob einen knochigen Zeigefinger. »Da war sie pingelig. ›Mein Kind‹, hat sie immer gesagt, ›dein Haus muss stets so aufgeräumt sein, dass Besuch ohne Anmeldung vorbeikommen kann‹. Und jetzt sieht es aus wie bei Hempels unterm Sofa.« Verstohlen grinsend legte sich die Frau eine Hand vor den Mund, und Tabea spürte, wie Frank sich neben ihr versteifte. Ganz sicher hielt er diesen Besuch für Zeitverschwendung. Und als Tabea sich umblickte und nichts sah, das auch nur ansatzweise nicht an seinem Platz war, überkamen auch sie Zweifel. Sie hoffte dennoch, dass die alte Dame etwas beobachtet hatte.

»Frau Reinhold«, sagte sie und hakte die betagte Frau bei sich unter, während sie sie in das Zimmer führte, von dem aus diese nach draußen gesehen hatte. »Ich habe Sie eben gesehen, als mein Kollege und ich hier ankamen.«

Die Frau nickte und hob erneut den Zeigefinger. »›Und nicht immer so neugierig sein‹«, sagte sie und ahmte ein weiteres Mal offenbar die Stimme ihrer Mutter nach. »›Lass die Menschen ihr Leben leben und kümmere dich um deine eigenen Angelegenheiten.‹ Das hat Mami mir immer gesagt. Und dabei hat sie selbst aus dem Fenster geschaut, und niemand war vor ihrem Blick sicher.«

Tabea sah in die wässrigen Augen der Frau, die den Vorhang ein Stück beiseiteschob. Sie entblößte ein weißes Gebiss und wandte sich dem Fenster zu. »Es ist Frühling«, sagte sie und wirkte vollkommen erstaunt. »Dabei hat es gestern noch geschneit.« Tabea biss sich auf die Unterlippe. Sie wusste nicht, in welchem Stadium der Demenz die vor ihr stehende Frau war. Offensichtlich hatte sie noch häufig genug helle Momente, um allein wohnen zu können. Und dennoch schien ihr bereits einiges durcheinanderzugeraten. Der letzte Schnee war schon einige Wochen her, und in diesem Moment wurde ihr bewusst, dass sie falschgelegen hatte. Frau Reinhold würde ihnen nicht weiterhelfen können.

Kapitel 23

FRANK schreckte hoch. Er warf einen Blick auf die Uhr auf seinem Nachtschrank. Kurz nach zwei Uhr morgens. Er rieb sich die Augen und spürte einen stechenden Schmerz hinter den Lidern. Erst vor einer Stunde war er ins Bett gekommen. Und doch war er keinen Schritt weiter. Die Ermittlungen drehten sich im Kreis.

Frank stand auf und ging im Zimmer auf und ab. Er war wütend auf Tabea gewesen. Ein weiteres Mal hatte sie eigenmächtig gehandelt. Schon als sie den zweiten Anruf des Täters erhalten hatte, hatte sie sich nicht an die Absprachen gehalten. Zwar hatte sie recht damit gehabt, dass er bei der Kürze des Telefonats nicht hätte eingreifen können, aber sie hätte sich mit ihm absprechen müssen, bevor sie Hubert Lange zur Rede gestellt hatte. Und auch dieses Mal war sie ohne Strategie zu der Zeugin gegangen. Dass die Befragung zu nichts geführt hatte, war das Tüpfelchen auf dem i, das seine Frustrationsgrenze gesprengt hatte.

Frank öffnete seinen Messenger auf dem Telefon und sah, dass auch Tabea offenbar nicht schlafen konnte. Ihre Nummer war als online gekennzeichnet. Frank zog die Augenbrauen zusammen, als das Wort »tippt« in ihrem Chat aufleuchtete.

»Ich fahre zurück ins Büro. Kann nicht schlafen und gehe die Akten noch einmal durch«, las er wenig später in der Nachricht. Frank schämte sich. Offenbar hatte sie seine Wut zu intensiv zu spüren bekommen, wenn sie ihn jetzt sogar darüber informierte, was sie mitten in der Nacht bezüglich des Falls tat. Er ließ das Handy sinken und überlegte, was er ihr antworten sollte. Schließlich tippte er: »Ich schlafe auch nicht. Komm doch vorbei, dann gehen alles gemeinsam durch.« Kaum war die Nachricht versendet, wurde ihm klar, dass er vorher nicht richtig nachgedacht hatte. Und das passierte ihm nur äußerst selten. Er überlegte gerade, ob das eine Art Wiedergutmachung sein sollte, als das Display erneut aufleuchtete. »In Ordnung«, stand da. Damit hatte er nicht gerechnet, er hatte eher erwartet, dass sie ablehnen würde. Doch wieder einmal überraschte sie ihn. Tabea war tough und nicht nachtragend, das merkte er nicht zum ersten Mal. Und es gefiel ihm.

Er ging zur kleinen Küchenzeile hinüber und setzte einen Kaffee auf. Der herbe Geruch stieg ihm schon wenig später in die Nase, und er genoss den Moment der Ruhe bei dem brodelnden Geräusch der Kaffeemaschine. Anschließend öffnete er den Kühlschrank und ärgerte sich über sich selbst. Sowohl gestern als auch heute hatte er nicht daran gedacht, Hafermilch zu kaufen. Nun würde er den Kaffee wieder schwarz trinken müssen, und er hasste schwarzen Kaffee.

Irritiert blickte Frank zur Tür, als er ein Klopfen hörte. Es waren weniger als zehn Minuten vergangen, seitdem er die Nachricht gesendet hatte. Er ging hinüber und öffnete, ohne zu zögern.

»Tut mir leid«, sagte Tabea und hielt zwei Becher mit dampfendem Inhalt hoch. »Ich hoffe, ich bin nicht zu früh. Als ich geschrieben habe, war ich schon in der Stadt auf dem Weg ins Büro und quasi gleich um die Ecke.« Sie reichte Frank einen der beiden Becher. »Ich dachte, das könnten wir gebrauchen, wenn wir uns mit dem Fall befassen.«

Frank lächelte. Die Frau faszinierte ihn. Er hatte sie spüren lassen, dass er wütend auf sie war, und sie brachte ihm sogar noch Kaffee mit.

Er sah, wie Tabea an ihm vorbei in die kleine Wohnung spazierte und sich auf dem modernen, aber ungemütlichen Sofa niederließ. »Frau Reinhold war eine falsche Spur«, sagte sie und schlürfte vorsichtig an dem heißen Kaffee. »Das können wir nicht ändern. Wir können nur weitermachen … Ist mit Hafermilch«, meinte sie und deutete auf den Becher, dessen Deckel er gerade abzog.

Frank sah seine Kollegin erstaunt an. Selbst daran hatte sie also gedacht.

»Was, denkst du, ist passiert?«, fragte sie nun und lehnte sich im Sofa zurück. »Denkst du, der Täter hat Merle Winkelmann absichtlich bei ihrer Schwester anrufen lassen? Um ihr Angst zu machen? Um uns das Gefühl zu geben, ihm auf den Fersen zu sein?«

Frank nahm einen Schluck und zuckte mit den Schultern. Er behielt Tabea fest im Blick, wollte wissen, wie sie darüber dachte. Er schätzte ihre Meinung – wenn er auch nicht immer in der Lage war, es zu zeigen. »Was glaubst du denn?«

»Er hat das Handy einfach in die Büsche geschmissen und ist weitergefahren«, führte Tabea ihren Gedankengang fort. »Er musste wissen, dass wir den Anruf zurückverfolgen würden. Und es war ihm egal, dass wir das Handy finden würden. Selbst wenn er diesen Schritt nicht geplant haben sollte, werden wir keine Spuren auf dem Telefon finden. Ich kann mir aber auch gut vorstellen, dass er den Anruf initiiert hat, um uns auf eine falsche Spur zu locken, von der er weiß, dass sie uns nicht weiterbringt. Er hat etwas Narzisstisches an sich.«

Frank zog eine Augenbraue hoch. Die Schlussfolgerung, die Tabea gezogen hatte, war folgerichtig. »Ja, ganz genau«, sagte er und meinte es aufrichtig. »Es ist irrelevant, ob der Anruf mit Absicht oder versehentlich durchgeführt wurde. Allein die Tatsache, dass er das Handy im Gebüsch entsorgt hat, zeigt uns, dass er sich sicher ist, dass es uns nicht auf seine Spur bringen wird. Ihm ist egal, dass wir seinen Weg verfolgen, weil er überzeugt davon ist, dass wir seinen Aufenthaltsort dennoch nicht finden werden. Er ist zufrieden mit sich, fühlt sich uns überlegen und sicher. Das passt zu einer narzisstischen Persönlichkeitsstörung. Ich habe meine erste Partnerin an einen Narzissten verloren.« Frank verschluckte sich an seinem Kaffee. Den letzten Satz hatte er nicht sagen wollen, er war ihm einfach herausgerutscht.

Tabea gab keine Antwort, sah Frank jedoch abwartend an, und dieser sprach weiter, bevor er es sich anders überlegen konnte: »Emelie Weber. Sie war Streifenpolizistin und unerfahren. Ich hatte von Anfang an kein gutes Gefühl. Und dennoch wurde sie mir zugeteilt. Als es hart auf hart kam, war sie einen Hauch zu langsam. Sie hatte noch nie auf jemanden schießen müssen, und ihr Zögern hat sie getötet.« Frank bemerkte, dass er in seinen Kaffeebecher hineinsprach und hob den Blick. »Seitdem vermeide ich es, mit Kollegen außerhalb meines Teams zusammenzuarbeiten.«

Tabea nickte, beide schwiegen für einen Moment. Dann griff Frank nach seinem Notizblock, und sie gingen alles, was sie bisher hatten, noch einmal durch. Doch ohne Ergebnis. Während Tabea ihren letzten Schluck Kaffee trank, plante Frank die ersten Schritte des nächsten Tages. Dann herrschte wieder Stille. »Nun denn«, unterbrach Tabea diese und legte eine Hand auf Franks Unterarm. »Ich sehe mal, ob ich

noch ein wenig Schlaf finden kann, bevor wir morgen weitermachen.«
Er war dankbar, dass sie nichts zu seiner Geschichte sagte. Es waren
auch keine weiteren Worte nötig gewesen. Als sie schließlich im
Türrahmen stand, fiel ihm auf, wie hübsch sie aussah. Das dunkelbraune
Haar fiel hinab auf ihre Schultern. Ihre Gesichtszüge waren markant und
dennoch ganz weich. Und noch immer spürte er die Berührung ihrer
Finger auf seinem Unterarm.

»Mach das«, sagte er, doch dann drehte sie sich um und sah ihn an.

»Nein, warte!«, sagte sie. »Ich … ich hatte gehofft, dass du online
bist. Vorhin. Weil ich dir etwas sagen möchte. Ich wollte nie
Streifenpolizistin sein, sondern ermitteln, seitdem ich sechs Jahre alt
bin. Ich habe mich nur nicht getraut, es dir zu sagen. Eine Frau, die ihren
Berufswunsch nicht erfüllt, sondern sich mit dem Zweitbesten
zufriedengibt – was für ein Klischee. Ich denke jedoch, dass du es
wissen solltest. Es könnte der Grund dafür sein, dass ich mich gern
beweisen möchte. Ich muss wissen, ob ich könnte.«

Frank nickte. Mit diesem Hintergrund wurde ihm klar, warum sie
manchmal unangemessen vorpreschte. »Wieso hattest du schon als Kind
diesen Traum? Ist ja eher ungewöhnlich in dem Alter«, fragte er und
Tabea zuckte mit den Schultern.

»Ich wollte immer zum Morddezernat, um denjenigen zu finden, der
meinen Vater umgebracht hat.«

Frank zog die Augenbrauen hoch, blieb nun jedoch seinerseits stumm.

»Es war ein Unfall mit Fahrerflucht. Der Fahrer hatte ein riskantes
Überholmanöver gestartet, und mein Vater ist von der Straße
abgekommen und einen Abhang hinuntergestürzt. Er wurde aus dem
Auto geschleudert. Ich saß drinnen, doch mein Gurt hatte sich verhakt.
Ich weiß nicht, ob er sofort tot war oder ob man ihm noch hätte helfen
können. Es hat jedenfalls mehrere Stunden gedauert, bis unser Auto
gefunden wurde.«

Frank hörte, wie ihre Stimme brach, sah, wie sie wütend über ihre
Augen strich, ohne ihn anzusehen. Er hatte schon gemerkt, dass sie
Talent hatte, und sich gefragt, warum sie nicht bei der Kripo war. Dass
ihr Berufswunsch persönliche Gründe hatte, war ihm auch klar gewesen,
und nun machte ihre Schilderung ihn wütend. Er überlegte fieberhaft,
was er sagen könnte, doch blieb stumm.

Plötzlich hob Tabea den Kopf und verzog ihren Mund zu einem Lächeln. »Ich konnte mir übrigens beim besten Willen nicht vorstellen, dass du etwas gegen mich persönlich hast«, sagte sie und zwinkerte ihm zu. »Schließlich bin ich nicht nur gutaussehend, sondern auch charmant.«

Frank spürte die Gänsehaut, die sich auf seinen Armen ausbreitete. Antworten konnte er nicht, denn sie drehte sich nun endgültig um und verschwand. Doch das Gefühl, das sie in ihm ausgelöst hatte, blieb.

Kapitel 24

SIEHST du, Darling. Ich habe gewusst, dass du stärker bist als die Letzte. Ich habe es dir heute Abend schon gesagt. Einmal, zweimal, dreimal. Nachdem du versucht hast, deine Schwester anzurufen und ich dich dafür bestrafen musste, hast du dich auf mich eingelassen. Du wusstest, dass ich nur dein Bestes will, nicht wahr?

Du bist stärker als die Letzte, verstehst du? Dir geht es ums Gewinnen und nur ums Gewinnen. Ebenso wie mir. So, wie es mir von Anfang an beigebracht wurde. Nicht eine Träne hast du vergossen, seitdem du bei mir bist.

Hier ist dein Kakao, mein Mädchen. Er ist ganz warm. Kuschel dich in die Kissen, in das warme Bettchen und trink einen Schluck. Spürst du, wie er dich von innen wärmt, Darling?

Nein, Honey! Nicht versuchen, an deinen Fesseln zu ziehen, das schneidet so hässlich in die Haut. Ich gebe dir doch den Becher, nicht so hastig. Trink, schön langsam, du Schöne, schön langsam, schön ...

Eine Gänsehaut, überall auf meinem Körper. Der Geschmack von süßem Kakao auf meiner Zunge, Hände, die meinen Körper streicheln.

Ich spüre dich zittern, als meine Hände dich berühren. Aber du bist eine Gewinnerin, Honey. Und Gewinnerinnen müssen belohnt werden. Jetzt weinst du doch noch. Aber das musst du nicht. Siehst du? Ich küsse die Träne weg, lecke sie einfach ab.

Mach die Augen auf! Das ist doch schön, nicht wahr? Ist doch so schön! Komm schon, Honey. Du weißt, dass ich dich nur belohnen möchte, nicht wahr? Es war schon immer die Belohnung. Ging schon immer nur ums Belohnen. Leg dich jetzt hin, Schöne. Genieße deine Belohnung, du hast sie dir verdient!

Kapitel 25

TABEA ärgerte sich über sich selbst, als sie durch die Lüneburger Innenstadt ging. Sie hatte Frank nichts von ihrem Vater erzählen wollen. Doch die Geschichte von seiner getöteten Kollegin hatte sie weich werden lassen und sie dazu gebracht, ihm auch einen Einblick in ihr Inneres zu gewähren. Im letzten Moment hatte sie sich zurückgehalten und nicht auch noch von ihrer demenzkranken Mutter erzählt.

Ein Klingeln unterbrach ihre Gedanken. Sie schaute verwirrt aufs Display ihres Diensthandys, auf dem Franks Name stand.

»Wir müssen sofort zur Dienststelle«, sagte Frank und klang dabei aufgeregt angespannt. »Du hast den richtigen Riecher gehabt, Tabea.« Die Polizistin zögerte, wusste nicht, was er meinte, doch er sprach bereits weiter. »Die Tochter der alten Reinhold hat bei den Kollegen angerufen. Sie sagt, dass ihre Mutter sie vor einer Stunde angerufen hat. Sie scheint einen völlig klaren Moment zu haben. Sie ist aufgewühlt, aber sie erinnert sich. Bis gleich.«

Tabea sah verwirrt aufs Handy, nachdem Frank einfach aufgelegt hatte. Dann hatte sie mit ihrer Vermutung recht gehabt. Frau Reinholds Demenz war längst nicht so weit fortgeschritten, wie es den Anschein gehabt hatte. Die grauen Zellen schienen doch noch in der Lage zu sein, Wesentliches zu sortieren. Sie spürte, wie ein Betrunkener sie anrempelte und sich lallend entschuldigte. Das ließ sie aus ihrer Starre erwachen. Aufgeregt rannte sie los. Vielleicht würden sie endlich ein Bild vom Täter bekommen.

»Ich hab den Mann beobachtet«, hörte sie einige Minuten später Frau Reinholds Stimme. Die alte Frau sah sie mit nach wie vor wässrigen Augen an, doch dieses Mal wirkte ihr Blick vollkommen klar. Unentwegt tätschelte sie Tabeas Hand, während ihre Tochter ihr über den Arm strich.

»Frau Reinhold«, sagte Tabea und hielt die Finger der Frau ganz fest, »woher wissen Sie, dass wir nach einem Mann suchen?«

Die Frau verzog das Gesicht, lachte in sich hinein, bevor sie antwortete: »Ich bin alt, aber nicht ganz dümmlich«, sagte sie und hielt sich wie am Nachmittag die Hand vor den Mund, als hätte sie etwas Verbotenes gesagt. »Und ich gucke regelmäßig den Tatort. Ich hab also ein geschultes Auge. Und in meiner Straße laufen einige merkwürdige Gestalten herum. Aber der, der gegen acht Uhr hier angehalten hat – und das weiß ich ganz genau, weil ich nämlich gerade den Gong von der Tagesschau gehört habe –, der war schon sehr merkwürdig.« Frau Reinhold verstummte und ihre Tochter ergriff das Wort.

»Das hat sie mir auch erzählt, als sie mich mitten in der Nacht angerufen hat«, meinte sie. »Sie sagte, sie habe vor Ihrem Auftauchen einen Mann gesehen, der ihr komisch vorgekommen ist. Als Sie bei ihr waren, war ihr das jedoch entfallen. Meine Mutter hat manchmal einige Gedächtnislücken, müssen Sie wissen.«

Tabea lächelte. So hatte sie sich die Anzeichen bei ihrer Mutter anfangs auch schönreden wollen. Die Tochter der Frau wollte weitersprechen, doch Tabea unterbrach sie. Auf keinen Fall wollte sie es riskieren, dass Frau Reinhold erneut abdriftete. Denn Merle Winkelmann hatte ihre Schwester Ronja laut Anrufverfolgung tatsächlich etwa gegen zwanzig Uhr angerufen. »Dann erzählen Sie mir doch bitte mal, was genau sie gesehen haben und was der Mann gemacht hat.«

»Der Kerl hat das Auto ohne zu blinken an den Straßenrand gefahren, ist ausgestiegen und hat sich umgeschaut. Ich dachte schon, der müsste mal austreten, doch dann hat er mit der Hand gegen die Hintertüren geknallt. Diese Dinger, die man öffnen kann, und schon ist man im Kofferraum. Jedenfalls hat er die Türen geöffnet ...«, sprach Frau Reinhold weiter und ihr Blick rückte in weite Ferne.

»Konnten Sie sehen, was drin war?«, unterbrach Tabea die Frau.

»Nein«, sagte sie und schüttelte den Kopf. »Aber ich habe gesehen, dass der Mann reingeschrien hat. Muss völlig verrückt sein, der Typ, hab ich gedacht. Dann hat er ins Auto gegriffen und etwas herausgezogen. Es war klein, aber ich konnte nicht sehen, was es war. Danach hat er diese Hintertüren zugeschlagen und das Teil ins Gebüsch geworfen. Und Sie haben es da wieder rausgeholt.« Ein schüchternes Grinsen breitete sich auf dem Gesicht der Frau aus. »Merkwürdige

Gestalt«, sagte sie und stupste Tabea wie eine Verbündete an. »Dann habe ich mir den Tatort angeschaut, und wollte zwischendrin nur noch mal schauen, ob draußen alles in Ordnung ist, da kamen Sie schon angefahren. Aber ich war noch so im Krimi, dass ich den Mann ganz vergessen hatte. Doch nun sagen Sie schon: Wen überführen wir hier? Einen Bankräuber? Einen Drogenhändler? Einen Frauenmörder?«

Tabea sah das Glitzern in den Augen der Frau, in deren Leben seit Langem offenbar endlich wieder etwas Aufregendes geschah. »Frau Reinhold«, sagte Tabea und tätschelte nun ihrerseits die Hand der Frau, »Sie haben uns wirklich sehr weitergeholfen. Denken Sie, Sie könnten noch ein wenig mehr für uns tun?«

Frau Reinhold nickte aufgeregt. »Ich habe aber keine Knarre, mit der ich den Mann erschießen kann«, sagte sie und ihr Lachen ging in ein anhaltendes Husten über. Frau Reinhold wischte sich die Tränen aus den Augenwinkeln, und Tabea sah den beunruhigten Blick, den die Tochter ihr zuwarf. Sie konnte die Reaktion der jungen Frau gut nachvollziehen. Tabea wusste selbst nicht, wie sie reagieren würde, wenn ihre eigene labile Mutter von einem Moment auf den anderen in einen Kriminalfall verwickelt wäre.

»Keine Sorge«, sagte sie und sah auf die Uhr, »Ihr Job wird etwas weniger nervenaufreibend sein. Ich rufe jetzt einen Mann an, der versuchen wird, mit Ihnen gemeinsam ein Bild anzufertigen.«

Frau Reinhold unterbrach sie. »So einen Phantomzeichner?«, fragte sie und rieb sich aufgeregt die Hände.

Tabea zwinkerte der alten Frau zu. »Ich sehe, Sie sind im Bilde«, sagte sie. »Der Tatort scheint Sie zu einer richtigen Ermittlerin gemacht zu haben.«

Tabea nahm das Diensthandy und wählte die Nummer von Frederik Lurch. Es klingelte viermal, bevor er endlich abhob. »Was?«, fragte er in grummeligem Tonfall.

»Frederik, hier ist Tabea«, meldete sie sich und schob ihre Entschuldigung unmittelbar hinterher. »Es tut mir wirklich leid, dass ich dich aus dem Bett klingle, aber wir brauchen dich ganz dringend auf der Dienststelle.« Sie hörte das knarrende Bett im Hintergrund, dann eine Frauenstimme, die Frederik zuraunte, er solle leise sein, wenn er schon mitten in der Nacht aufstünde.

»Was ist denn so wichtig?«, fragte Frederik und ein langgezogenes Gähnen folgte.

Tabea war kurz vor die Tür getreten und erklärte nun: »Wir haben eine Zeugin, deren wachen Moment wir ausnutzen müssen. Sie hat Demenz und kann jeden Moment wieder abdriften. Und wenn sie das tut, haben wir überhaupt kein Bild.« Tabea hörte am anderen Ende eine Haustür ins Schloss fallen.

»Zehn Minuten«, meinte Frederik und legte auf. Tabea kehrte zu Frau Reinhold und deren Tochter zurück, welche sich inzwischen mit Frank unterhielten.

»Nun sagen Sie schon«, zeterte die alte Frau Reinhold und das Glitzern ihrer Augen hatte sich zu einem regelrechten Strahlen ausgeweitet. »Wen jagen wir jetzt? Ist es ein spannender Fall?«

Tabea sah ein Grinsen in Franks Gesicht. »Ich könnte es Ihnen sagen«, antwortete Frank schließlich, »aber dann müsste ich Sie anschließend töten.« Und während die Tochter von Frau Reinhold entsetzt die Luft einzog, lachte die alte Frau erneut auf und klatschte aufgeregt in die Hände.

»Der Phantomzeichner kommt gleich. Möchten Sie in der Zwischenzeit einen Kaffee trinken?«, fragte Tabea und strich über den Arm der Frau, die Tabeas Hände mit warmen, dünnen Fingern ergriff.

»Danke, nein«, antworteten Mutter und Tochter Reinhold gleichzeitig.

»Etwas an dem Mann war komisch«, sagte die alte Frau plötzlich und ihr Blick verschwamm. Tabea dachte schon, sie wäre erneut in ihre eigene Welt abgedriftet, doch als Frau Reinhold weitersprach, erkannte Tabea, dass sie noch immer bei ihnen war. »Mir ist etwas an ihm aufgefallen, an der Art, wie er ging. Aber Sie können mich tothauen, ich kann nicht sagen, was es war.«

Kapitel 26

TABEA spülte den schalen Geschmack, den die schlaflose Nacht in ihrem Mund hinterlassen hatte, mit Kaffee hinunter, während sich Frank ans Team wandte.

Frederik Lurch hatte sich in der vergangenen Nacht alle Mühe gegeben, das Phantombild so gut wie möglich zu erstellen, hatte jedoch nicht ausreichend Details aus der Frau herausbekommen können. Frau Reinhold hatte, sicher auch aufgrund der Entfernung, lediglich grobe Aussagen über Körperbau, Frisur und dergleichen machen können. Selbst die Farbe des Autos hatte sie nicht mit Sicherheit bestimmen können. Von dunkelblau über dunkelgrün bis schwarz war ihrer Aussage nach alles möglich.

Inzwischen war wieder Alltag in der Dienststelle eingekehrt. Ella, Freddy und Albert waren nach und nach im Büro eingetrudelt und hatten sich die Hände, die unter der noch ziemlich kalten Frühlingsluft ziemlich gelitten hatten, an den Kaffeetassen gewärmt.

»Etwas an dem Gangbild des Täters hat Frau Reinhold irritiert«, sagte Frank, nachdem er das Team über die Ereignisse der letzten Nacht informiert hatte. »Sie beschrieb es als eine Art Humpeln oder Hinken. Es wird bereits geprüft, ob in der jüngeren Vergangenheit ein Mann, auf den die Zeichnung passt, mit einer Beinverletzung im Krankenhaus eingeliefert wurde. Ergebnisse haben wir aber noch nicht. Was gibt es Neues auf eurer Seite?«

»Die DNA der Zahnbürste von Lotta Kahl stimmt mit der der Toten überein«, sagte Freddy und zuckte die Schultern. »Aber ich gehe davon aus, dass das keine große Überraschung darstellt.«

Tabea nickte. Tatsächlich war sie ohnehin fest davon überzeugt gewesen, dass es sich bei der getöteten Frau um Lotta Kahl handelte. Der DNA-Abgleich war ihrer Meinung nach lediglich eine Formsache gewesen.

Nun schaltete Ella sich ein: »Der Typ ist hochprofessionell im Umgang mit Technik«, sagte sie. »Ich konnte die unterschiedlichen Frequenzen der Stimme noch immer nicht entschlüsseln, sodass wir nach wie vor keine Stimmmusteranalyse durchführen können. Und noch eine schlechte Nachricht.« Ellas Kaugummiblase platzte und sie pulte sich dünne Fetzen der Süßigkeit von der Oberlippe, während sie weitersprach. »Es gibt keine Verkehrskamera rund um den Fundort des Handys. Da brauche ich gar nicht weiter zu suchen.«

Frank zog eine Augenbraue hoch. »Tu es trotzdem«, sagte er, und Tabea sah, wie Ella sich auf ihrem Stuhl versteifte.

»Das ist Zeitverschwendung«, erwiderte sie und zuckte mit den Schultern. »Ich kann natürlich die Gegend nach einem dunklen Auto absuchen und nach einem Mann, der zufällig in den Parallelstraßen ausgestiegen ist und humpelt. Aber er hat eine Frau im Kofferraum. Wie wahrscheinlich ist es, dass er so etwas Dummes tut? Wir sprechen hier von vielen Stunden Videomaterial und der Nadel im Heu…«

Tabea nahm Franks eisigen Blick wahr, der keinen weiteren Widerspruch duldete. »Lass uns mitsuchen«, mischte sie sich ein, und Frank schaute augenblicklich zu ihr, doch sie ließ sich nicht beirren. »Die Kollegen im Innendienst haben ebenfalls einen geschulten Blick. Sag ihnen, wonach sie Ausschau halten sollen und sucht gemeinsam. So geht es schneller.«

Frank nickte. »So macht ihr es«, stimmte er Tabea zu. »Wir nehmen uns heute die Bahn und die Presse vor«, meinte er, und Tabea trank ihren letzten Schluck Kaffee, bevor sie die Tasse zurück auf den Schreibtisch stellte. »Ich schlage vor«, fuhr er fort, »dass wir uns ebenfalls aufteilen, um Zeit zu sparen. Ich rede mit den Angestellten der Bahn, Tabea mit den Journalisten. Anschließend treffen wir uns auf dem Parkplatz, von dem Lotta Kahl entführt wurde. Ich muss mir ansehen, aus welcher Umgebung heraus der Mann sie sich geschnappt hat.«

Ein Lächeln breitete sich auf Tabeas Gesicht aus. Gestern noch hatte Frank sie nicht einmal das Handy von Merle Winkelmann in einen Beweismittelbeutel legen lassen, und heute sollte sie die Befragung der Presseleute allein durchführen. Sie war sich schon bei ihrer kurzen Besprechung in der Nacht fast sicher gewesen, dass sie inzwischen doch

Eindruck auf ihn gemacht hatte, und nun fühlte sie, dass sie endlich ihren Platz bei den Ermittlungen gefunden hatte.

Zufrieden warf sie einen Blick auf die Liste der freien Journalisten, die ihr Kollege Hubert über den ersten Mord informiert hatte. Sie entschied, zuerst Detlev Schmied zu befragen. Tabea verließ das Büro und griff zum Handy. Kurz angebunden meldete sich der Journalist mit seinem Namen, und sie bat um ein Treffen.

»Was springt für mich dabei raus?«, fragte er, und Tabea presste die Kiefer aufeinander. »Ich meine«, sagte er und klang überheblich, »ein Exklusivinterview über die Umstände des Mords und den Ermittlungsstand sollte schon drin sein?« Tabea schüttelte den Kopf.

»Ich würde vorschlagen«, erwiderte sie, »dass ich Sie nicht wegen Behinderung der Justiz anklage, wenn Sie sich mit mir treffen. Das sollte Anreiz genug sein, meinen Sie nicht auch?« Tabea hörte das leise Lachen am anderen Ende und spürte die altbekannte Abneigung gegen Journalisten in sich aufsteigen.

»In Ordnung«, lenkte der Mann ein. »Allerdings bin ich momentan an einer anderen heißen Sache dran. In den nächsten Stunden schaffe ich es nicht. Was halten Sie davon, wenn wir uns morgen treffen? Zu einem abendlichen Kaltgetränk im Irish?«

»Heute Abend«, antwortete Tabea bestimmt. »Ich bin mir sicher, Sie schaffen es, Ihre Termine zu verlegen, wenn die Alternative eine offizielle Vernehmung im Präsidium zu einer von mir vorgegebenen Zeit ist.«

Der Mann am anderen Ende zögerte, willigte dann jedoch ein. »Wir treffen uns um 19 Uhr im Irish Pub. Nur eins noch.« Er wartete einen Moment, bevor er sagte: »Ich möchte nur mit Ihnen sprechen. Ich habe Ihren Partner gestern am Tatort gesehen und denke, wir sollten uns ohne ihn unterhalten. Für meinen Geschmack ist er eine Spur zu arrogant.«

Tabea stimmte zu. Sie band sich einen Pferdeschwanz und wählte die Nummer der zweiten Journalistin, die auf ihrer Liste stand.

Kapitel 27

FRANK sah sich um. Das kleine Büro, in dem er saß, hatte seine besten Jahre bereits hinter sich – und auch bei Errichtung war es sicher kein architektonisches Meisterwerk gewesen. Die vergilbten Wände rochen nach abgestandenem Zigarettenrauch, und an der Zimmerdecke hatte sich ein großer Wasserfleck gebildet. Die Heizung, die eine ganze Wand der Länge nach in Anspruch nahm, funktionierte offenbar nicht, denn der Raum wurde von einem übelriechenden mobilen Heizgerät notdürftig erwärmt.

»Was kann ich denn nun für Sie tun?«, fragte der gelangweilt wirkende Mann, der seine Arme über dem dicken Bauch verschränkt hielt. Der Leiter des Lüneburger Güterzugverkehrs Hanno Bergheim hatte Frank mehr als eine Stunde lang warten lassen, bevor er endlich vor dem schäbigen Büro aufgetaucht war.

Frank stützte seine verschränkten Arme ebenfalls auf dem Tisch ab und wünschte sich im selben Moment, er hätte es nicht getan. Er spürte, wie seine Haut an der Schreibtischplatte kleben blieb und empfand leichten Ekel. Die Pose war aber wichtig, also ignorierte er es und lehnte sich ein Stück weiter an den Mann heran und sprach leise. »Wie ich Ihnen bereits am Telefon mitteilte«, sagte er, »ermittle ich in dem Mordfall, der sich vor wenigen Tagen hier auf ihren Gleisen ereignet hat.«

Hanno Bergheim lehnte sich nun seinerseits über den Tisch. Ihm schien der klebrige Belag nicht das Geringste auszumachen. »Und wie ich Ihnen bereits gesagt habe, sind Sie bei mir falsch. Ich war in der Nacht nicht einmal im Dienst. Und meine Mitarbeiter werden Ihnen auch nichts dazu sagen können, weil sie an anderen Stellen eingeteilt waren.«

Frank hob eine Augenbraue. »Dann lassen Sie uns jetzt dazu kommen, weshalb ich eigentlich hier bin«, sagte er und seine Stimme nahm einen schneidenden Ton an. »Ich möchte wissen, ob sich im Vorfeld jemand nach dem Einsatz der Güterzüge erkundigt hat. Speziell geht es darum, ob jemand versucht hat, herauszufinden, wann die Strecke im Umfeld der Friedrich-Ebert-Brücke unbefahren und ohne Zwischenbelegung sein würde.«

Hanno Bergheim lachte gackernd auf. »Sie erwarten, dass ich meine Mitarbeiter frage, ob jemand danach gefragt hat, wie es auf den Lüneburger Gleisen in einer bestimmten Nacht aussieht?«

Frank nickte und sprach betont langsam: »Hervorragend. Das haben Sie vollkommen richtig verstanden.«

Der Mann sah ihn verblüfft an. »Sie meinen das tatsächlich ernst«, stellte er nüchtern fest. »Wissen Sie, Herr …«, sagte er und schien in seinem Gedächtnis nach dem Namen des Mannes zu suchen, mit dem er sprach.

»Schünemann«, half Frank ihm auf die Sprünge.

»Herr Schünemann«, setzte Bergheim erneut an. »Wir sind hier nicht im Personenverkehr. Da haben die Mitarbeiter an den Telefonen kaum Zeit, aufs Klo zu gehen, weil die Apparate nicht stillstehen wollen. Bei uns werden Güter transportiert – und einige ungewollte Mitfahrer, die leider immer mal wieder in den Waggons auftauchen. Ich wette mit Ihnen, dass niemand einen meiner Mitarbeiter kontaktiert und sich über die Schienenbelegung erkundigt hat. Das ist pure Zeitverschwendung.«

Frank biss sich auf die Unterlippe. Schon zum zweiten Mal an diesem Tag wurde ihm vorgeworfen, dass er mit der wenigen Zeit, die sie hatten, verschwenderisch umging. Und es ärgerte ihn in diesem Moment ebenso sehr wie am Morgen, als Ella das gesagt hatte.

»In Ordnung«, sagte Frank und stand vom Stuhl auf, während seine Arme sich mit einem schmatzenden Geräusch vom Tisch lösten, »ich nehme die Wette an. Fragen Sie Ihre Mitarbeiter. Einer von ihnen wird uns eine Antwort geben können. Einer hat mit einem Mann gesprochen und Fragen über den Einsatz Ihrer Züge beantwortet.«

Frank hielt Hanno Bergheim die Hand hin und spürte, dass dieser fester zudrückte, als er es im Normalfall getan hätte. Doch Frank ließ sich nicht auf dieses Machtspiel ein und verzog keine Miene. »Und übrigens«, sagte er dann aber und sah Bergheim fest in die Augen, »sollte ich unsere kleine Wette gewinnen und Sie versuchen anschließend, diese Information zu unterschlagen, dann sind Sie wegen

Behinderung der Justiz dran. Ich hoffe, ich habe mich klar ausgedrückt.«
Frank spürte, wie die Hand Bergheims für einen winzigen Moment zu zittern begann. Ein Grinsen breitete sich auf seinem Gesicht aus. Er hatte sein Ziel erreicht.

Er drehte sich um und verließ das Büro. Hanno Bergheim würde ihn anrufen. Da war er sich vollkommen sicher.

Kapitel 28

»GUTEN Morgen. Sie sind Emma Eckersdorf?«, fragte Tabea und reichte der jungen Frau die Hand. Die Journalistin nickte, ihr Blick huschte durch das Café, zu dem Tabea sie gebeten hatte. Sie wirkte bei Weitem nicht so abgeklärt wie andere Journalisten, mit denen Tabea in ihrer bisherigen Laufbahn zu tun gehabt hatte, und gewann damit vom ersten Moment an ihre Sympathie.

»Tabea Kurz«, stellte sie sich vor und setzte sich der Frau gegenüber. »Danke, dass Sie gekommen sind. Ich hoffe, Sie können mir einige Fragen beantworten.«

Emma Eckersdorfs Gesicht zeigte Verunsicherung. »Ich verstehe nicht genau, was Sie von mir wollen«, sagte sie, und ihre Stimme klang für eine Journalistin erstaunlich dünn. »Bin ich in Schwierigkeiten?«

Tabea sah sie irritiert an. »Nein«, sagte sie ohne Umschweife. »Ich habe nur einige Fragen zu dem Ablauf des Tages, an dem Hubert Lange Sie über den Mordfall in Lüneburg informiert hat.«

Emma Eckersdorf atmete erleichtert auf und lehnte sich ein wenig in ihrem Stuhl zurück. »Ach so. Okay, also Ihr Kollege hat mich angerufen und gemeint, er hätte einige Insiderinfos für mich«, sprach sie drauflos. »Als ich ihn fragte, was er dafür verlangen würde, hat er gemeint, sie seien umsonst. Ich habe mich natürlich gefreut. Ich bin ganz neu in dem Job, müssen Sie wissen, und ich bin glücklich über jeden, der mir hilft, eine packende Story zu veröffentlichen. Vor allem, weil meine Mum von mir erwartet, dass ich *die* Story bringe. Sie war damals die Erste, die die Göhrde-Morde ernst genommen und dazu recherchiert hat. Ihr Name ist aus den Medien nicht wegzudenken, wissen Sie? Und sie wünscht sich, dass ihre Tochter irgendwann einmal genauso gut wird wie sie.«

Eine Kellnerin trat an ihren Tisch und nahm die Bestellung auf. Danach sah Tabea die Journalistin immer noch verwundert an. Sie hatte die Gier, aus dem Leid anderer Menschen Profit zu schlagen, erwartet –

die Gier, die sie bei jedem von ihnen hasste. Doch diese junge Frau schien ihren Beruf nicht freiwillig gewählt zu haben. Sie zeigte keinerlei Sensationslust. Und auch wenn sie noch ganz am Anfang stand, hoffte Tabea, dass aus ihr niemals eine von diesen rücksichtslosen Frauen werden würde, wie sie so oft unter ihren Kolleginnen zu finden waren.

»Jedenfalls«, sagte sie, »hat der Polizist – Ihr Kollege – mir gesagt, dass es einen Mord gab, dass eine nackte Frau übers Geländer der Friedrich-Ebert-Brücke gestoßen wurde. Er hat mir auch gesagt, dass Sie persönlich vom Täter angerufen wurden.« Emma Eckersdorfs Augen begannen angewidert zu funkeln. »Was Ihr Kollege da getan hat, ist wirklich unter aller Kanone, finden Sie nicht auch? Sich einfach so mit internen Informationen an die Medien zu wenden … selbst ich weiß, dass das nicht die gängige Vorgehensweise ist.«

Auf Tabeas Lippen breitete sich ein Lächeln aus. Wenn sie wüsste, woher Journalisten ihre Informationen manchmal erhielten, hätte sie sich vermutlich an ihren Worten verschluckt. Sie konnte nicht umhin, beeindruckt von der jungen Frau zu sein. Jeder andere Journalist hätte versucht, Tabea darüber auszuhorchen, wie das Gespräch mit dem Täter abgelaufen war – Informationen aus erster Hand, die nur sie selbst bereitstellen konnte, waren Gold wert. Doch Emma Eckersdorf setzte an einer ganz anderen Stelle an: am Verrat von Tabeas Kollegen und bei der Sabotage an der gesamten Polizeiarbeit.

Nachdem die Bedienung ihre Getränke vor ihnen abgestellt hatte, fragte Tabea: »Sie sind also zum Tatort gefahren und was geschah dann?«

»Ich habe einige Bilder geschossen. Das mache ich nämlich immer selbst, wenn ich nicht gerade Interviews führe. Einige sagen, das sei unprofessionell und ich bräuchte einen Fotografen. Aber ich meine, was ich selbst in der Hand habe, kann ich hinterher auch nur mir selbst vorwerfen.« Sie sah etwas verunsichert aus, als würde sie sich vor Tabea rechtfertigen müssen. Als diese nun aber wohlwollend nickte, fuhr sie fort: »Jedenfalls habe ich Fotos gemacht, und dann kam ein Auto an. Ein Mann stieg aus, einer Ihrer Kollegen. Also nicht der, der mich angerufen hat, sondern der andere, der so abweisend und verschlossen wirkt.«

Tabea grinste bei den Worten erneut.

»Sie sind dann kurz danach auch ausgestiegen. Dann ging die Fragerei los, aber keiner von Ihnen hat irgendwas gesagt. Als Sie dann so kommentarlos runter auf die Gleise gegangen sind, waren meine Kollegen ganz schön sauer, das können Sie mir glauben. Dann gabs Gerangel um die besten Plätze an der Brüstung, wobei einer einen anderen fast hinuntergestoßen hätte, versehentlich natürlich.« Emma Eckersdorf schüttelte verständnislos den Kopf. »Dass man sich für ein paar Informationen so in Gefahr bringt, ist mir unbegreiflich. Erschießen Sie mich bitte, wenn ich jemals so werde wie einer von ihnen. Allen voran dieser arrogante Schmied. Wirklich einer der unangenehmsten Vertreter seiner Art. Ich nenne ihn immer Kaiser Wilhelm den Zweiten.«

Tabea verkniff sich ein Lächeln. Dass diesem Kaiser Arroganz und Selbstverliebtheit in höchstem Maße nachgesagt wurde, wusste sie. Und wenn sie sich an das vorangegangene Telefonat mit dem Journalisten erinnerte, war das ein durchaus treffender Vergleich.

»Und dann waren Sie auch schon wieder weg«, fügte Emma hinzu. »Das alles hat sich also gar nicht so richtig gelohnt. Für meinen Artikel hätte ich überhaupt nicht zum Tatort fahren müssen. Neue Infos habe ich dort jedenfalls nicht erhalten.«

Tabea biss sich auf die Lippe, um ein Grinsen zu unterdrücken. Ob Emma Eckersdorfs Mutter das ebenso sah? Sicher würde sie irgendeinen Weg zu einer Story niemals als »nicht lohnenswert« betiteln. »Und danach?«, fragte sie. »Mit wem haben Sie nach Ihrem Besuch gesprochen?«

Emma Eckersdorf stutzte. »Danach?« Die Journalistin lehnte sich im Stuhl zurück und dachte offenbar angestrengt nach. »Ich habe meine Mum angerufen«, sagte sie und lehnte sich auf ihrem Stuhl vor. Ihre Stimme wurde ganz leise, als sie sagte: »Ich bin ziemlich gut im Recherchieren, müssen Sie wissen. Aber beim Schreiben fehlt es mir noch an der richtigen Rhetorik. Deshalb hat meine Mum mir geholfen, den Artikel zu verfassen.«

Tabea sah in ihren Augen, dass es etwas anders gelaufen war. Sie nahm an, dass die Mutter den Artikel weitestgehend allein verfasst hatte.

»Und er ist natürlich ganz hervorragend geworden.« Emma Eckersdorf rümpfte die Nase und schlug so einen genervten Ton an, dass Tabea ihren Verdacht bestätigt sah.

Da es nichts weiter zu besprechen gab, stand Tabea auf, legte einen Geldschein auf den Tisch, ließ den Kaffee, der inzwischen vor ihr stand, aber unangetastet und reichte Emma Eckersdorf die Hand. »Danke für Ihre Zeit«, meinte sie und wollte schon gehen, da wandte sie sich noch ein letztes Mal an die Journalistin. »Frau Eckersdorf, wussten Sie, dass Ermittler gern mit guten Rechercheuren zusammenarbeiten?«

Tabea ließ die Frage im Raum stehen. Denn dass dieses Angebot eine wahre Chance für Emma Eckersdorf war, musste sie selbst herausfinden. Sie würde recherchieren können, ohne schreiben zu müssen. Sie würde an den aktuellsten Fällen beteiligt sein, aber nur, um damit Gutes zu bewirken und der Polizei bei der Aufklärung von Straftaten zu helfen. Und wenn Tabea die Andeutungen der jungen Frau ebenso wie ihre gesamte Mimik und Gestik richtig interpretierte, dann könnte diese Art Job hervorragend zu ihr passen. Doch zuvor musste sie sich von dem lösen, was ihre Mutter von ihr erwartete. Als Tabea das Café verließ, fragte sie sich, ob Eckersdorf dazu in der Lage wäre. Ansonsten hatte das Gespräch mit der jungen Journalistin kaum Neues gebracht, doch eines war vollkommen klar: Emma Eckersdorf hatte ganz sicher keinen Kontakt zum Täter aufgenommen.

Kapitel 29

»HANNO Bergheim hat mir zwar zugesichert, dass er sich noch einmal umhört, allerdings erwarte ich von dieser Seite nicht allzu viel Mithilfe«, klärte Frank sein Team auf, nachdem er und Tabea zur spätnachmittäglichen Besprechung in der Dienststelle eingetroffen waren. »Ich denke, das ist auch nur wieder eine kalte Spur – vor allem, da wir ja nicht mal den Zeitraum eingrenzen können, in dem sich unser Mann über die Bahnstrecke informiert hat. Er könnte bereits vor Wochen geprüft haben, ob und wann Züge auf den Gleisen stehen. Wie ist es mit dir, Tabea? Hast du etwas Neues herausfinden können?«

Tabea hob resignierend die Hände »Mit drei der vier Journalisten konnte ich mich unterhalten«, sagte sie und warf einen Blick auf ihre Notizen. »Tatjana Behrens, Emma Eckersdorf und Johannes Braun waren mehr oder weniger redselig. Sie alle haben zugegeben, ihre Informationen von Hubert zu haben. Wobei Tatjana und Emma gleich damit rausgerückt sind und Johannes etwas Überredungskunst gebraucht hat, bis er mir den Namen genannt hat. Tatjana hat gelacht, als ich sie gefragt habe, wen sie über Huberts Anruf informiert hat. Sie arbeitet selbstständig und meinte, dass sie so eine Information niemals teilen würde. Nur ihre Fotografin war mit ihr vor Ort, und ich halte sie für glaubwürdig. Zumindest habe ich die beiden zusammen am Tatort gesehen.«

Frank unterbrach Tabea und wandte sich an Ella. »Was haben deine Recherchen ergeben?«

Die ITlerin nickte und scrollte durch ihre eigenen Notizen. »Tatjana Behrens ist tatsächlich eine Freie. Ihr wird nachgesagt, dass sie gnadenlos ist und keine Freunde mehr kennt, wenn es um eine gute Story geht. Ihr Stil passt eher zu Boulevardzeitungen, und sie bewegt sich gerade noch am Rand der Legalität, was den Datenschutz angeht.«

Tabea nickte und übernahm wieder das Wort. »Das passt zu meinem Eindruck. Ich glaube nicht, dass sie mit dem Täter gesprochen hat oder jemandem Infos weitergegeben hat, bevor sie ihren Bericht veröffentlicht hat. Und Emma Eckersdorf hat den Artikel zusammen mit ihrer Mutter verfasst und hatte sicher ebenfalls keinen Kontakt zum Täter.«

Tabea dachte an die reißerischen Zeilen, die sie in ihrer kurzen Pause zwischen den Befragungen gelesen hatte. Alle vier Journalisten hatten Artikel veröffentlicht, die allesamt bereits etliche Male im Internet geklickt worden waren. Beim Bericht von Emma Eckersdorf hatte Tabea gelächelt. Er trug ganz eindeutig die Handschrift ihrer Mutter, triefte von rhetorischen Floskeln und klang nach Sensationsgier – all das, was Emma Eckersdorf laut eigener Aussage nicht liefern konnte. Und doch war da der letzte Absatz, den die Journalistin ganz sicher erst anschließend und ohne das Wissen ihrer Mutter hinzugefügt hatte. Er war vielleicht nicht geschickt formuliert, stellte aber zumindest ethisch nachvollziehbare Fragen:»Wieso spielt ein Polizist einem Mörder in die Hände? Wieso zieht er ihn ins Rampenlicht und verschafft ihm damit Aufmerksamkeit? Das erfahren Sie im Bericht der nächsten Ausgabe.«

Alle vier Journalisten hatten darüber spekuliert, ob es sich um einen Serientäter handeln könnte. Schließlich hatte Hubert Lange auch die Info, dass Tabea vom Täter angerufen worden war, nicht zurückgehalten. Jeder Journalist mit ein wenig Erfahrung im Bereich der Polizeiarbeit musste zwangsläufig schlussfolgern, dass die persönliche Ebene, die der Täter zur Polizei aufbaute, auf eine Mordserie hindeuten konnte. Selbst von der Blaufärbung des Opfers hatten sie von Hubert erfahren. Tabea informierte das Team über die zwei weiteren Befragungen.

»Und Detlev Schmied?«, hakte Frank nach.

Tabea deutete auf ihr Äußeres. Sie hatte sich geschminkt und ihren Zopf viel aufwändiger frisiert als sonst. »Der ist total arrogant. Emma Eckersdorf bezeichnet ihn als ›Kaiser Wilhelm den Zweiten‹.« Sie sah Frank schmunzeln – etwas, von dem sie glaubte, dass er es kaum bewerkstelligen konnte. »Ich treffe ihn gleich nach unserer Besprechung.«

Ella hatte auch zu ihm etwas herausgefunden: »Schmied ist als junger Erwachsener straffällig geworden. Mehrere Einbrüche und Diebstahl. Er wurde wegen Körperverletzung angeklagt, jedoch freigesprochen.

Bei der entsprechenden Schlägerei hat er offenbar mindestens ebenso viel abbekommen wie der andere. Seitdem nichts Auffälliges mehr. Das ist jetzt fast zwanzig Jahre her.«

Tabea sah den nervösen Blick, den Ella ihr zuwarf, lächelte ihr jedoch aufmunternd zu. Auch sie hatte in ihrer Sturm-und-Drang-Zeit einige Dinge getan, die sie heute nicht mehr tun würde. Allerdings hatte sie sich dabei nicht erwischen lassen.

»Tabea und ich«, berichtete Frank weiter, »haben uns heute Nachmittag noch den Parkplatz des Klinikgeländes angesehen, von dem aus unser erstes Opfer mutmaßlich entführt wurde. Er ist tatsächlich von allen Seiten aus einsehbar. Dass der Mann Lotta Kahl dort am helllichten Tage überfallen hat, untermalt seine narzisstischen Züge, die wir schon vermutet haben. Er ist völlig von sich überzeugt und fühlt sich absolut sicher, und bisher hat er auch allen Grund dazu, wenn man bedenkt, dass wir noch immer im Dunkeln tappen.«

»Ich hab noch was«, sagte Ella, ließ eine Kaugummiblase zerplatzen und drehte ihren Kollegen den Bildschirm zu. »Ich habe heute Morgen gesagt, dass es keine Verkehrskameras im unmittelbaren Umfeld des Fundortes des Handys gibt. Und das ist auch so. Allerdings war die weitere Suche doch keine Zeitverschwendung.« Sie warf Frank einen entschuldigenden Blick zu und wandte sich dann an Tabea: »Deine Kollegen sind nicht schlecht, vor allem sind sie schnell. Und tatsächlich hat diese Marianne etwas entdeckt. Hinter ihrer Arroganz scheint sie also doch ziemlich fähig zu sein. Eine der Verkehrskameras war nämlich verdreht und zeigte deshalb in die Straße, durch die unser Mann gefahren ist. Wir haben zwar kein direktes Bild, aber wir können einige Schemen in der Spiegelung eines Schaufensters erkennen.« Ella vergrößerte den entsprechenden Auszug und Tabea erkannte das Kosmetikstudio, das ihr schon am Vorabend aufgefallen war. Ella spulte ein Stück vor. »Hier«, sagte sie, als ein dunkles Auto am Straßenrand hielt.

Tabea spürte, wie sich ihr Puls beschleunigte, als ein Mann aus dem Auto stieg und an die Rückseite des Transporters trat. Trotz der schlechten Qualität war das Hinken, das Frau Reinhold beschrieben hatte, deutlich erkennbar.

Ella stoppte das Bild, als der Mann die Hecktüren öffnete. Nach einigen gezielten Mausklicks wurde das Bild in der Spiegelung deutlich aufgewertet.

»Ich nehme an«, hörte Tabea Frank sagen, »dass man das Gesicht des Täters nicht zu sehen bekommt?«

Ella schüttelte den Kopf, und Tabea stöhnte resigniert auf.

»Das Straßenschild verdeckt während der gesamten Aufnahme alles, was uns einen wirklichen Aufschluss geben könnte«, sagte Ella und machte einen Screenshot von der Aufnahme. »Doch etwas habe ich noch«, sagte sie und ließ das Video weiterlaufen.

Tabea erkannte den Moment, in dem der Täter in den hinteren Teil des Fahrzeugs griff und einen kleinen Gegenstand herauszog, nur um ihn Sekunden später in den dichten Busch zu werfen. Er ging zurück zu seinem Wagen und stieg ein. In dem Moment, in dem er losfuhr, unterbrach Ella erneut die Aufnahme. »Hier«, sagte sie und optimierte das Bild ein weiteres Mal.

Tabea zog erstaunt die Augenbrauen hoch. »Er kommt tatsächlich von hier«, sagte sie, als sie die ersten beiden Buchstaben des Kennzeichens erkannte.

»Ja«, bestätigte Ella. »Leider kann man den Rest nicht erkennen, aber wir wissen nun sicher, dass er einen schwarzen Mercedes-Transporter mit Lüneburger Kennzeichen fährt und dass er tatsächlich das linke Bein etwas nachzieht. Ist das ein Anhaltspunkt?«

Frank zuckte mit den Schultern. »Möglich, aber er kann den Wagen auch gestohlen haben.«

Tabea zog die Augenbrauen zusammen. »Ist das denn so wahrscheinlich?«, fragte sie. »Schließlich konnte er nicht davon ausgehen, in seinem Auto entdeckt zu werden. Wäre das Risiko, dass jemand einen gestohlenen Wagen findet, nicht größer, als wenn er sein eigenes Fahrzeug verwenden würde?«

In Frank schien es zu arbeiten. »Beides ist möglich, also müssen wir auch beides in Betracht ziehen«, gab er zu. Er legte Ella eine Hand auf die Schulter. »Sollte es sich um sein eigenes Fahrzeug handeln, ist es ein Anhaltspunkt in mehrfacher Hinsicht«, meinte er und klang dabei keineswegs so distanziert, wie es bei Tabea manchmal der Fall war. »Wir wissen, dass der Anruf an Merle Winkelmanns Schwester Ronja offensichtlich nicht beabsichtigt war. Der Innenraum und der Kofferraumbereich seines Autos sind miteinander verbunden. Sie liegt gefesselt im hinteren Bereich und kommt an ihr Handy. Vielleicht steckt es in ihrer Hosen- oder Jackentasche. Er hat damit gerechnet, dass sie es nicht nutzen kann, entdeckt sie aber bei ihrem übereilten, panischen Versuch, Hilfe zu rufen. Er ist wütend, eilt zur Hecktür und entreißt ihr das Handy.«

Tabea nickte. »Sie hat nicht versucht, zu entkommen, weil sie gut genug gefesselt war. Ihr ist es lediglich gelungen, sich so weit zu befreien, dass sie telefonieren kann. Oder sie hat ihr Handy per Sprachsteuerung genutzt«, sagte sie.

Frank nickte und gab dann zu bedenken: »Was den Täter angeht: Wir können wohl aufhören, nach Männern mit jüngeren Verletzungen zu suchen.«

Tabea sah ihn irritiert an. Das Hinken war doch deutlich zu erkennen gewesen.

»Er zieht das Bein nach, ja«, bestätigte Frank. »Aber er geht dennoch vollkommen sicher. Er ist geübt im Umgang mit seiner Beinverletzung. Die muss er also schon eine Weile haben.«

Tabea spürte, wie die Aufregung, die sie in Franks Augen sah, auch auf sie überschwappte. »Prüfen wir, ob es polizeibekannte Täter gibt, die auf die grobe Personenbeschreibung Frau Reinholds passen und ältere Beinverletzungen haben?«, fragte sie.

Frank nickte. »Genau. Außerdem meldest du allen Streifen, dass wir auf der Suche nach einem schwarzen Mercedes-Transporter sind, und nach einem Mann, der das linke Bein nachzieht. Sollten deine Kollegen jemanden sehen, wird er sofort in Gewahrsam genommen. Meinetwegen sollen sie irgendwas erfinden, vielleicht dass er nach Alkohol gerochen hat. Hauptsache, er wird umgehend hierhergebracht«, sagte er und wandte sich an Ella. »Haben Verkehrskameras in der Nähe das Auto eingefangen?«

Ella wiegte den Kopf hin und her, während sie ein weiteres Mal auf ihrem Laptop tippte. »Wir waren gerade dabei, das zu überprüfen, sind aber noch nicht fertig geworden. Wir werden noch ein wenig brauchen, um das restliche Videomaterial auszuwerten.«

»Er muss irgendwo zu sehen sein«, sagte Tabea daraufhin. »Er kann unmöglich sämtliche Verkehrskameras umgehen.«

»Und er kommt auch nicht weit«, bestätigte Frank, und Tabea sah, wie seine Kiefermuskeln arbeiteten. »Sämtliche Einsatzkräfte suchen nach ihm. Er kann sich in Lüneburg nicht mehr frei bewegen.« Er sah zu Ella und sprach weiter: »Ich will eine Liste aller Halter von dem gesuchten Fahrzeug mit Lüneburger Kennzeichen.«

Ellas Augen weiteten sich, und Tabea war auch sehr sicher, dass eine solche Liste unüberschaubar lang sein würde. Zumal das Fahrzeug dem Verdächtigen nicht einmal selbst gehören musste.

Doch Frank ließ sich nicht beirren. »Jeder, der frei ist, unterstützt Ella. Ihr durchsucht das Videomaterial der Verkehrskameras, überprüft die Liste der Halter auf Vorstrafen und sucht nach Überschneidungen bei irgendwelchen Unfällen. Dreht jeden Stein um. Tabea, du machst dich auf den Weg zu Detlev Schmied. Versuch herauszukriegen, ob er es war, der sich mit dem Täter in Verbindung gesetzt hat.«

Tabea nickte und verließ zügig das Büro. Sie musste sich beeilen, um pünktlich zu ihrem Treffen zu kommen. Und sie spürte Aufregung und war guter Dinge. Heute Abend waren sie endlich auf eine heiße Spur gestoßen, und sie hatte das Gefühl, dass heute nichts schiefgehen konnte.

Kapitel 30

TABEA holte tief Luft, bevor sie eintrat. Der Geruch von frisch gezapftem, schwerem Bier trat ihr in die Nase und sie musste mehrmals blinzeln, bevor sie in dem dunklen Pub etwas erkennen konnte. Laute Musik drang an ihr Ohr. Eine Band spielte auf einer kleinen Bühne mehr schlecht als recht eine Coverversion einer bekannten Rocknummer. Tabea sah sich um, wurde von einer hereinkommenden Frau angerempelt, die ohne Entschuldigung weiterging. Dann endlich entdeckte sie den Mann, der ihr aus der Ferne zuwinkte. Sie trat näher an den Tisch, an dem er bereits saß, und erkannte ihn gleich als einen der Reporter vom Tatort. »Tabea Kurz«, stellte sie sich vor und hielt ihm die Hand entgegen, welche er mit angemessenem Druck ergriff.

»Wer ich bin, wissen Sie ja«, sagte er und zwinkerte ihr zu.

Sie setzte sich und die Bedienung trat an den Tisch, um ihre Bestellung aufzunehmen.

»Wer hat Ihnen die Insiderinfos zukommen lassen?«, fragte Tabea dann Detlev Schmied leise über den Tisch hinweg, nachdem die Bedienung gegangen war. Über etwaige Zuhörer machte sie sich eigentlich kaum Gedanken, schließlich war es im Pub laut und die Besucher starrten allesamt auf die kleine Bühne. Dennoch wollte Tabea kein Risiko eingehen, man konnte schließlich nie wissen.

»Hubert Lange«, antwortete der Journalist ohne Umschweife. »Er hat mich schon das eine oder andere Mal angerufen, wenn sich ein interessanter Fall ergeben hat. Und jetzt Sie: Wie Sie sicher gelesen haben, gehen wir davon aus, dass es sich um eine Serie handeln könnte. Was sagt die Polizei dazu?«

Tabea lachte und lehnte sich noch ein Stück weiter über den Tisch. »Welche Infos haben Sie genau von Hubert bekommen?«, fragte sie und sah das belustigte Zucken in Schmieds Mundwinkeln, bevor dieser zu sprechen begann.

»Dass eine Frau ermordet und die Tote vorher mit blauer Farbe bepinselt wurde und Sie durch einen Anruf vom Täter persönlich in den Fall involviert sind«, antwortete er. »Aber damit erzähle ich Ihnen nichts Neues, denn Sie haben meinen Artikel doch sicher gelesen.«

Tabea ging nicht darauf ein. »Wem haben Sie davon erzählt?«, fragte sie und sah, dass Detlev Schmied erstaunt aufsah.

»Ist das Ihr Ernst?«, fragte er und ein Grinsen breitete sich auf seinem Gesicht aus. »Ich bin freier Journalist, habe aber eine große Leserschaft. Ich habe diese Story also jedem erzählt, der meine Artikel liest. Ich befürchte allerdings, dass ich Ihnen nicht jeden einzelnen Namen nennen kann, Frau Kurz.«

Tabea biss sich auf die Innenseite ihrer Wange. Sie hatte darauf gehofft, dass Detlev Schmied sich verraten würde, hatte darauf spekuliert, dass er abstreiten würde, sich bei jemandem gemeldet zu haben, um die Infos weiterzugeben. Aber das? »Sie wissen genau, wovon ich spreche«, ging sie in die Offensive. »Falls nicht, noch mal langsam: Ich meine nicht Ihre Leser, sondern den Mann, den Sie angerufen haben, um ihm mitzuteilen, dass die Presse über den Mord informiert wurde, und das aus internen Kreisen. Ich spreche von dem Mann, der für den Tod an der Frau verantwortlich ist. Oder woher sollte er sonst direkt nach Ihrem Eintreffen wissen, dass Infos über seine Tat von meinem Kollegen an die Presse weitergereicht wurden? Woher, wenn es ihm nicht aus erster Hand berichtet wurde?«

Doch der Journalist verzog keine Miene, als er sich nun seinerseits in Tabeas Richtung über den Tisch lehnte. »Ich arbeite als selbstständiger Journalist und habe kein Interesse daran, mehr Menschen als nötig im Vorfeld über meine geplanten Schlagzeilen zu informieren. Und wenn ich Ihr Herumstochern in meinen Angelegenheiten richtig deute, weiß ich über den Täter ungefähr ebenso viel wie Sie selbst«, sagte er und klang so arrogant wie zuvor am Telefon. Er zog das Handy aus der Tasche, entsperrte es und schob es über den Tisch.

»Schauen Sie sich die Anruferliste ruhig an«, sagte er. »Sie werden unschwer die Nummer Ihres Kollegen erkennen. Außerdem werden Sie feststellen, dass ich danach niemanden mehr angerufen habe.«

Detlev Schmied machte eine Pause, während Tabea tatsächlich die Nummer Hubert Langes auf dem Display erkannte. Es folgten einige eingegangene Anrufe, jedoch keiner, der von ihm selbst ausgegangen war.

»Netter Versuch«, sagte sie und schob ihm das Telefon über den Tisch hinweg zurück. »Dass Sie Ihren Anruf hätten löschen oder ein anderes Telefon hätten verwenden können, kann man auch vermuten, wenn man nicht bei der Polizei ist. Beleidigen Sie nicht meine Intelligenz.«

Detlev Schmied verzog das Gesicht. »Das würde mir im Traum nicht einfallen«, meinte er. »Meine Mutter hat mir als Kind schon beigebracht, dass Schummeln und Lügen verboten sind. Da werden Sie mir wohl einfach vertrauen müssen.«

Tabea schüttelte den Kopf. »Auf Vertrauen bauen sich keine Fakten auf, das wissen Sie als Journalist ebenso wie ich als Polizistin«, sagte sie und hob einen Beweismittelbeutel hoch. »Wenn Sie mir Ihr Handy überlassen und meine Kollegin von der IT nach gelöschten ausgehenden Anrufen suchen darf, dann können wir über Vertrauen sprechen. Was denken Sie?«

Und zu ihrem Erstaunen schob Detlev Schmied ihr das Handy tatsächlich noch weiter über den Tisch hinweg zu. »Es ist mein Arbeitshandy«, sagte er und sah auf die Uhr. »Lassen Sie das Mädel draufschauen. Sie werden sehen, dass ich niemanden angerufen habe. Aber ich brauche es so schnell wie möglich wieder, ich muss ja ebenso erreichbar sein wie Sie. Sagen wir, in einer Stunde? Ich warte vor Ihrem Büro.«

Tabea sah den Journalisten fragend an, doch der deutete auf seine Armbanduhr. »Die Zeit läuft«, meinte er. »Sie haben eine Stunde, Frau Kurz. Vergeuden Sie sie nicht.«

Kapitel 31

»NICHTS«, sagte Ella, und Frank nickte. Als Tabea mit dem Handy des Journalisten hereingestürmt kam, war er selbst erstaunt gewesen. Der Mann schien tatsächlich so arrogant zu sein, wie Tabea ihn beschrieben hatte. Aber offenbar hatte er wirklich nichts zu verbergen. Zumindest nicht auf diesem Handy. Frank war sich schon vorher sicher gewesen, dass Ella nichts auf dem Telefon finden würde. Sonst hätte er es Tabea nicht überlassen. Sollte er den Täter mit den Insiderinfos versorgt haben, dann hatte er es ganz sicher nicht mit diesem Handy getan.

»Schau dir die Aufzeichnungen der Verkehrskameras an«, forderte Frank Tabea auf, während er das Handy an sich nahm und sich auf den Weg nach draußen machte. Tabea warf ihm einen irritierten Blick zu, und dieses Mal fühlte er sich zu einer Antwort genötigt. »Ich möchte nur einmal schauen, wer von uns beiden arroganter ist.«

Frank spürte die Kälte des kommenden Frühlings, als er nach draußen trat. Das Auto des Journalisten stand mit eingeschaltetem Motor auf dem Parkplatz des Polizeipräsidiums. Die Frontlichter blendeten Frank, als er auf ihn zuging.

»Ich hatte mit Ihrer hübschen Kollegin gerechnet«, hörte er die Stimme des Reporters, der ihn bereits am Tatort mit Fragen gelöchert hatte. »Es ist wirklich schade, dass sie Sie schickt. Oder waren Sie es, der darauf bestanden hat? Ich kann Ihnen versichern, dass Ihre Kollegin ihre Arbeit ganz hervorragend gemacht hat. Unterschätzen Sie sie nicht.«

Frank zog das Handy aus der Tasche und reichte es dem Mann. »Danke für den Hinweis«, sagte er. »Wir sind immer für gute Ratschläge von außen dankbar. Gestatten auch Sie mir einen Rat.« Er lehnte sich durch das Seitenfenster in den Innenraum des Wagens, griff zum Aufnahmegerät, das der Reporter auf seinem Schoß deponiert hatte und schaltete es ab. »Sie beleidigen meine Intelligenz«, sagte er und warf das Gerät in den Fußraum des Wagens. »Mein Rat an Sie: Fühlen

Sie sich nicht zu sicher. Sollten Sie den Täter kennen und mit Polizeiinfos füttern, dann werden wir es erfahren.«

Er wich vom Auto zurück und wollte sich auf den Weg ins Präsidium machen, als er ein Lachen hinter sich hörte.

»Haben Sie sich mit Ihrer Kollegin abgesprochen?«, fragte der Journalist und streckte den Kopf ein Stück aus dem Fenster. »Beleidigen Sie nicht meine Intelligenz«, ahmte Detlev Schmied Franks Stimme nach. »Dasselbe hat sie vorhin auch zu mir gesagt. Vielleicht sollten Sie in Betracht ziehen, dass Sie Ihnen ähnlicher ist, als Sie es gern hätten.« Er ließ den Motor aufheulen, setzte schwungvoll zurück, wendete und verließ den Parkplatz.

Hinter ihm wurde die Haupteingangstür des Polizeipräsidiums aufgerissen. »Frank!«, hörte er Tabeas aufgeregte Stimme. »Komm sofort rein, wir haben etwas gefunden!«

Frank hörte das wilde Geklapper von Computertastaturen, noch bevor er die Tür öffnete. Freddy und Albert sahen von ihren Bildschirmen auf, doch Ella tippte eifrig weiter. »Jannes Müller«, sagte sie und sah Frank auch endlich an. »Tabea hat den Mercedes auf ihrem Bildmaterial entdeckt. Wir haben jetzt das vollständige Kennzeichen, und das Auto gehört einem Jannes Müller.« Frank trat näher an den Bildschirm und überflog die Zeilen, doch Ella las schneller. »Verdammt!«, fluchte sie. »Der Wagen wurde vor einer Woche als gestohlen gemeldet.«

Frank schlug mit der Faust auf den Tisch. Dann hatte er den Wagen also tatsächlich gestohlen. Zu gern hatte er glauben wollen, dass Tabea recht hatte, dass ihm das Risiko zu groß gewesen war, mit einem gestohlenen Fahrzeug in der Gegend herumzufahren. Wo immer sie ansetzten, schienen sich die Spuren im Sand zu verlaufen. Er atmete tief durch, bevor er zu sprechen begann. »Unwichtig«, sagte er. »Es bleibt eine heiße Spur. Wir verfolgen den Wagen weiter auf den Verkehrskameras. Wir müssen unbedingt wissen, wohin unser Mann gefahren ist. Das hat Priorität und wir arbeiten alle gemeinsam daran. Der Halter des Wagens ist zweitrangig. Ihn nehmen wir uns morgen vor. Vor allem geht es jetzt darum, unseren Mann zu finden, bevor er das Fahrzeug wieder loswird.«

Freddy sah hinter seinem Bildschirm hervor. »Was ist mit Detlev Schmied?«, fragte er. »Behalten wir den im Auge?«

Frank schüttelte den Kopf. »Wir werden keinen Beschluss zur Ortung und Abhörung seines Handys bekommen. Er ist zwar widerwärtig, allerdings nicht verdächtiger als die anderen Journalisten, Kontakt zum Täter zu haben. Und ich denke, wir können uns sicher sein, ihm ohnehin ab jetzt öfter zu begegnen. Schließlich wird er weiter über den Fall berichten wollen. Selbst wenn Hubert Lange vom Dienst suspendiert ist und keine Insiderinfos mehr rausgeben kann, haben wir die Reporter am Hals.«

Frank zuckte zusammen, als ein verzerrter Gitarrensound unangenehm laut erklang. Tabea warf ihm einen entschuldigenden Blick zu und zog ihr Handy aus der Tasche. »Ist er das?«, fragte Frank, doch Tabea winkte ab. »Meine Schwester«, sagte sie und sah ihn bittend an. Gerade wollte Frank sie darauf hinweisen, dass für Privatgespräche momentan keine Zeit war, da erinnerte er sich an die Worte Hubert Langes während der Vernehmung. Er hatte von einer kranken Mutter gesprochen und davon, dass Tabea für sie sorgte. »Drei Minuten«, sagte er also.

Tabea warf ihm einen dankbaren Blick zu und nahm das Gespräch entgegen. »Ist was passiert?«, fragte sie und klang angespannt. Frank sah, wie sich ihre versteiften Schultern sofort wieder entspannten, als ihre Schwester etwas antwortete. »Das kann ich noch nicht sagen«, antwortete die Polizistin und ihr Blick wanderte zur Uhr an der Wand. »Ich weiß nicht, wie lange ich noch zu tun haben werde. Kannst du jemand anderen finden, der auf Emil und Jana aufpasst?« Eine Pause entstand und Frank tippte auf seine Armbanduhr, um Tabea zur Eile zu drängen. Schließlich schien es sich nicht um einen Notfall zu handeln.

»Ja«, antwortete Tabea ihrer Schwester, ohne auf seinen Einwand einzugehen. »Hör mal, ich muss wieder an die Arbeit ... Ich hab dir doch gesagt, dass in nächster Zeit alles etwas anders laufen wird als gewohnt. Ich muss jetzt wirklich auflegen. Ich melde mich, sobald ich abschätzen kann, ob ich Feierabend hab, wenn du dein Date hast.«

Kapitel 32

TABEA sah Frank entschuldigend an. Einen unwichtigen Anruf, in dem ihre Schwester Enja ihr von dem Mann erzählte, den sie im Internet kennengelernt hatte, hatte sie nicht erwartet. Auch nicht die Bitte, auf ihren Neffen und ihre Nichte aufzupassen. Direkt nach dem Besuch bei der alten Frau Reinhold hatte sie Enja erzählt, wie tief sie im Moment in Arbeit versank und sie gebeten, eine Weile vermehrt auf ihre Mutter zu achten.

Tabea wollte das Handy gerade wegstecken, als es erneut losschrillte. »Keine weiteren Privatanrufe«, rief Frank durch den Raum, aber Tabea hatte längst erkannt, dass es sich dieses Mal nicht um einen solchen handelte.

»Ruhe«, rief sie laut, und augenblicklich verklang das Tastengeklapper ebenso wie die Stimmen, die bis gerade noch durch den Raum gewabert waren. Frank sah sie an, und sie nickte ihm zu. Mit wenigen Schritten war er an ihrer Seite und lehnte seinen Kopf in ihre Richtung, um den eingehenden Anruf mitzuhören.

Tabea nahm ab, ohne ein Wort zu sagen.

»Tabsi«, hörte sie die Stimme, die ihr eine Gänsehaut über den Körper jagte. »Wie sieht es aus? Magst du heute mit mir sprechen?«

Tabea holte tief Luft, bemühte sich, ihrer Stimme die Aufregung nicht anmerken zu lassen. »In erster Linie möchte ich hören, was Sie zu sagen haben. Sie rufen mich schließlich nicht grundlos an.«

Sie hörte ein leises Lachen am anderen Ende. »Da liegst du vollkommen richtig«, erklang die verzerrte Stimme durchs Telefon. »Ich wollte nur mal nachfragen, wie gut du vorankommst.«

Frank tippte sie an und schüttelte vehement den Kopf, doch Tabea hätte dem Mann ohnehin nichts gesagt. »Gut, gut«, meinte sie lapidar.

»Wenn Sie sich das nächste Mal umdrehen, könnte ich bereits hinter Ihnen stehen.« Erneut lachte der Anrufer auf, und Tabea sah, wie sich eine Gänsehaut auf Franks Arm ausbreitete.

»Nun, dann werde ich keine Zeit verschwenden und mit meiner Arbeit fortfahren«, meinte der Anrufer, und Tabeas Blick fiel auf Ella, die energisch den Kopf schüttelte. Tabea musste ihn unbedingt in der Leitung halten.

»Ich gebe zu«, sagte sie, »dass Sie Ihre Arbeit gut machen. Ihre Spuren zumindest haben Sie gut verwischt, und natürlich sind Sie ausgesprochen schnell. Ich möchte nur eines von Ihnen wissen. Wie geht es Merle?«

Eine kurze Pause entstand, bevor der Anrufer weitersprach. »Ganz prima, Tabsi. Bisher schlägt sie sich wirklich gut. Sie scheint eine echte Gewinnerin zu sein, das mag ich an ihr. Da ist sie dir sehr ähnlich, weißt du?«

Noch immer bedeutete Ella Tabea, am Telefon zu bleiben. »Dass es Merle gut geht, freut mich zu hören«, sagte sie. »Aber wieso halten Sie mich für eine Gewinnerin?« Tabea hielt die Luft an. Sie musste wissen, was das Ganze mit ihr zu tun hatte. Wenn sie die Verbindung zwischen ihr und dem Täter hatten, dann würden sie auch ihn finden, da war sie sich ganz sicher.

»Du warst schon als Kind eine Gewinnerin«, sagte der Anrufer, und Tabea erstarrte. Sollte sie ihn tatsächlich von früher kennen? »Du musstest so viel durchmachen, Tabsi. Weit mehr als deine Schwester. Und dennoch hast du es weiter gebracht als sie. Das ist wahre Stärke.«

Tabea spürte, wie ihre Hände zu zittern begannen. Er konnte nur auf eines anspielen …

»So«, meinte der Mann, und Tabea spürte, dass er das Telefonat beenden wollte. Sie warf einen schnellen Blick auf Ella und die streckte einen Daumen hoch. »Wenn das Team deines Kollegen gut ist, solltet ihr inzwischen wissen, wo ich bin, deshalb will ich mich jetzt mal langsam auf den Weg machen. Denn auch wenn wir beide uns bald begegnen werden, Tabsi, müssen wir uns noch ein wenig gedulden.«

Die Leitung war tot, und augenblicklich kam Bewegung in Frank. »Freddy«, rief er und griff nach Tabeas Arm, um sie mit sich zur Bürotür hinauszuziehen. »Alles weiträumig um den identifizierten Bereich absperren. Er darf nicht entkommen!«

Als Tabea die Tür schwungvoll öffnete, traf sie Marianne Steig im Rücken. »Entschuldigung«, rief sie ihr zu, während sie gemeinsam mit Frank über den Flur rannte.

»Nicht angenommen«, rief Marianne ihr hinterher, und Tabea meinte, etwas wie »scheinheiliges Miststück« zu hören, doch das war egal. In diesem Moment zählte nur, dass sie wussten, wo sich der Mann, der für den Mord einer Frau verantwortlich war und eine zweite in seiner Gewalt hatte, aufhielt.

»Da vorn links«, rief Tabea, nachdem sie und Frank in seinen Sportwagen gesprungen waren und er das Blaulicht in der Windschutzscheibe eingeschaltet hatte.

Frank raste mit hoher Geschwindigkeit die Straße entlang, und Tabea wies ihm den Weg zum Parkplatz des Inselsees, an dem der Täter sich bis eben noch aufgehalten hatte. »Weiter geradeaus«, sagte Tabea und warf einen Blick auf die Uhr. Der Anruf war fast vier Minuten her, und der Mann konnte inzwischen überall sein.

»Wie weit ist es noch?«, fragte Frank und Tabea spürte, wie sich der Wagen noch weiter beschleunigte.

»Etwa drei Minuten«, antwortete sie, als sie das laute Martinshorn eines herannahenden Feuerwehrautos hörte. »Es kommt auf uns zu«, stellte Tabea in den Rückspiegel blickend fest, nachdem sie und Frank die nächste Kreuzung passiert hatten. Unweit vor ihnen erkannte Tabea einen Einsatzwagen, der mit Blaulicht die Straße versperrte. Frank vollführte eine Vollbremsung, hielt unmittelbar davor, sprang aus dem Wagen und zeigte seinen Dienstausweis. »Morddezernat, wir müssen durch«, schrie er und deutete auf den Feuerwehrwagen, der unmittelbar hinter ihm zum Stehen gekommen war. »Und die Feuerwehr auch.«

Tabea knibbelte aufgeregt an ihren Fingern, als der Einsatzwagen viel zu langsam die Straße frei machte. »Nächste rechts, dann sind wir da«, sagte sie, kaum dass Frank wieder eingestiegen war und atmete schneidend ein, als sie die Rauchwolke hinter den Bäumen aufsteigen sah. Frank raste los, kam wenig später schlitternd zum Stehen, sprang aus dem Auto und Tabea ihm hinterher. Auch das Feuerwehrauto kam zum Stehen und mehrere Einsatzkräfte sprangen heraus, um die Befehle des Einsatzleiters entgegenzunehmen. Tabea sah sich um, ohne davon auszugehen, den Täter noch zu entdecken.

Auch Frank eilte über den Parkplatz, während der schwarze Transporter vor ihnen loderte und die orangenen Flammen den Himmel erleuchteten.

Kapitel 33

»ER war leer. Niemand wurde verletzt.« Die Worte des Einsatzleiters der Feuerwehr ließen Tabea aufatmen. Sie und Frank hatten die Umgebung rund um den Parkplatz des Inselsees abgesucht, und nach und nach waren noch weitere Einsatzkräfte hinzugekommen, um die Fahndung aufzunehmen. Auch die Spurensicherung war inzwischen am Tatort angekommen und hatte ihre Arbeit aufgenommen. Das Löschen des schwarzen Mercedes war abgeschlossen, doch noch immer stiegen Rauchschwaden gen Himmel und verpesteten die Luft.

»Ihr Mann hat Benzin als Brandbeschleuniger genutzt, sodass wir mit Schaum löschen mussten. Wenn das Feuer nicht schon alle Spuren verwischt hat, dann haben wohl wir dafür gesorgt.«

Tabeas Diensthandy klingelte, und sie stellte erstaunt fest, dass es Ella war, die sie anrief. »Frank geht nicht ran«, beantwortete sie ohne Umschweife die nicht gestellte Frage. »Habt ihr ihn?«

Tabea schüttelte den Kopf. »Hier ist er nicht. Die Fahndung läuft. Allerdings wird er bestimmt direkt nach unserem Telefonat verschwunden sein.«

Ella unterbrach sie. »Allerdings nicht mit dem schwarzen Mercedes«, sagte sie und sprach weiter, bevor Tabea ihr erklären konnte, dass sie das bereits wusste. »Auf den letzten Videos, auf denen ich den Wagen entdecken konnte, fährt er in die Richtung, aus der der Anruf kam. Das war vor knapp drei Stunden. Seitdem ist der Mercedes auf keiner Aufnahme mehr zu sehen. Er muss irgendwo bei euch in der Nähe sein.«

Tabea, die sah, dass Frank sich vom Einsatzleiter der Feuerwehr verabschiedete, hustete. Der Qualm drang in ihre Lunge, der verbrannte Gummi stank furchtbar. »Pass auf, Ella, er hat uns mit Absicht zum Parkplatz gelockt. Den Mercedes hat er abgefackelt, darin findet sicher niemand mehr Spuren. Entweder benutzt er ein anderes Fahrzeug zur Flucht oder er ist zu Fuß unterwegs, was ich aufgrund seines Beines aber bezweifle. Wir können ja auch nicht ausschließen, dass er das Opfer immer noch bei sich hat. Dann bräuchte er auf jeden Fall ein Auto.«

Tabea hörte Tastengeklapper am anderen Ende der Leitung.

»Okay«, sagte Ella. »Ich schaue die Aufzeichnungen der Verkehrskameras durch, vielleicht entdecke ich ja ein auffälliges Fahrzeug, das sich kurz nach eurem Telefonat aus Richtung Inselsee wegbewegt. Aber ich bin nicht optimistisch. Die Straßen waren voll, und ich weiß nicht, wonach ich suchen muss.«

Frank hielt seine Hand in Tabeas Richtung, und sie verstand. »Frank möchte mit dir sprechen«, sagte sie und überreichte ihm das Telefon.

Tabea beobachtete, wie Frank eine Weile stumm zuhörte, bevor er das Wort ergriff. »Solange er nicht aus einem der Wagen aussteigt und du ihn anhand seines Gangbildes erkennst, wirst du ihn auf diesem Wege nicht finden«, sagte er. »Schließlich kannst du nicht jedes Auto, das in der Zeit des Telefonats bis zur Straßensperre aus Richtung Inselsee gekommen ist, weiterverfolgen.«

Wieder war es für einen Moment still, dann legte Frank wortlos auf. »Sie überprüft die Datenbank auf weitere als gestohlen gemeldete Fahrzeuge. Wenn eines davon auf den Kameras zu sehen ist, haben wir ihn.«

Tabea hörte den resignierten Unterton in Franks Stimme, fühlte sich jedoch noch immer optimistisch.

»Aber das ist doch nicht unwahrscheinlich«, mutmaßte sie. »Immerhin hat er den Mercedes auch gestohlen.« Frank sah sie durchdringend an, und zum ersten Mal hatte sie heute das Gefühl, dass er auf sie herabblickte.

»Er hat uns ganz bewusst hierhergelockt, deswegen ist er so lange in der Leitung geblieben. Ihm war klar, dass wir ihn irgendwann mit dem Mercedes in Verbindung bringen würden. Gestern ist er aus dem Wagen gestiegen und hat das Handy ins Gebüsch geworfen. Er wusste, dass wir das Signal orten und dann die Kameras prüfen würden, Tabea. Er weiß ganz genau, was er tut und fährt auf keinen Fall mit einem als gestohlen gemeldeten Fahrzeug mitten durch die Verkehrskameras, die von einem Tatort wegführen.«

Tabeas Gedanken überschlugen sich. Das Abfackeln des Autos verschaffte dem Mann gleich mehrere Vorteile. Zum einen war er den

Wagen nun los, der zur Fahndung ausgeschrieben war und konnte den Streifenpolizisten nicht mehr einfach so in die Arme laufen. Und schließlich konnten sie nicht einfach jeden Mann, der hinkte, aufs Revier schleppen. Es war schließlich die Verbindung aus Hinken und schwarzem Mercedes gewesen, die ihnen diese Möglichkeit offengehalten hätte. Außerdem hatte der Feuerwehrmann bereits gesagt, dass es keine Spuren mehr geben würde. Mit dem Ausbrennen und Durchschäumen des Wagens hatte der Täter dafür gesorgt, dass weder von Merle Winkelmann noch von Lotta Kahl, die er möglicherweise ebenfalls in dem Wagen transportiert hatte, Spuren gefunden werden konnten. Tabea warf einen Blick auf das vollkommen verkohlte Fahrzeug. Auch von ihm selbst würden sie nichts finden können.

Sie mussten ein weiteres Mal einen großen Rückschritt hinnehmen.

Kapitel 34

»ES macht mich krank!« Tabea sah die Wut in Franks Augen, als er das Handy sinken ließ. Angespannt ging er im Büro auf und ab, während er Tabea von dem Telefonat erzählte. »Das war Hanno Bergheim, der Leiter des Güterzugverkehrs. Er hat endlich herausgefunden, dass unser Mann tatsächlich Infos bei der Bahn eingeholt hat, wie wir es vermutet haben.« Die kurze Euphorie, die bei diesen Worten in Tabea aufstieg, verebbte sofort wieder, denn was nach einer guten Nachricht klang, würde im Sande verlaufen, wie sich unschwer an Franks Gesicht ablesen ließ. Und dann sprach er es aus: »Aber der Täter hat den Mitarbeiter nicht selbst gefragt. Er hat irgendeinen Jugendlichen abgegriffen, der diesen Job für ihn übernommen hat. Der hat sich auf Anweisung unseres Mannes als Fotograf ausgegeben und gemeint, er wolle Fotos von der Strecke schießen und dafür sollten die Gleise leer sein. Bergheims Mitarbeiter hat den Jungen als ›runtergerockt‹ bezeichnet und meinte, es könnte sich um einen Süchtigen gehandelt haben. Das Gesicht hat er allerdings nicht gut sehen können, weil der Bengel eine Kapuze trug. Wir werden es dennoch mit einem Phantombild und einem Presseaufruf probieren. Ich mache mir allerdings keine großen Hoffnungen. Wenn er süchtig ist, wird er kaum freiwillig zu uns kommen, zumal er bestimmt Geld dafür bekommen hat und nicht ahnen konnte, dass er damit zum Komplizen in einem Mordfall werden würde.«

Tabea legte den Kopf schief. »Emma Eckersdorf«, sagte sie. Frank sah sie fragend an. »Ich bin mir sicher, wir können sie ins Boot holen. Sie kann versuchen, herauszufinden, wer dieser Jugendliche ist.«

Frank zuckte mit den Schultern und er brauchte nicht auszusprechen, was er dachte. Tabea sah auch so, dass er sich keine großen Hoffnungen machte, dass das weiterhelfen würde. Dennoch zückte Tabea das Handy und wählte die Nummer der Reporterin. Und nachdem sie kurz geschildert hatte, worum es ging, zögerte die junge Frau keine Sekunde, bevor sie einwilligte, nach dem jungen Mann zu suchen.

Frank konnte das alles nicht als Fortschritt betrachten, setzte sich mit Tabea zusammen und ging noch mal mit ihr durch, was in den letzten Tagen alles schiefgegangen war. »Wir haben eine Leiche und eine entführte Frau, die er seit nunmehr sechs Tagen in seiner Gewalt hat. Und ermittlungstechnisch haben wir nichts weiter als ein gestohlenes, ausgebranntes Fahrzeug, eine alte Zeugin, die uns nur ein verschwommenes Bild des Täters liefern konnte, Verkehrskameras, die nichts taugen, weil sie an den falschen Stellen stehen und Journalisten, die wie Geier auf den nächsten Mord warten, während wir versuchen, ihn zu verhindern.«

Tabea ließ den Kopf in die Hände sinken und stützte sich mit den Ellenbogen auf ihrem Schreibtisch ab. Die letzten Tage waren in der Tat frustrierend gewesen. Nachdem sie geglaubt hatten, mit dem Mercedes eine heiße Spur zu haben, war alles im Sande verlaufen. Natürlich hatte die Spurensicherung wie erwartet nichts in dem Auto finden können. Auch rund um den Inselsee hatten sich keine weiteren Spuren finden lassen. Es gab keinen polizeibekannten Mann im System, der mit einer alten Beinverletzung zu kämpfen hatte, und Ella hatte den Versuch, die aufgezeichnete Stimme des Täters zu entzerren, inzwischen aufgegeben.

Frank warf einen Blick auf die Uhr. »Wir müssen die Köpfe freikriegen«, sagte er entschlossen. »Aktuell gibt es keine heiße Spur, und wir sind vollkommen festgefahren. Ruf deine Schwester an, verbring den Abend mit deiner Nichte und deinem Neffen. Ich sage dem Team Bescheid, dass wir nach Hause gehen. Morgen machen wir mit frischem Kopf weiter.«

Frank stand auf und knallte ohne ein weiteres Wort die Bürotür hinter sich zu. Tabea strich sich mit den Händen durchs Gesicht und spürte, wie eine leise Versagensangst in ihr aufstieg. Jeden Moment rechnete sie mit dem Anruf, der ihr ein neues Geschenk ankündigte. Der Mann hatte Merle Winkelmann schon zu lange in seiner Gewalt. Jedes Mal, wenn ihr Handy klingelte, schreckte sie zusammen. Doch in den meisten Fällen war es ihre Mutter, die ihr belanglose Fragen stellte oder ein Kinderlied vorsang, das ihr wieder eingefallen war. Sie musste ganz dringend einen Platz in einem Pflegeheim für sie finden, spürte, wie sich die Situation mehr und mehr zuspitzte.

Tabea stand auf und zog sich ihre Jacke über. Dann verließ sie das Büro.

»Na, kommt die Eliteeinheit nicht voran?«, hörte sie die höhnische Stimme Marianne Steigs, doch Tabea konnte nicht einmal mehr die Kraft aufbringen, abzuwinken. Stumm verließ sie das Präsidium, ging zum Parkplatz und stieg in ihren alten Opel, der beim Starten laut und verzweifelt aufschrie.

»Du passt zum Fall«, sagte sie und musste im selben Moment über sich selbst lachen. Jetzt sprach sie schon mit ihrem Auto. Entschlossen griff sie zum Handy und rief ihre Schwester an. Frank hatte recht. Es wurde Zeit, dass sie mal wieder auf andere Gedanken kam.

»Großartig«, jubelte Enja, nachdem Tabea ihr mitgeteilt hatte, dass sie sich direkt auf den Weg machen würde. Und wie immer, wenn sie mit ihrer Schwester sprach, schwappte ein Teil ihrer überschwänglichen Freude auf Tabea über. »Dann sage ich dem Babysitter ab. Von dem Geld, das ich jetzt spare, kann ich glatt den einen oder anderen Drink mehr nehmen.«

Tabea lächelte. Ihre Schwester war schon immer unkomplizierter und spontaner gewesen als sie. Und anders als Tabea stets erwartet hatte, war sie trotz einiger Eskapaden bisher niemals in größere Schwierigkeiten geraten.

Du bist eine Gewinnerin, hatte der Täter beim letzten Gespräch zu ihr gesagt. Er hatte sie mit ihrer Schwester verglichen, gemeint, dass sie viel mehr hatte ertragen müssen und dennoch mehr erreicht hätte als Enja. Er hatte sie als stark bezeichnet, wusste auch, dass Tabea beim Tod des Vaters mit im Auto gesessen hatte. Und wenn er diese Information aus der damaligen Berichterstattung hatte, dachte er sicher, sie hätte ihrem Vater beim Sterben zugesehen. Das musste der Grund sein, weshalb er sie bei den Ermittlungen dabeihaben wollte. Doch Tabea konnte sich beim besten Willen nicht vorstellen, weshalb es so war. Sie konnte die Verbindung, die zwischen ihnen bestand, nicht greifen, egal wie lange sie darüber nachdachte. Wenn der Mann gesehen hätte, wie es nach dem Tod ihres Vaters gewesen war, hätte er vermutlich eher Kontakt mit ihrer Schwester aufgenommen. Sie war es gewesen, die Tabea Halt gegeben hatte, während ihre Mutter den Verlust eher zu verdrängen versuchte. Mehr als einmal hatte Tabea nur noch atmen können, weil ihre Schwester sie in den Arm genommen hatte und sie ihrem gleichmäßigen Herzschlag lauschen konnte. Sie hatte stark sein müssen. Stark für ihre kleine Schwester, die noch gar nicht richtig verstanden hatte, was geschehen war.

»Da bist du ja endlich!«

Eine Viertelstunde, nachdem Tabea bei ihrer Schwester angerufen hatte, stieg sie aus dem Wagen. Enja warf Tabea die Haustürschlüssel zu, noch bevor sie sich der Tür überhaupt genähert hatte. »Bin spät dran, Tabsi. Wir reden später.« Enja warf ihrer Schwester einen Handkuss zu und rannte zu ihrem Wagen. Das schwere Parfum wehte zu Tabea herüber, und sie hörte den Motor des kleinen Sportwagens aufheulen. Tabea grinste in sich hinein. Kurz nachdem Enja Emil bekommen hatte, hatte sie sich diesen Wagen zugelegt.

»Mit einem Kind ist das kein Problem«, hatte sie gemeint, als Tabea sie darauf hingewiesen hatte, dass ein Familienauto angebrachter gewesen wäre. Doch selbst als Emils kleine Schwester Jana auf die Welt gekommen war, hatte Enja sich geweigert, den Sportwagen gegen ein familientauglicheres Modell einzutauschen.

»Tante Tabea!«, hörte sie die durchs Fenster gedämpfte Stimme ihrer Nichte. Sie drehte sich um und strahlte das Mädchen an, das wild winkte. Tabea beeilte sich, ins Haus zu kommen, und kaum hatte sie die Tür geöffnet, sprang ihr Jana in die Arme.

»Emil und ich haben schon alles aufgebaut«, sagte sie mit einem zarten Lispeln und zog Tabea hinter sich her. »Zuerst spielen wir Mau-Mau, das will Emil. Und dann muss Mary Ann ins Bett.« Mary Ann war Janas heiß geliebte Puppe, die, wie Tabea immer wieder amüsiert feststellte, von ihrer Nichte ziemlich streng erzogen wurde. »Und wenn Mary Ann schläft«, plapperte das Mädchen weiter, »dann spielen wir Mensch ärgere dich nicht. Und dabei trinken wir einen heißen Kakao.«

Tabea lachte und sah, wie Emil, der im Türrahmen erschien, die Augen verdrehte. Er war inzwischen elf Jahre alt und würde kein Wort mehr mit Tabea sprechen, wenn er ahnen könnte, dass sie ihn heimlich als süß bezeichnete.

»Hallo Tante Tabea«, sagte er und hob die Hand zum Gruß. Tabea wollte ihn umarmen, doch er zuckte zusammen und strich sich über die Haare, die sie aus Versehen mit den Fingerspitzen berührt hatte. »Nicht anfassen«, schimpfte er und rannte ins Bad, um sich im Spiegel zu betrachten. Tabea lächelte erneut. Er war und blieb süß – auch wenn er dafür inzwischen viel zu cool war.

»Tante Tabea«, rief Jana, kaum dass Emil den Flur verlassen hatte, »kommst du endlich?«

Tabea zog die Augenbrauen hoch. Sie war sich vollkommen sicher, dass sie heute Abend keinen Gedanken mehr an den aktuellen Fall verschwenden würde. Und das war eine Abwechslung, mit der sie durchaus leben konnte.

Kapitel 35

DU bist so wunderschön. Und doch schwach, nicht wert, auf die Probe gestellt zu werden. Deine Haare riechen nach Lavendel und Honig, süß und herb zugleich. Das habe ich gleich gerochen, als ich dir einen Kuss auf die Wange gegeben habe.

Doch du redest zu viel, lachst zu laut und siehst dich zu oft um. Zu viel, zu laut, zu oft. Wirkst viel zu nervös. Du bist so ganz anders als deine Schwester. Deine starke Schwester, deine kleine, starke Schwester.

Aber immer wieder zwinge ich mich zu einem Lächeln. Doch es ist ein verschwendeter Abend. So viel hätte ich tun können. Aber ich musste dich kennenlernen, musste dafür sorgen, dass der Plan auch weiter funktioniert.

Der kleine Salat kann den Alkohol, den du trinkst, unmöglich neutralisieren, und nach und nach verschwimmt das, was du sagst, immer mehr. Unattraktiv und schwach ist das, Enja – genau wie du selbst. Dein Lachen wird noch lauter, und ich rufe dir ein Taxi. Armes, schwaches Mädchen. Gleich bist du zurück bei Tabsi. Wird sie dich mitleidig ansehen, betrunkenes Flittchen, das du bist?

Du widerst mich an, bist genauso schwach wie die Frau, die auf mich wartet. Und auf ihr Urteil, das ich fällen musste, nachdem sie gezeigt hat, dass sie es nicht wert ist, zu leben. In dieser Welt kann sie nicht bestehen. Kann sie nicht. Noch heute Nacht wird es geschehen. Die Strafe folgt auf dem Fuße, das weiß jeder.

Du wirfst mir ein nervöses Lächeln zu. Spürst du schon, dass es heute nichts wird mit uns? Oder fürchtest du dich davor, dass ich dich doch noch begleiten wollen könnte?

Deine Umarmung ist unsicher, bevor du ins Auto steigst. Enttäuschung und Erleichterung gleichermaßen in deinem Blick, als ich die Tür schließe.

Ich atme durch, habe das Schlimmste hinter mir. Jetzt ist die Frau an der Reihe, die zitternd und schwach auf mich wartet. Runde zwei ist gleich vollendet.

Kapitel 36

TABEA sah verwirrt auf die Uhr, als sie die Schlüssel im Schloss hörte. So kurz nach Mitternacht hatte sie noch gar nicht mit ihrer Schwester gerechnet.

»Bin zu Hause«, hörte sie Enjas Stimme aus dem Flur, und das Lallen war unüberhörbar. Tabea warf einen flüchtigen Blick aus dem Fenster und stellte erleichtert fest, dass der Wagen ihrer Schwester nicht in der Auffahrt stand. Sie hatten sich nicht selten in die Haare gekriegt, weil ihre Schwester alkoholisiert hinterm Steuer gesessen hatte. Doch das hatte zum Glück mit Emils Geburt aufgehört.

»Was machst du denn schon hier?«, fragte Tabea leise, um die Kinder nicht zu wecken. Sie hatten bis zum späten Abend miteinander gespielt, und Tabea hatte Mühe gehabt, sie zum Einschlafen zu bewegen.

»Er ist ein wahrer Gentleman«, lallte Enja und zwinkerte Tabea zu. »Einer, der es beim ersten Date bei einem leckeren Essen und einigen Drinks belässt und eine Frau zu nichts drängt, was sie noch nicht möchte.«

Tabea zog eine Augenbraue hoch. Sie kannte ihre Schwester gut genug, um zu wissen, dass sie zu rein gar nichts gedrängt werden konnte. Enja hatte schon immer einen Dickkopf gehabt, und sie war es normalerweise, die die Männer hinhielt. Dennoch hätte Tabea erwartet, dass Enja den Abend länger auskosten würde. Dass sie so stark alkoholisiert war, passte ebenfalls nicht zu ihr. Bevor Emil und Jana auf die Welt gekommen waren, war sie durchaus häufiger betrunken gewesen, seitdem jedoch nahezu nicht mehr. Irgendetwas musste vorgefallen sein.

»Im Ernst«, lachte Enja, die Tabeas skeptischen Blick sicher bemerkt hatte, und ging in die Küche, wo sie zu zwei großen Weingläsern griff. »Er ist großartig. Ein großer, starker Mann. Witzig, höflich, gutaussehend, charmant. Ich weiß allerdings nicht, ob er etwas für mich ist.« Sie zwinkerte Tabea zu. »Ich würde fast meinen, er passt besser zu dir. Scheint jedenfalls genauso viel nachzudenken wie du. Wie sieht's auf dem Gebiet eigentlich bei dir aus? Was ist zum Beispiel mit diesem Schünemann? Ist der heiß?«

Tabea nahm ihrer Schwester die Gläser aus der Hand, stellte sie zurück in den Schrank und setzte eine Kanne Kaffee auf. Über ihr nicht vorhandenes Liebesleben wollte sie sich nicht unterhalten. Schon gar nicht mit jemandem, der eindeutig mehr Alkohol intus hatte, als ihm guttat.

Der herbe Duft des Kaffees überdeckte das süße Parfum ihrer Schwester, und Tabea goss einen großzügigen Schluck Milch in Enjas Becher. »Kein Wein?«, fragte diese und sah erstaunt auf ihre Hände, als hätte sie erst jetzt bemerkt, dass da keine Weingläser mehr waren.

»Kaffee«, antwortete Tabea und nahm einen vorsichtigen Schluck des dampfenden Inhalts. »Die beiden Mäuse schlafen übrigens«, klärte sie ihre Schwester darüber auf, was sie eigentlich hätte interessieren sollen. Enja zeigte mit dem Daumen nach oben und sah angeekelt in ihre Kaffeetasse, bevor sie diese auf dem Küchentisch abstellte.

»Wann ist Emil eigentlich so groß geworden?«, fragte Tabea und wartete keine Antwort ab. »Mir kommt es vor, als wäre es gestern gewesen, dass er noch geweint hat, wenn er bei Mau-Mau verloren hat. Und bei *Mensch ärgere dich nicht* hat er Jana und mich drei Runden nacheinander plattgemacht und uns nicht ein Mal damit aufgezogen.«

Endlich hob ihre Schwester den Kopf. »Du hast dich zu drei Runden überreden lassen?«, fragte sie und verdrehte die Augen. »Ich halte es gerade so eine Runde lang aus. Das ist einfach nur unfassbar langweilig und stupide. Und wenn ich kurz vor dem Ziel rausgeworfen werde, könnte ich kotzen.«

Tabea lachte. Schon als Kind war ihre Schwester eine schlechte Verliererin gewesen, und offenbar hatte sie damit noch heute ihre Probleme.

»Es tat gut, die beiden mal wieder ganz für mich allein zu haben«, gab Tabea zu. Und tatsächlich war ihr gar nicht klar gewesen, wie sehr sie Jana und Emil vermisst hatte, bis ihre Nichte ihr am Abend in die Arme geflogen war. Auch ihre Schwester hatte sie viel zu lange nicht gesehen. Tabea erinnerte sich noch gut an die Zeit, als sie Abend für Abend zusammengesessen und sich unterhalten hatten. Doch das hatte sich mit der Erkrankung ihrer Mutter und den vermehrten Einsätzen auf der Arbeit geändert. Viel zu sehr hatte Tabea ihr Privatleben in letzter Zeit vernachlässigt – und das nicht erst, seitdem sie mit Frank an dem Fall arbeitete.

»Wie geht es Mama?«, fragte sie und nahm einen weiteren Schluck Kaffee.

Enja zuckte mit den Schultern, schien kaum noch die Augen offen halten zu können. »Sie ist immer öfter verwirrt«, meinte sie und lehnte den Kopf an die Wand hinter sich. Sie schloss die Augen, erzählte jedoch leise weiter. »Als ich sie gestern angerufen habe, hat sie mich gefragt, wann Papa endlich nach Hause kommt. Sie war sich vollkommen sicher, dass er seit einer Stunde bei ihr hätte sein müssen. Dann meinte sie, er wäre sicher wieder bei seiner kleinen Gespielin.«

Tabea biss sich auf die Innenseite ihrer Wange. Dass ihr Vater eine kurze Affäre gehabt hatte, wusste Enja nicht, und so sollte es auch bleiben. Tabea hatte es durch einen blöden Zufall mitbekommen und selbst in ihrem jungen Alter verstanden, dass sie möglicherweise bald keine Familie mehr sein würden. Das war kurz vor dem Tod ihres Vaters gewesen, und Tabea wusste bis heute nicht, ob ihre Eltern die Krise in der kurzen Zeit dazwischen noch hatten überwinden können.

»Wir müssen dafür sorgen, dass sie endlich einen Platz im Heim bekommt«, sprach Tabea das aus, was ihre Schwester bereits seit der Demenzdiagnose ihrer Mutter predigte. Doch da Tabea wusste, dass ihre Mutter diesen Weg niemals freiwillig für sich gewählt hätte, hatte sie diesen Schritt bislang immer abgelehnt. Allmählich, das wusste sie, gab es jedoch keine andere Lösung mehr. Der ambulante Pflegedienst, der in kurzen Abständen kam, um sie zu versorgen und nach ihr zu sehen, reichte bei Weitem nicht mehr aus.

»Hast du gehört?«, hakte Tabea nach, doch ihre Schwester war auf dem Küchenstuhl mit dem Kopf an der Wand eingeschlafen. Tabea lächelte. Wie sie dieses verrückte Huhn liebte!

Sie stand auf und fasste Enja am Arm, half ihr vom Stuhl und brachte sie zum Sofa, wo sie eine flauschige Decke über sie ausbreitete. Sie gab ihr einen Kuss auf die Stirn und schrak beim schrillen Klingeln ihres Handys zusammen.

»Du musst dir unbedingt einen neuen Klingelton zulegen«, lallte Enja, während sich in Tabea eine eisige Kälte ausbreitete, als sie erkannte, dass es sich um eine unbekannte Nummer handelte. Ihr Daumen kreiste zitternd über dem grünen Hörer, bevor sie sich endlich überwinden konnte, den Anruf anzunehmen. Stumm hielt sie das Handy ans Ohr, hörte das leise Atmen am anderen Ende, dann sagte die inzwischen bekannte Stimme: »Hallo Tabsi! Ich hoffe, du hast heute Abend nichts mehr vor. Denn ich habe ein Geschenk für dich.«

Kapitel 37

»GUT, dass wir bereits wissen, um wen es sich handelt«, sagte Frank, während er die Leiche betrachtete. »Sie zu identifizieren, wäre ansonsten keine leichte Aufgabe gewesen.« Er warf einen Blick auf Tabea, die bleich geworden war. Sie hielt sich unauffällig an einer Eisenstange fest. Und auch ihm war bei dem Anblick der Frau ganz anders geworden. In seiner Laufbahn bei der Mordkommission hatte er schon viele schlimm zugerichtete Leichen gesehen. Und doch konnte er sich an den Anblick der zum Teil verstümmelten, aufgedunsenen und schwer missbrauchten Körper bis heute nicht gewöhnen. *Wenn mir eines Tages ein solcher Anblick nichts mehr ausmacht*, schoss ihm durch den Kopf, *dann weiß ich, dass es Zeit ist, aufzuhören.*

Der nackte, grün glänzende Körper der Frau lag bewegungslos auf dem Boden. Im freien Fall von dem Kran auf der Baustelle musste sich die Hand des Opfers auf dem Weg nach unten in einem der metallischen Gestänge verfangen haben, wo sie abgerissen worden war. Aus der Ferne schien es, als hätte der Kopf am meisten abbekommen. Wildes Treiben herrschte um sie her. Die Spurensicherung hatte ihre Arbeit noch nicht beendet, und Frank fühlte Unruhe in sich aufsteigen. Er wollte Merle Winkelmann selbst untersuchen, wollte etwas zu tun bekommen und nicht nur hier herumstehen.

»Tabea?«, fragte Frank und sah, wie diese endlich den Blick von der toten Frau löste. Im trüben Licht des hereinbrechenden Morgens wirkten die schemenhaften Schatten der Mitarbeiter der Spurensicherung gespenstisch. Auch die Blitzlichter der Kameras, die aus unterschiedlichen Blickwinkeln aufleuchteten, verliehen der ganzen Situation etwas Unwirkliches. Inzwischen war es fast sechs Uhr morgens, und die Kollegen von der Beweissicherung würden hoffentlich bald fertig sein.

Frank nahm Tabea am Arm und entfernte sich mit ihr einige Schritte vom Tatort. Sie schlüpften unter dem Absperrband hindurch, sodass sich die entsetzlich zugerichtete Leiche nicht mehr in ihrem Blickfeld befand. Er hielt ihr einen Energieriegel entgegen, doch sie winkte ab. »Iss ihn«, sagte er und hörte selbst, dass seine Stimme klang, als würde sie keinen Widerspruch zulassen. »Wir haben eine lange Nacht hinter und einen noch längeren Tag vor uns und werden Kraft brauchen.«

Endlich griff seine Kollegin nach dem Snack, und Frank öffnete seinerseits einen. Er schmeckte die Nüsse, die Süße, die sich auf seiner Zunge ausbreitete, doch der Geschmack war insgesamt fahl wie immer. Nach Jahren in der Mordermittlung hatten die Riegel, die er stets in solchen Situationen zu sich nahm, den Geschmack des Todes angenommen.

»Warum ist sie grün?«, fragte Tabea. »Warum nicht blau?« Frank zuckte mit den Schultern. Er musste zugeben, dass er selbst über die Farbwahl erstaunt war. Auch er hatte damit gerechnet, dass der nächsten Leiche dasselbe Blau anhaften würde wie der ersten. Der Wechsel irritierte ihn. Wie es aussah, hielt er sich sonst an den von ihm selbst vorgeschriebenen Plan. Er stieß sein Opfer aus großer Höhe hinab, bemalte es vorher mit Farbe und hängte ihm einen Zettel an den Zeh. Augenscheinlich war auch dieses Opfer während des Sturzes am Leben gewesen. Die Masse an Blut, das sich um den verstümmelten Armstumpf der Frau gebildet hatte, ließ darauf schließen, dass das Herz zum Zeitpunkt des Aufpralls noch für einen Moment geschlagen und das Blut aus den Wunden herausgetrieben hatte, bevor es endgültig stehen geblieben war. Der Täter schien sich somit strikt an das zu halten, was er beim ersten Mord bereits getan hatte. Der Wechsel der Farbe musste dementsprechend einen Grund haben. Und den galt es herauszufinden. Aber klar war zumindest, dass das Bemalen der Frauen in unterschiedlichen Farben zu seinem Modus Operandi gehörte.

»Ihr könnt jetzt loslegen«, sagte Freddy, und Frank sah, wie dieser Tabea für einen Moment die Hand auf die Schulter legte. »Eure Mitarbeitenden von der Spurensicherung machen hervorragende Arbeit. Ich habe nichts zu beanstanden«, sagte er und stieg in das schwarze Fahrzeug, in dem sich sicher verwahrt das Beweismaterial befand und nun in die Forensik gebracht wurde.

»Wollen wir?« Frank erwartete fast, dass Tabeas Stimme brüchig klingen oder sie keine Antwort geben würde. Doch sie überraschte ihn, als sie fest und laut sagte: »Natürlich!« Eiligen Schrittes ging sie an ihm vorbei zurück in Richtung der toten Frau.

Ein metallischer Geruch stieg Frank in die Nase, als er näher an das Opfer herantrat. Hier war aber auch überall Blut. Er wollte sich gerade zu ihr runterbeugen, als er laute Stimmen hörte, die seinen Namen riefen, und das Getrampel herannahender Schritte. Das Durcheinander wehte von hinter der Hausecke herüber, vor der das Absperrband der Polizei im lauen Wind flatterte. Frank war dankbar dafür, dass die Menschen, die ganz offensichtlich Reporter waren, von seiner Position aus keinen Blick auf die tote Frau werfen konnten. Es war schon schlimm genug, dass sie bereits hier waren, aber das war nichts Neues.

»Herr Schünemann«, rief einer von ihnen, »was ist hier passiert? Kommen Sie, nur ein paar Fragen.«

»Stopp«, schrie Frank und seine Stimme klang wutverzerrt. Er ging zurück zu den Reportern, die hinter dem Absperrband standen und versuchten, einen Blick auf die Tote zu erhaschen. Bisher war keiner der vier Journalisten dabei, die beim letzten Mal von Hubert Lange informiert worden waren. Doch natürlich hatte der Fall seine Runde unter ihnen gemacht. Und so wunderte Frank sich auch nicht darüber, dass die Ersten von ihnen bereits vor Ort waren. Und es würden nicht die Letzten sein.

»Was ist hier geschehen? Handelt es sich tatsächlich um den nächsten Mord des Frauenkillers?«, rief einer der Männer. In diesem Moment hielt ein Wagen mit quietschenden Reifen vor der Ansammlung von Reportern, und Tatjana Behrens sprang aus dem Wagen. Sie sprach bereits im Laufen in die aufnehmende Kamera. Ihr Video würde begleitet von reißerischen Schlagzeilen erscheinen, noch bevor Frank und Tabea wieder auf der Dienststelle wären, da war er sich sicher. Sie war genauso, wie Tabea sie beschrieben hatte. Wenn sie könnte, würde sie sich neben die tote Frau legen, um auch noch das kleinste Detail zu erwischen.

»Stoppen Sie das«, wies Frank die Polizisten an, die die Absperrung bewachten. Dann drehte er sich wieder um und ging wortlos um die Hauswand, hinter der die tote Frau lag. »Sie können uns aus ihrer Position nicht sehen«, meinte er zu der am Boden hockenden Tabea. »Ich möchte nur wissen, woher sie dieses Mal ihre Informationen haben.

Entweder einige von ihnen hören illegal den Polizeifunk ab oder es gibt einen weiteren Maulwurf, der sie informiert.« Er sah, wie Tabea mit den Schultern zuckte.

»Oder aber«, sagte sie, »er hat Gefallen daran gefunden, im Rampenlicht zu stehen und hat sie selbst informiert.« Frank dachte über ihre Worte nach und musste zugeben, dass es sich hierbei ebenfalls um ein plausibles Szenario handeln konnte. Beim ersten Mord war er ungewollt in die Presse geraten, als Hubert Lange die Journalisten informiert hatte. Er hatte Tabea angerufen und ihr gesagt, dass sie die Öffentlichkeit heraushalten sollten. Dennoch war es möglich, dass er nachträglich den Trubel, der um ihn gemacht wurde, genoss und dieses Gefühl erneut spüren wollte.

»Schon was gefunden?«, fragte er Tabea und sah, wie sie für einen kurzen Moment die Augen schloss, jedoch nicht antwortete. Er trat näher an die Frau heran und warf einen Blick auf ihren Kopf, der am meisten abbekommen hatte. Die toten Augen der Frau starrten anklagend, und der Schädel war am Hinterkopf beim Aufprall vollkommen zerschmettert worden. Er spürte, wie der Energieriegel in seinem Magen wütete, gab dem Gefühl jedoch keinen Raum.

Er ging um die Leiche herum und achtete darauf, nicht in die riesige Blutlache zu treten. Als er am Fuß der Frau ankam, drehte er den Zettel, den er bereits aus der Ferne gesehen hatte, zu sich. Ohne überrascht zu sein las er die Worte vor, die darauf standen. »Runde zwei«. Er holte resigniert Luft. »Hoffen wir mal, dass es zu keiner dritten Runde kommen wird. Ich hatte ehrlich gesagt schon nach der ersten genug.«

Tabea versteifte sich, bevor sie aus der Hocke aufsprang. Ihre erstaunten Augen blickten ihn entsetzt an.

»Was ist?«, fragte er und spürte die Aufregung seiner Kollegin auf sich überschwappen. »Sag schon!«, forderte er sie auf, als sie ihn nur weiter stumm anblickte.

Dann endlich sprach sie aus, was ihr in diesem Moment aufgegangen war: »Es ist ein Spiel. Und die Frauen sind seine Spielfiguren.«

Kapitel 38

»KLINGT ein bisschen weit hergeholt«, meinte Ella bei der Teambesprechung, die Frank einberufen hatte. Albert war beschäftigt damit, den Sektionssaal vorzubereiten und nahm nicht teil, doch Freddy und Ella hatten sich eingefunden.

»Hör ihr erst einmal bis zum Ende zu«, sagte Frank und klang dabei gereizter, als Tabea es bisher im Umgang mit seinem Team beobachtet hatte.

»Ich war gestern Abend bei meiner Nichte und meinem Neffen und wir haben *Mensch ärgere dich nicht* gespielt«, erklärte sie. »Vielleicht bin ich deshalb auf den Gedanken gekommen, als Frank sagte, ihm hätte eine Runde gereicht. Damit hat er mich an einen Satz meiner Schwester erinnert … Wir haben uns doch gefragt, warum die Opfer blau und grün angemalt wurden, bevor sie starben. Was, wenn der Täter sie als eine Art Spielfigur sieht? Wir wissen, dass er ein Spieler ist. Er spielt mit uns, wenn er uns Hinweise gibt, aber nur so viele, um ihn nicht zu erwischen. Er spielt mit mir, wenn er mich anruft und meint, er hätte ein Geschenk für mich. Sollte er heute selbst die Presse informiert haben, hat er die Aufmerksamkeit beim letzten Mal genossen und auch daraus ein Spiel gemacht. Er *ist* ein Spieler. Und er braucht Spielfiguren. Deshalb malt er seine Opfer an. Ein anderer Grund will mir einfach nicht einfallen. Außerdem hängen Zettel an den Zehen der Opfer. Bisher sind wir davon ausgegangen, dass der Täter mit den Worten darauf lediglich im übertragenen Sinne gesprochen hat. Wir haben es als Hinweis gedeutet, uns zu sagen, dass noch weitere Frauen folgen werden. Doch was, wenn er das Wort ›Runde‹ wörtlich meint? Was, wenn es sich tatsächlich um Spielrunden handelt?«

Noch immer schien Ella nicht überzeugt. »Und welches Spiel soll das sein?«, fragte sie und rümpfte die Nase.

Es war Frank, der eine Antwort lieferte: »Ein Spiel, bei dem grüne und blaue Figuren vorkommen«, sagte er, und die Anspannung in seiner Stimme war vollkommen verflogen.

»Also tatsächlich *Mensch ärgere dich nicht*«, sagte Ella und lachte auf. »Die nächsten Opfer sind also rot und gelb.« Sie klang sarkastisch, als sie weitersprach: »Und alle, die von ihm während des Spiels überrundet werden, schmeißt er raus?«

Tabea blieb abrupt stehen. Ihre Theorie mochte noch so abwegig klingen, doch sie spürte, dass sie richtiglag, hatte es vorhin am Tatort ganz deutlich gefühlt, als ihr die Idee in den Kopf geschossen war. Und jetzt hatte Ella ungewollt mit ihrer Skepsis ein weiteres Puzzleteil an den rechten Platz geschoben. »Genau«, sagte sie und sah aus dem Fenster. »Deshalb lässt er sie aus großen Höhen zu Tode stürzen.«

Als Tabeas Blick zu Frank wanderte, erkannte sie echte Anerkennung in seinen Augen. Er wandte sich an Freddy und Ella: »Wir verfolgen diese Theorie weiter«, sagte er bestimmt, bevor er das Wort wieder an Tabea richtete. »Hervorragende Arbeit!« Er berührte kurz ihren Oberarm, und Tabea spürte, wie sie rot wurde. Endlich hatte sie das Gefühl, dem Täter näher zu kommen.

»Ich möchte, dass du mit den Journalisten Behrens, Eckersdorf, Schmied und Braun sprichst«, sagte Frank dann zu Tabea. »Finde heraus, wer dieses Mal ihre Quelle war. Ich gehe zu Jörg Harnisch.«

Tabea sah Frank fragend an. Was wollte er bei ihrem Chef?

»Wir brauchen einen Raum für eine Pressekonferenz«, erklärte er und sah auf die Uhr. »Albert wird in einigen Stunden fertig sein, und danach wenden wir uns mit den neuen Ergebnissen an die Öffentlichkeit. Er möchte spielen? Das kann er haben. Aber wir werden die Regeln aufstellen. Wir werden ihm zeigen, dass wir mehr über ihn wissen, als er denkt.«

Tabea nickte. Sie hoffte inständig, dass sie den Mann mit dieser Strategie aus der Reserve locken konnten. Nicht selten machten Täter, die sich eingeengt fühlten, Fehler, die schließlich zu einer Verhaftung führten.

»Wenn ich mit Harnisch gesprochen habe, gehe ich zu Albert und nehme an der Obduktion teil«, sagte er. »Tabea, du weißt, was du zu tun hast. Und wenn du sie ohnehin am Telefon hast, lädst du sie gleich zu sechzehn Uhr aufs Revier ein. Freddy und Ella, ihr kümmert euch schon mal um den Text für die Pressekonferenz. Tabea stößt dann zu euch, wenn sie fertig ist. Und ich auch. Dann schauen wir gemeinsam noch einmal drüber und sehen, wie wir dich am besten in Szene setzen.«

Frank warf die Tür hinter sich ins Schloss, und Tabeas fragender Blick wanderte zu Ella und dann zu Freddy.

»Der Täter braucht aus irgendeinem Grund den Kontakt zu dir, und Frank gibt ihm, was er will«, erklärte Freddy. »Er hat dich persönlich zum Gegner gemacht und soll denken, dass du ihm dichter auf den Fersen bist, als ihm lieb sein kann. Er ist nur noch ein Feld vor dir, und dein nächster Zug könnte ihn zu Fall bringen.«

Ellas Kaugummiblase zerplatzte, und Tabea erkannte ihr schelmisches Grinsen unter der Zuckerschicht, die auf ihren Lippen klebte. »Herzlichen Glückwunsch«, sagte sie. »Hinter dieser Strategie steht nämlich noch viel mehr.« Tabea zog die Augenbrauen hoch, doch Ella sprach weiter, bevor sie zu einer Frage ansetzen konnte. »In seiner gesamten Laufbahn hat Frank noch nie die Pressemitteilung an Mitarbeiter abgegeben. Nicht einmal an Emelie Weber. Ich würde behaupten, du bist gerade ordentlich befördert worden.«

Kapitel 39

»DAS darf doch nicht wahr sein!« Frank verzog das Gesicht. Was Albert ihm da sagte, passte ganz und gar nicht ins Bild. »Bist du dir ganz sicher?« Frank erkannte leichte Empörung in den Augen des Rechtsmediziners, als dieser ihn durch die dicke Lupenbrille hindurch ansah.

»Stellst du nach all den Jahren meine Kompetenz infrage?«, fragte er und sah erneut zu der vor ihm liegenden Frau hinunter. »Es gibt keinen Zweifel, dass das Opfer vor ihrem Tod sexuell missbraucht wurde. Alle Spuren am Körper sprechen eindeutig dafür.« Der Arzt machte einen Abstrich und legte das Untersuchungsröhrchen in einen Plastikbeutel. »Ich glaub zwar nicht, dass der Täter Körperflüssigkeiten zurückgelassen hat, aber ich schicke die Probe dennoch ins Labor«, sagte er und sprach damit das aus, was Frank ohnehin bereits ahnte.

»Die letzte Frau wurde nicht missbraucht«, sagte dieser nun und strich sich mit den Händen durchs Gesicht. »Überhaupt wurde bei Lotta Kahl weniger Gewalt angewendet als bei unserem zweiten Opfer.« Er deutete mit einem Kopfnicken auf den Kiefer der Frau, die mit großer Wahrscheinlichkeit Merle Winkelmann war. Vor einigen Minuten hatte Albert ins Diktiergerät sprechend erklärt, dass Teile des Kiefers noch gut erhalten waren, ebenso wie einzelne Schädelplatten. Er hatte auch dokumentiert, dass der Frau ein Schneidezahn fehlte und die dazugehörige Wunde zwar nicht mehr frisch, jedoch längst nicht ausgeheilt war. »Der Zahn wurde nicht durch den Aufprall auf dem Boden ausgeschlagen, sondern wenige Tage vor dem Mord.«

Frank atmete tief durch. Sexueller und körperlicher Missbrauch. Beides hatte bei Lotta Kahl vor dem Mord nicht stattgefunden. Was war dieses Mal anders gewesen? Was hatte ihn dazu verleitet, bei Merle Winkelmann so vollkommen anders vorzugehen?

»Ich denke, sie hat ihn wütend gemacht«, überlegte Albert laut, und Frank schloss die Augen und führte den Gedanken dann weiter: »Merle

Winkelmann hat ihre Schwester angerufen, weshalb er sicher sauer war. Vielleicht hat sie sich auch anderweitig zu wehren versucht. Das würde den ausgeschlagenen Zahn erklären, jedoch nicht den sexuellen Missbrauch. Das ist eine vollkommen andere Handlungsebene, und sie passt nicht zur letzten Vorgehensweise des Täters.«

Albert zuckte die Achseln, während er zu dem Skalpell auf dem metallischen Tischchen griff. Mit einem gezielten Schnitt öffnete er den Halsbereich, woraufhin Muskeln und Sehnen zum Vorschein kamen.

»Keine Merkmale von Gewalteinwirkung in der Halsgegend«, stellte Albert neutral fest, und Frank verlor sich in seinen Gedanken. Wann war es für ihn normal geworden, Sätze dieser Art zu hören? Seit wann war er nicht mehr schockiert, wenn er über Missbrauch, Folter oder Mord sprach? Am Morgen hatte er am Tatort festgestellt, dass ihm der Anblick toter Menschen noch immer zusetzte. Im Gegensatz dazu machte ihm eine Obduktion längst nichts mehr aus. Er musste zugeben, dass er im Laufe der Jahre abgestumpft war. Und wenn er auch wusste, dass er diesen Schutzmechanismus brauchte, um in seinem Job bleiben zu können, war es ihm nicht recht. Wenn dieser Fall beendet war, würde er sich mit seiner seelischen Verfassung auseinandersetzen müssen. Vielleicht würde er sich auch einen Termin bei Dr. Jana Sterling holen. Sie hatte ihm damals, als Emelie getötet worden war, sehr geholfen. Er erinnerte sich noch gut daran, wie er sich anfangs gegen die Sitzungen bei ihr gesträubt hatte. Er hatte geglaubt, er würde mit der Situation allein klarkommen. Doch es hatte nicht lange gedauert, bis sie ihm das Gegenteil bewiesen hatte. Er war sich sicher, dass er den Tod seiner Kollegin ohne sie nicht hätte aufarbeiten können. Wenn er dieses Mal zu ihr ginge, dann würde es freiwillig sein.

Frank schob den Gedanken beiseite, trat von einem Bein aufs andere, während er zusah, wie der Rechtsmediziner nach und nach den Körper der Toten aufschnitt, Organe entnahm und begutachtete und sie anschließend wieder zurück in den geöffneten Körper legte.

Mit geübten Fingern leerte Albert den Mageninhalt der Toten in einen Beweismittelbeutel. »Sie hat kurz vor ihrem Tod nichts mehr gegessen«, schlussfolgerte der Arzt nach eingehender Betrachtung. »Offensichtlich hat sie ausschließlich eine Flüssigkeit zu sich genommen.«

Frank trat näher an den glänzenden Tisch heran.

»Siehst du die Farbe?«, fragte der Rechtsmediziner und hielt Frank den Beutel mit der sauer riechenden Flüssigkeit unter die Nase. Frank zuckte zurück und konnte keine Antwort geben, da Albert den Beutel bereits zurückzog, daran roch und ohne mit der Wimper zu zucken weitersprach: »Das Labor wird es untersuchen, aber ich würde meinen kleinen Finger – und den brauche ich, um die Säge zu halten – darauf verwetten, dass die Dame Kakao getrunken hat. Es riecht nach vergorener Milch und nicht nach Magensäure. Außerdem wäre der Mageninhalt, ohne dass unser Opfer etwas getrunken hätte, grünlich bis gelblich und nicht von dieser braunen Färbung. Ich bin mir vollkommen sicher, dass sie kurz vor ihrem Tod einen Kakao getrunken hat.«

Albert zuckte lapidar mit den Schultern, doch Frank spürte, wie eisige Kälte in ihm aufstieg. Von einem Moment auf den anderen erkannte er den Zusammenhang. Und er hoffte inständig, dass er falschlag.

Kapitel 40

TABEA holte tief Luft, bevor sie zu sprechen begann. Sie hatte Mühe, das Zittern ihrer Hände zu unterdrücken. Wenn es nach ihr gegangen wäre, hätte Frank die Mitteilung herausgegeben. Er aber stand jetzt nur neben ihr auf einem erhöhten Podium und wirkte deutlich entspannter, als sie sich fühlte. Sicher hatte er im Gegensatz zu ihr schon Dutzende Pressekonferenzen abgehalten. Für Tabea aber war das völlig neu. Unsicher wandte sie sich den Presseleuten zu, die sie sensationslustig anstarrten. Sie hatte im Vorfeld die von Frank angeordneten Telefonate geführt, und sowohl Tatjana Behrens als auch Emma Eckersdorf und Johannes Braun hatten ausgesagt, dass die Information über den Fundort der Leiche anonym bei ihnen eingetrudelt war. Als Tabea bei Detlev Schmied angerufen hatte, hatte sie hingegen eine Überraschung erlebt.

Der Journalist hatte bereits beim Abnehmen wutentbrannt geklungen. »Wie es scheint«, hatte er gemeint und seine Stimme hätte Stahl schneiden können, »hat der Anrufer, der meine Kollegen informiert hat, mich vergessen.« Er hatte aufgelacht. »Oder aber, er hat herausgefunden, dass ich euch mein Handy zur Verfügung gestellt habe. Jedenfalls ist die Info erst bei mir angekommen, als meine Kollegen schon wild in die Tasten gehauen haben. Als ich am Tatort ankam, war schon nichts Interessantes mehr zu sehen. Ich war wieder einmal zu langsam. Die Geschichte meines Lebens ...«

Tabea hatte noch versucht, sich zurückzuerinnern. Sie hatte zwar nur beiläufig auf die Journalisten geachtet, als sie und Frank den Tatort verlassen hatten, doch an Detlev Schmied konnte sie sich tatsächlich nicht erinnern.

Als Tabea den Journalisten bat, zur Pressekonferenz zu kommen, hatte er noch wütender geklungen. »Ich bin nicht mehr in der Stadt«, hatte er gemeint. »Nachdem ich heute Morgen später dran war als alle anderen, musste ich den Rückschlag irgendwie wiedergutmachen. Ich bin an einer anderen heißen Sache dran, und da muss ich der Erste sein.«

Tabea hatte irritiert aufgelegt. Sie hätte nicht damit gerechnet, dass Detlev Schmied derart impulsiv reagieren würde. Und dann hatte auch noch Frank so abgehetzt und irritiert ausgesehen, als er von der Obduktion zurückgekehrt war. Er hatte einen Blick auf die Pressemitteilung geworfen, die Tabea, Ella und Freddy entworfen hatten, hatte genickt, einige Dinge gestrichen und umformuliert und war danach im Bad verschwunden. Als er zurückkam, wirkte er wieder abgeklärt wie immer.

»Danke, dass Sie alle erschienen sind«, sagte Tabea nun zu den Journalisten. Sie sah, wie Emma Eckersdorf nervös an ihrem Stift herumkaute. Ganz bestimmt machte sie sich darüber Sorgen, ob sie auch alle wichtigen Informationen erkennen und notieren würde. »Wie Sie wissen, haben wir heute Morgen eine weitere Frauenleiche gefunden.« Tabea sprach einige wenige Fakten an, die in den Medien bereits kursierten, warf den Journalisten also nur einige Brocken hin, ohne Internes zu verraten. Je länger sie sprach, desto sicherer fühlte sie sich. Sie hangelte sich an dem entlang, was sie notiert hatten, und nach einer Weile gingen ihr die Worte wie selbstverständlich von der Zunge.

»Einer unserer wichtigsten Hinweise ist, dass jedem Opfer ein Zettel am Handgelenk festgebunden wurde«, sprach Tabea weiter und gab sich große Mühe, den Bluff zu verbergen. Wie in jeder Pressekonferenz war sie angehalten, Fehlinformationen zu streuen. Anrufer, die sich um der Aufmerksamkeit willen als Täter ausgaben und entsprechende Fehlinformationen als Wahrheit deklarierten, konnten so mühelos aussortiert werden. Ebenso war es mit angeblichen Zeugen. Selbst Trittbrettfahrer, die auf den Zug aufspringen wollten, konnten als solche erkannt werden, da sie natürlich entsprechend fehlerhaft vorgingen. Nur die Ermittler und der Täter konnten letztlich so den tatsächlichen Modus Operandi kennen.

»Der Täter widmet mir auf diesem Zettel die toten Frauen als Geschenk«, sagte Tabea. Gemeinsam mit Frank hatten sie sich dazu entschieden, die Information, dass die Opfer als Runden durchnummeriert wurden, nicht preiszugeben. Erstaunlicherweise schien Hubert Lange diese Information nicht an die Journalisten weitergegeben zu haben. Jedenfalls hatte nichts darüber in den ersten Berichten gestanden. Dass es sich bei der Toten um ein Geschenk für

Tabea handelte, hatte jedoch jeder lesen können. Wirklich neue Informationen erhielt die Presse also nicht, schließlich wollten sie aber auch vermeiden, dass alle eine Verbindung zu Spielrunden herstellen konnten. Sie wollten lediglich den Täter darüber informieren, was sie ahnten.

»Wie Sie außerdem wissen«, fuhr Tabea fort, »wurden die beiden Leichen blau eingefärbt. Die Ermittlungen hierzu laufen auf Hochtouren, und wir möchten Sie um Verständnis bitten, dass wir zum jetzigen Zeitpunkt keine weiteren Informationen herausgeben können. Der Mann, nach dem wir suchen, denkt, er wäre uns überlegen. Er spielt mit uns, er hält sich für etwas Besonderes, für jemanden, den wir nicht finden können. Aber wir versichern Ihnen, dass wir sehr gute Fortschritte gemacht haben und dem Mann auf den Fersen sind.« Sie wandte sich nun direkt den Kameras zu, die auf sie gerichtet waren. Und wieder breitete sich ein Feuer in ihr aus. Wut mischte sich mit Euphorie, als sie sich direkt an den Täter wandte. Sie würde ihn kriegen. Er würde ihr nicht entkommen!

»Ich wende mich jetzt direkt an den Täter: Sie hätten die Frauen als meine persönliche Herausforderung statt als mein Geschenk betiteln können. Sie hätten ihnen die Zettel um den Hals statt ans Handgelenk binden können.« Sie machte eine Pause, um die nächsten Worte besonders wirken zu lassen, dann fuhr sie fort: »Sie hätten die Frauen in Rot, Gelb, Grün oder Blau einfärben können. Ganz egal, was Sie tun. Wir sind dicht hinter Ihnen. Und Sie werden es erst merken, wenn es zu spät ist.«

Tabea hörte die lauten Nachfragen der Journalisten, als sie das Podium verließ und Frank das Wort übergab. Sie hatten vereinbart, Antworten auf Rückfragen dem erfahrenen Ermittler zu überlassen. Er wusste ganz genau, was man abwimmeln und was man beantworten musste. Erneute Stille trat ein, als Frank die Hand hob. Er ließ drei Fragen zu, bevor auch er das Podium verließ und zu Tabea hinübertrat.

»Du warst großartig«, lobte er sie zum zweiten Mal an diesem Tag.

»Ich hoffe, er hat es verstanden«, sagte Tabea, ohne auf Franks Worte einzugehen. Frank nickte lächelnd. Er hatte ihre Idee bereits vor der Pressekonferenz für gut befunden. Dem Täter klar zu machen, dass sie wussten, dass es sich um ein Spiel handelte, war nicht leicht, wenn sie vermeiden wollten, dass diese Theorie Unbeteiligte zu wilden Spekulationen anstachelte. Deshalb hatte Tabea sich dazu entschieden, die klassischen vier Farben eines Brettspiels in ihrem Bericht zu erwähnen. Es blieb nur zu hoffen, dass der Täter die richtigen Schlussfolgerungen zog. Er sollte erkennen, dass sie seinen Modus Operandi verstanden. Dass sie wussten, dass er die Frauen als Spielfiguren betrachtete. Und er sollte sich verfolgt fühlen.

Sie mussten ihn aus der Reserve locken. Nur so würde er Fehler machen.

Kapitel 41

»WIE hat sie es verkraftet?« Tabea wusste, dass das eine dumme Frage war. Schließlich konnte sie sich nur zu gut vorstellen, wie Ronja Winkelmann auf die Worte des brandenburgischen Polizisten reagiert haben musste, der ihr gerade erst die Nachricht vom Tod ihrer Schwester überbracht hatte. Wenn ein Polizist an ihrer eigenen Tür geklopft und ihr gesagt hätte, dass ihre entführte Schwester mit großer Wahrscheinlichkeit tot sei, wüsste sie nicht, wie sie weiterleben sollte. Dennoch hatten sie und Frank nicht auf den endgültigen Beweis warten können, der Merle Winkelmann als Opfer identifizierte. Schließlich würde auch die Presse nicht lange mit der Veröffentlichung des Namens warten, und Ronja Winkelmann hatte es auf keinen Fall so erfahren sollen.

Das Motorengeräusch des Sportwagens, der durch den Abend über die Autobahn in Richtung Braunschweig raste, war kaum zu hören. Umso lauter waren Tabeas Gedanken. Ihr ganzes Inneres war aufgewühlt. Sie mussten mit der Schwester der Getöteten sprechen. Marianne Steig hatte Tabea fragend angesehen, als sie hörte, dass sie und Frank den weiten Weg extra dafür auf sich nehmen würden. Seitdem sie Ella bei der erfolgreichen Überwachung der Verkehrskameras geholfen hatte, war sie ungewöhnlich friedlich gewesen. Wahrscheinlich hatte sie auch deshalb die Frage nicht gestellt, weshalb kein ortsansässiger Polizist die Befragung Ronja Winkelmanns durchführen konnte. Tabea hätte nicht gewusst, was sie antworten sollte, schließlich wunderte sie sich selbst. Was genau erhoffte Frank sich hiervon? Dachte er, er würde ein genaueres Bild der zweiten Leiche bekommen, wenn er die Schwester selbst befragte? Traute er es den Streifenpolizisten nicht zu, ihm Antworten auf seine Fragen zu besorgen? Wollte er sein Beileid selbst aussprechen, weil er wusste, was ein solcher Verlust bedeutete? Oder war es einfach Teil seiner Persönlichkeit, in einem Fall wie diesem einfach nichts abgeben zu können? Hätte Tabea wetten sollen, wäre ihr

Tipp Letzteres gewesen, und sie wusste nicht genau, ob sie genervt oder beeindruckt sein sollte.

Das Klingeln von Franks Handy verstärkte die angespannte Atmosphäre noch. Bevor Frank aber auch nur die Hand heben konnte, hatte Tabea den Anruf bereits über die Freisprechanlage angenommen. Sie warf ihm einen entschuldigenden Blick zu, als er sie mit hochgezogener Augenbraue ansah. Der Anrufer stellte sich als der Kollege vor, der Ronja Winkelmann über den Tod ihrer Schwester informiert hatte. »Sie ist uns vollkommen abgeschmiert«, berichtete dieser nun, »und musste mit dem Krankenwagen abtransportiert werden. Sie hat ein Beruhigungsmittel bekommen, sollte aber später wieder ansprechbar sein.«

Tabea hörte die Worte des Polizisten wie durch Watte. Ganz genau so wäre es ihr ebenfalls ergangen, und sie hoffte inständig, dass sie niemals in eine vergleichbare Situation geraten würde.

Frank beendete das Telefonat und sagte plötzlich: »Ich habe eine Theorie.« Tabea war überrascht, konnte jedoch nicht nachhaken, da er schon weitersprach: »Zunächst einmal: Ich bin vollkommen bei dir, dass unser Mann mit den Frauen spielt. Und wenn ich genauer darüber nachdenke, erhärten die Obduktionsergebnisse diesen Verdacht sogar noch.«

Tabea hob die Augenbrauen. Die Bilder der abgerissenen Hand der Frau schossen ihr in den Kopf. Ein Schädel, der nichts mehr mit der ursprünglichen Form gemein hatte. Grüne Farbe, die sich mit rotem Blut zu einer braunen Lache vermischte.

»Sie ist vergewaltigt worden«, holten Franks Worte sie aus ihrer Erinnerung zurück.

Tabea zuckte zusammen. »Sie ist *was*?« Sie konnte und wollte es nicht fassen. Das passte ganz und gar nicht ins Bild. Beim letzten Opfer hatte der Mann keine sexuelle Motivation gezeigt. Er hatte seine Macht auf andere Weise ausgelebt.

»Es gibt einen Zusammenhang«, hörte sie Frank sinnieren und spürte, dass ihre Nerven zum Zerreißen gespannt waren. Ihre Gedanken huschten hin und her, und ihr war klar, dass sie selbst im Moment keinen Zusammenhang erkennen würde – so sehr sie sich auch bemühte. »Nun sag schon«, forderte sie ihn schroff auf.

Doch Frank antwortete nicht. Tabea sah zu ihm, doch er konzentrierte sich auf die Straße, was sie noch unruhiger und zappeliger machte. Er schien vollkommen ruhig zu sein, und dann ging ihr auf, dass er vielleicht wartete, bis sie endlich wirklich aufnahmebereit war. Tabea nickte und verschränkte die Finger ineinander. »Bitte«, sagte sie, deutlich sanfter dieses Mal. »Bitte sag mir, warum er die Frau zusätzlich auch noch auf diese Art erniedrigen musste.«

Frank holte tief Luft, bevor er endlich zu sprechen begann. »Merle Winkelmann – und ich gehe fest davon aus, dass sie es ist – wurde sexuell missbraucht. Im ersten Moment hat mich das ebenso verwirrt wie dich. Doch erst der Inhalt des Magens hat mich auf eine Idee gebracht. Kurz vor ihrem Tod hat Merle Kakao getrunken.«

Frank wartete ab, doch Tabea schüttelte den Kopf. Noch immer wollte sich bei ihr kein Zusammenhang ergeben.

»Ich weiß nicht, wie es bei dir war«, sagte Frank, »aber meine Mutter hat mir als Kind immer nur in ganz bestimmten Situationen warmen Kakao gemacht. Wenn ich im Winter vom Spielen nach Hause kam und total durchgefroren war zum Beispiel. Oder aber, um mich zu belohnen, wenn ich etwas besonders gut gemacht habe.«

Es machte klick, doch Tabea mochte den Gedanken nicht weiterspinnen. Dennoch sprach sie aus, was gesagt werden musste. »Warmer Kakao ist etwas Schönes«, sagte sie und schloss die Augen. »Eine Belohnung. Du meinst also …«

Sie schluckte und war dankbar, dass Frank es war, der die folgenden Worte übernahm. »Wenn wir davon ausgehen, dass unser Mann tatsächlich mit den Frauen spielt, dann hat dieses Spiel eine besondere Bedeutung für ihn. Er belohnt sie, wenn sie Erfolg haben. Er kocht ihnen einen warmen Kakao und geht mit ihnen ins Bett – was in seinen Augen etwas Schönes ist. Dass er ihnen damit noch mehr Leid antut, realisiert er gar nicht. Wenn den Frauen jedoch etwas misslingt, dann werden sie bestraft und getötet.«

Tabeas Gedanken rasten. »Was aber ist in seinen Augen Gelingen und was nicht?«, fragte sie schließlich. »Möchte er selbst der Gewinner sein? Bestraft er die Frauen, wenn sie ihn schlagen? Oder ist es umgekehrt? Möchte er sie siegen sehen und bestraft sie, wenn sie gegen ihn verlieren?«

Eine Pause entstand, in der Tabea dem monotonen Summen des Motors lauschte. Frank schien ernsthaft über ihren Ansatz nachzudenken. »Ich glaube eher«, sagte er schließlich, »dass er sie fürs Verlieren bestraft.«

»Wieso?«, hakte Tabea nach und sah, dass Frank ihr einen kurzen Seitenblick zuwarf.

»Die Mordmethode«, sagte er. »Er schmeißt sie raus. In dem Moment, in dem sie sterben, ist er sinnbildlich die Spielfigur, die eine andere schlägt, indem sie sie rausschmeißt. Er möchte sie siegen sehen, will selbst verlieren.«

Tabea dachte darüber nach. Für sie klang das alles vollkommen schlüssig. »Wir müssen aufpassen, dass wir uns nicht zu sehr auf diese Theorie versteifen«, sagte sie dennoch. »Wir dürfen die Beweislage nicht zurechtrücken, um sie in unsere Theorie zu quetschen. Vielleicht liegen wir vollkommen falsch.«

Frank setzte den Blinker und fuhr von der Autobahn ab. Bis zum Krankenhaus, in dem Ronja Winkelmann sich befand, waren es nur noch knapp zwanzig Kilometer. Erneut senkte sich Stille über sie, bevor Frank sie mit seinen nächsten Worten vollkommen aus dem Konzept brachte. »Es ist gut, dich an Bord zu haben, Tabea.«

Kapitel 42

»FRAU Winkelmann?« Tabea sprach leise, einfühlsam. Frank blieb in der hinteren Ecke des Krankenhauszimmers stehen, in dem eine dünne, kleine und fahlgesichtige Frau lag. Fast kam es ihm vor, als könnte er mitten durch ihre Haut hindurchsehen. Sie war an Kabel angeschlossen, ein gleichmäßiges Piepsen machte ihren Herzschlag hörbar, und aus einem Infusionsbeutel tropfte unentwegt Flüssigkeit, die über einen transparenten Schlauch hindurch in den Arm der vom Schock gezeichneten Frau floss. Die Schwester hatte Frank und Tabea nur wenige Minuten zugesichert und ihnen aufgetragen, Ronja Winkelmann nicht aufzuregen. Doch wie das beim Inhalt des Gesprächs zu bewerkstelligen sein sollte, war Frank ein Rätsel.

»Frau Winkelmann?« Frank hörte Tabeas sanfte Stimme erneut, sah, wie die Frau endlich den Blick in ihre Richtung wandte.

»Wer sind Sie?«, fragte sie und ihre Stimme klang erschreckend dünn.

»Mein Name ist Tabea Kurz«, stellte sie sich vor und deutete auf Frank. »Und das ist mein Kollege Frank Schünemann.«

Die Frau schien in ihrem Gedächtnis zu suchen, bevor sie endlich wusste, um wen es sich bei den beiden handelte. »Wir haben telefoniert. Wegen meiner Schwester«, sagte sie, und das letzte Wort war nicht mehr als ein Flüstern.

Tabea nickte und griff nach der Hand der im Bett liegenden Frau. »Richtig«, sagte sie, doch Ronja Winkelmann unterbrach sie.

»Die Frau, die getötet wurde«, sagte sie, »ist das wirklich meine Schwester? Sind Sie sich da vollkommen sicher?«

Frank sah, wie Tabea den Druck auf die Hand Ronja Winkelmanns verstärkte.

»Wir müssen leider davon ausgehen, dass sie es ist«, sagte sie. »Alles deutet darauf hin. In einigen Stunden wird der Befund kommen, dann wissen wir es mit Sicherheit.«

Frank war beeindruckt, wie aufrichtig seine Kollegin sprach, und er spürte, wie ehrlich sie ihre Anteilnahme meinte.

Ronja Winkelmann vergrub das Gesicht in ihrem Kissen. »Das darf nicht sein«, stammelte sie und entzog Tabea ihre Hand, um sie auf ihr Gesicht zu pressen. Keine Träne rann hinunter, der Schock saß noch viel zu tief, als dass sie fassen konnte, was gerade in ihrem Leben geschah. »Merle und ich sind uns so nah«, sagte sie, und Frank entging nicht, dass sie es nicht über sich brachte, in der Vergangenheitsform von ihrer Schwester zu sprechen. Diese Realität würde sie noch für eine lange Zeit nicht akzeptieren können.

»Frau Winkelmann«, zog Tabea die Aufmerksamkeit der Frau wieder auf sich, »mein Partner und ich versuchen, herauszufinden, wer dafür verantwortlich ist.«

Frank konnte nicht umhin, Tabea ein weiteres Mal für ihr Feingefühl zu bewundern. Ganz bewusst sparte sie das Wort »Tod« aus. Ihr war klar, dass Ronja Winkelmann nur mit ihnen kooperieren würde, wenn ihr in diesem Moment nicht verdeutlicht wurde, was sie verloren hatte.

»Gibt es irgendjemanden, der Ihrer Schwester hätte schaden wollen?«, hakte Tabea nach, da Ronja Winkelmann keine Reaktion zeigte. Doch wieder antwortete diese nicht auf die Frage.

Nach einigen Augenblicken des Schweigens, die die Beamten der Frau ließen, fragte sie: »Musste Merle leiden?« Ihre ohnehin brüchige Stimme wurde nun fast vollends von dem Kissen verschluckt.

Tabea warf Frank einen gequälten Blick zu. Doch noch bevor er den Kopf schütteln konnte, griff sie erneut nach Ronja Winkelmanns Hand. »Wir gehen davon aus«, sagte sie, »dass ihre Schwester nicht leiden musste.«

Frank ahnte, wie schwer Tabea diese Lüge fallen musste. Ihnen beiden war klar, dass ein Mensch kaum mehr Leid erfahren konnte, als es bei Merle Winkelmann der Fall gewesen war. Doch würden sie nicht weiterkommen, wenn ihre Schwester das erfuhr.

Ronja Winkelmann nickte, und endlich ging sie auf die vorangegangene Frage ein: »Meine Schwester hatte keine Feinde, jedenfalls nicht in der realen Welt«, sagte sie. »Aber sie hat polarisiert.« Die Frau machte eine Pause und die Frequenz des Piepsens erhöhte sich. »Sie hat all das abgetan. Merle hat Nachrichten bekommen«, sprach sie weiter und nun geriet das Piepsen vollends außer Kontrolle. Die Krankenschwester stürmte herein, doch Ronja Winkelmann hatte sich inzwischen im Bett aufgerichtet. Ihre Stimme hatte sich vollkommen verändert, war laut und schrill geworden. »Ich habe ihr gesagt, sie soll aufhören«, schrie sie und ihre Worte gingen in dem schroffen Tonfall der Schwester unter, die den Polizisten befahl, den Raum zu verlassen. »Aber sie wollte nicht hören.«

Tabea war schon beim ersten Anzeichen dieses Ausbruchs vom Bett aufgesprungen und drängte sich nun an Franks Seite. Der hielt sie am Arm fest, bevor sie den Raum verlassen konnte.

»Was für Nachrichten?«, hakte er nach und fing sich damit einen bösen Blick der Krankenschwester ein.

»Auf all ihren Accounts«, schrie Ronja Winkelmann, und hinter ihr erschien ein Arzt, der Tabea und Frank aus der Tür schob. Das Letzte, was Frank hören konnte, waren die Worte: »Böse Nachrichten! Morddrohungen.«

Kapitel 43

FRANK wies wenig später Ella ziemlich harsch an, sämtliche Accounts von Merle Winkelmann auf auffällige Nachrichten hin zu prüfen. »Schau vor allem, ob die Verfasser entsprechender Nachrichten aus dem Raum Lüneburg stammen«, sagte er und ließ ohne einen Gruß das Handy sinken.

Tabea sah Frank fragend an. Sie stand mitten in dem kleinen Zimmer, in das sie sich spontan für die Nacht eingemietet hatten. »Es tut mir ehrlich leid. Geht es dir besser?«

Tabea nickte. Die letzten Tage und Nächte waren zehrend gewesen, wie erschöpft sie aber tatsächlich war, hatte sie erst gemerkt, als sie, kaum hatte sie auf dem Beifahrersitz Platz genommen, schon auf den ersten Metern Richtung Lüneburg eingeschlafen war. Sie war aufgeschreckt, als der Wagen ins Schlingern geriet und die Bremsen auf dem schwarzen Asphalt kreischten. Sie sah den Baum immer näher kommen, erkannte schon das erste zarte Grün, bevor Frank das Auto kurz vor dem Aufprall endlich zum Stehen brachte. Er hatte sich mehrfach entschuldigt und gemeint, dass er die Kontrolle über das Fahrzeug verloren hatte. Doch Tabea wusste, wie sie selbst sich fühlte, und hatte darauf bestanden, dass sie einige Stunden schlafen mussten, bevor sie die Fahrt nach Lüneburg fortsetzen konnten. Aus diesem Grund hatte sie sämtliche Hotels in der näheren Umgebung abtelefoniert. Dass es so schwer sein würde, zwei Zimmer zu bekommen, hatte sie nicht gedacht. Doch sämtliche Hotels waren nahezu restlos ausgebucht. In einem Motel in Autobahnnähe hatten sie ein Zimmer ergattert, und Tabea hatte sich unwohl gefühlt, als sie das Doppelbett sah, das den Raum fast ganz ausfüllte.

»Schrecklich«, sagte sie und versuchte, sich selbst von der ungeklärten Schlafsituation abzulenken. »Die arme Frau.«

Frank nickte, zog seine Jacke aus und hängte sie an die kleine Garderobe im Eingang. »Gemütlich«, lachte er und schüttelte den Kopf. »Vielleicht sollten wir doch zurück nach Lüneburg fahren.«

Tabea wollte ihm zustimmen, wollte nicht länger als nötig in diesem kleinen Zimmer bleiben. Doch das konnte sie unmöglich tun. Franks dunkelbraune Augen, die in der kurzen Zeit, in der sie sich kannten, immer vor Eifer sprühten, waren blutunterlaufen. Er sah vollkommen erschöpft aus, und ihr ging es nicht anders.

»Wir sollten schlafen«, sagte sie und legte nun ihrerseits ihre Jacke ab. Sie knibbelte an ihren Fingern herum, wusste nicht, wohin sie gehen sollte. Die Situation war vollkommen abstrus. Ganz sicher würde sie nicht so einfach ins Bett steigen.

»Was hältst du von Ronja Winkelmann?«, erlöste er sie endlich aus ihren Gedanken. Doch sie ahnte bereits, dass sie damit die Situation nur kurz aufschieben würden. Denn an Ronja Winkelmann gab es rein gar nichts zu finden. Ganz offensichtlich handelte es sich bei ihr um eine verzweifelte Frau, die an dem Schock zu zerbrechen drohte.

Tabea zuckte mit den Schultern und ließ sich auf die Kante des Bettes sinken. »Denkst du, er hat ihr tatsächlich Nachrichten geschrieben?«, fragte sie nun und spürte, wie Frank sich mit etwas Abstand zu ihr niederließ. Tabea war sich beim besten Willen nicht sicher, ob der Täter das Risiko eingegangen war, Merle Winkelmann per Privatnachricht zu kontaktieren. Schließlich blieb man im Internet nur anonym, solange man sich nicht selbst entlarvte. Konnte der Täter tatsächlich so dumm gewesen sein und ihr Nachrichten geschrieben haben? Er musste doch wissen, dass man ihn so würde finden können.

Dieses Mal war es Frank, der mit den Schultern zuckte. »Wir können es uns nicht leisten, dem nicht nachzugehen«, sagte er und beantwortete damit immerhin indirekt Tabeas Frage.

Ein Schweigen breitete sich zwischen ihnen aus, und dieses Mal war es weitaus unangenehmer als vorhin im Auto. »Wieso bist du keine Ermittlerin geworden? Du sagtest, du hättest den Wunsch gehabt, seitdem dein Vater gestorben ist, aber nicht, warum du dich dann doch mit dem Zweitbesten zufriedengegeben hast«, stellte Frank nach einer Weile die Frage, die sie ihm noch vor wenigen Tagen nicht hatte beantworten wollen.

Tabea holte tief Luft. Sie dachte an ihren Vater, hörte den Knall, spürte das Schleudern des Fahrzeugs, in dem sie gesessen hatte, als es den steilen Abhang im freien Fall hinunterschoss. Sie schloss kurz die Augen, sah, wie sich die Welt um sie herum drehte, als das Auto sich überschlug und immer wieder überschlug, bis es mit einem ohrenbetäubenden Krachen auf dem Boden knallte.

»Ich wollte zwar immer ermitteln«, sagte sie endlich und mied Franks Blick, »nachdem mein Vater gestorben ist. Wollte den finden, der für seinen Tod verantwortlich war.« Tabea blieb in ihren Gedanken hängen, war dankbar, dass Frank sie nicht drängte. »Nach meinem Schulabschluss war klar, dass ich zur Polizei gehen würde«, sprach sie endlich weiter. »Ich wollte erst einmal Erfahrung als Streifenpolizistin sammeln und dann zur Kriminalpolizei wechseln.« Sie wurde still und fühlte sich so niedergeschlagen wie immer, wenn sie an ihren eigenen Werdegang dachte. *Versagerin*, erklang es in ihr, und Tabea lachte tonlos auf. Dann verstummte sie.

Tabea erschrak, als Franks Worte sie dieses Mal aus ihren Gedanken rissen. Er war näher an sie herangerückt, hatte vorsichtig eine Hand auf ihren Arm gelegt. »Doch dann wurde deine Mutter krank. Das ist der Grund, richtig? Weil du sie nicht alleinlassen wolltest.«

Er formulierte es nicht als Frage. Seine Hand auf ihrem Arm fühlte sich gut an. Aber Tabea ahnte, dass der Fast-Unfall ihre Gefühle und auch die von Frank ordentlich durcheinandergewirbelt hatte.

»Richtig«, sagte sie und ihre Augen fanden seinen Blick für einen winzigen Moment, bevor sie wieder in die Dunkelheit blickte. »Ich hatte mich schon für eine Zweigstelle beworben, als die Diagnose kam. Meine Schwester Enja war der Meinung, wir sollten unsere Mutter schnellstmöglich ins Heim geben. Von unserem Onkel wissen wir beide, was es bedeutet, mit einer demenzkranken Frau zusammenzuleben.« Tabea musste schmunzeln bei dem Gedanken an ihre Tante, die Kuchen aus Toilettenpapier backen wollte und dabei versehentlich den Ofen in Brand gesteckt hatte. Das Lachen verging ihr, als sie sich daran erinnerte, wie ihre Tante im Krankenhaus gelegen hatte, weil sie in einer eisigen Winternacht im Schlafanzug durch den Schnee gestapft und ins Eis des kleinen Teichs eingebrochen war.

»Jedenfalls weiß ich, dass Mama auf keinen Fall in ein Heim wollen würde«, sagte sie und schämte sich, weil sie bereits entschieden hatte, dass sie diesem Wunsch nicht mehr nachkommen konnte.

»Hätte sie denn gewollt, dass du deine Pläne für sie aufgibst?«, hakte Frank nach.

Tabea schloss die Augen. »Nein, das hätte sie nicht«, gab sie zu. Sie wollte aufstehen, doch Franks Finger hatten angefangen, über ihren Unterarm zu streichen. Was als tröstende Geste begonnen hatte, hatte sich in etwas anderes verwandelt, und Tabea schämte sich, zuzugeben, wie schön es sich anfühlte. Sie sah Frank an, der gedanklich ganz woanders zu sein schien. Was er tat, schien er selbst überhaupt nicht zu bemerken. Als sie ihren Arm wegzog, sah sie dann auch das Erstaunen in seinen Augen und den Schrecken, als ihm bewusst wurde, was er getan hatte.

Nach einem kurzen Moment des Schweigens, streckte Frank sich, atmete durch und saß ganz aufrecht. »Ich wollte mir einen anderen Job suchen, nachdem Emelie gestorben war«, sagte er, und seine Stimme hatte etwas Melancholisches angenommen. »Es hat lange gedauert, bis ich mich nicht mehr gefragt habe, was sie davon gehalten hätte. Oder wie sie über mich gedacht hätte, wäre ich diesen Weg tatsächlich gegangen. Mir wurden sogar Stunden bei einer Therapeutin aufgedrängt.« Er verzog das Gesicht zu einer Grimasse.

Endlich sah er ihr ins Gesicht, und Tabea hatte den Eindruck, dass er sie mit seinen Augen durchdringen wollte. »So wird es bei dir auch sein«, sagte er dann. »Zuerst wirst du dir immer wieder sagen müssen, dass deine Mutter nicht möchte, dass du dein Leben für sie aufgibst. Und irgendwann wird es selbstverständlich sein. Irgendwann weißt du, dass du das Richtige getan hast.«

Tabea konnte ihren Blick nicht von seinem lösen. Zum ersten Mal lag Verständnis und Mitgefühl in seinen Augen. Eine kurze Pause entstand, und Tabea spürte, wie ihr Inneres zu kribbeln begann.

Sie zuckte zusammen, als ihr Handy klingelte. Franks Blick veränderte sich innerhalb einer Sekunde, und er stand abrupt vom Bett auf. Tabeas Herz, das in den letzten Sekunden schneller als normal geschlagen hatte, setzte noch einen drauf, als sie aufs Display sah. »Mama?« Sie führte das Telefon ans Ohr und hörte ihre Mutter in einem fröhlichen Singsang sprechen. »Tabsi«, sagte sie, und Tabea wusste sofort, dass sie sich wieder einmal in die Vergangenheit geflüchtet hatte. Gleichzeitig überkam sie ein Schaudern. Nie wieder würde sie ihren Spitznamen hören können, ohne an den Mann zu denken, der ihn im Moment ebenfalls verwendete. »Ich habe eine Überraschung für dich. Ich koche morgen dein Lieblingsessen zu deinem Geburtstag, ja?«

Tabea warf einen Blick auf Frank, der seine Jacke von der Geraderobe nahm. »Sehr gern, Mama, da würde ich mich freuen«, sagte sie und spürte, wie sich ein Kloß in ihrem Hals bildete. »Gibst du mir bitte noch mal Darla? Das ist die Frau, die neben dir steht.« Eine kurze Pause entstand, bevor das Telefon weitergereicht wurde.

»Sie war so unruhig«, entschuldigte sich die Pflegerin, die heute die Nachtschicht hatte. »Ich hätte sie nicht zur Ruhe bekommen, wenn sie Sie nicht hätte anrufen dürfen.«

Tabea nickte und sah, wie Frank sich die Jacke überzog. »Ist in Ordnung«, sagte sie und fügte hinzu: »Solange Sie die Kindersicherung am Herd eingeschaltet lassen, damit sie nicht wirklich zu kochen anfängt.«

Die Pflegerin lachte auf, doch Tabea war nicht zum Lachen. Scham stieg in ihr auf, als sie auflegte. »Es tut mir …«, begann sie, doch Frank ließ sie nicht zu Wort kommen.

»Ich werde im Auto schlafen«, meinte er, und noch bevor Tabea etwas erwidern konnte, verschwand er aus dem Zimmer. Tabea fröstelte, während die Stellen an ihren Armen, an denen Frank sie berührt hatte, brannten. Und so sehr sie auch versuchte, das Gefühl abzuschütteln, es wollte ihr einfach nicht gelingen.

Kapitel 44

ICH brenne. Mein ganzer Körper brennt, als ich es sehe. Was haben sie sich dabei gedacht? Wie konnten sie nur?

Ein Beben, dann eisige Stille. Ich fühle, wie sich das Eis in mir ausbreitet. Offenbar habe ich sie unterschätzt. Keiner der dummen Journalisten ist auf ihren Hinweis mit den Spielfiguren eingegangen. Sie alle sind zu oberflächlich, können nicht über den Tellerrand schauen. Und dann dieser Nachsatz im Bericht der kleinen, dummen Journalistin. Tabsi erwartet meinen Anruf. Erwartet meinen Anruf. Ich bestimme die Regeln. Ich mache die Regeln.

Ganz kurz hatte ich die Pressegeier für schlauer gehalten, habe so viele von ihnen kennengelernt. Ich habe sie nach meiner zweiten Runde zum Tatort geführt, damit sie mich und meine Perfektion bewundern, darüber berichten können. Ich habe sie ... Ich ...

Doch sie haben mich überheblich genannt, haben gesagt, ich wäre nicht das, für was ich mich halte. Wir werden ja noch sehen, wie weit ihr mir wirklich auf der Spur seid, Tabsi.

Ich wollte dir eine Verschnaufpause gönnen. Wollte, dass du Zeit hast, um deine Arbeit zu machen – die Arbeit, für die du eigentlich bestimmt bist. Du bist doch so stark, verkaufst dich unter Wert. Du bist stark aus dem hervorgegangen, was das Schicksal für dich bereithielt. Hast es hingenommen, als wäre es selbstverständlich.

Doch nicht jedem ist es vergönnt, so mit einem Schicksalsschlag umzugehen, Tabsi. Manche von uns haben unter weit mehr leiden müssen als du. Und dennoch wirfst du das weg, für das du bestimmt bist.

Doch nicht mehr lange, Tabsi. Du denkst, du bist mir auf der Spur? Das bist du nicht, das verspreche ich dir!

Mein Geschenk an dich wird früher kommen als erwartet! Runde drei hat begonnen.

Kapitel 45

»KONNTEST du etwas bezüglich der Nachrichten herausfinden?« Frank sah Ella fest in die Augen. Albert hatte ihn mitten in der Nacht angerufen und ihm berichtet, dass es sich bei der Toten tatsächlich um Merle Winkelmann handelte. Auch der Mageninhalt hatte sich wie erwartet als Kakao herausgestellt. Noch vor sieben Uhr waren er und Tabea schließlich wieder in Lüneburg angekommen. Während der gesamten Fahrt hatten sie nichts Privates mehr besprochen. Und das würde er auch weiterhin nicht tun. Letzte Nacht hatte er zu viel von sich offenbart und er hatte zugelassen, dass Tabea zu privat geworden war. Er hatte Mitleid mit ihr gehabt und ein schlechtes Gewissen, weil er durch Unachtsamkeit fast einen Unfall verursacht hatte. Doch jede Unachtsamkeit, jede Ablenkung konnte zu folgenschweren Fehlern führen. Frank war der kurze Blickwechsel zwischen Tabea und Ella nicht entgangen. Tabea war rot geworden und hatte zur Seite geblickt, als Ella sie grinsend ansah und eine besonders große Kaugummiblase platzen ließ.

»O ja«, antwortete Ella und drehte ihm, Tabea, Freddie und Albert den Bildschirm zu. »Ich würde sagen, Merle Winkelmann hat etwas mehr als ›polarisiert‹, wie ihre Schwester sagte.«

Franks Augen flogen über den Bildschirm. Merle war als Flittchen und als Monster bezeichnet worden. Sie wurde als dumm betitelt, hässlich und überheblich genannt. Ihr wurde Gewalt angedroht, und ein User versprach sogar, er würde sie richtig hart rannehmen, wenn er ihr begegnete.

»Konntest du die Schreiber zuordnen?«, fragte Frank, und Hoffnung keimte in ihm auf. Gerade den Mann der letzten Nachricht würde er nur zu gern mal unter die Lupe nehmen.

»Diejenigen, die das geschrieben haben, sind unauffällig. Die meisten von ihnen sind auch nicht aus der Gegend«, antwortete Ella, und Frank sah sofort, dass sie noch einen Trumpf im Ärmel hatte. »Abgesehen von einem gewissen Moritz Vorlieb«, sagte Ella da auch schon und tippte auf ihrem Laptop herum, bevor sie dem Team das Gerät wieder zudrehte.

Frank las die Worte laut vor. »Merle-Flittchen. Du bist es nicht wert zu leben. Sollte ich jemals deinen kleinen Arsch in Lüneburg zu sehen bekommen, werde ich ihn dir aufreißen, bis deine Eingeweide herausquellen. Und ich werde jeden einzelnen deiner Follower zusehen lassen.«

Frank hörte das scharfe Einatmen Freddies, bevor Tabea zu sprechen begann: »Und der Typ kommt aus der Gegend?«, fragte sie.

Ella nickte. »Ich habe es geprüft. Und ich muss sagen, für jemanden, der so offen jemandem Gewalt androht, ist er wirklich nachlässig darin, seine Identität zu verbergen. Es hat drei Klicks benötigt, bis ich seine Adresse kannte.«

Ella schob Frank einen Zettel zu, welchen er ergriff und gleich an Tabea weiterreichte. Diese zog die Augenbrauen zusammen.

»Was ist?«, fragte er, doch Tabea zuckte nur mit den Schultern. Also wandte er sich wieder Ella zu. »Auch wenn er von hier ist, und auch wenn seine Nachricht niveaulos ist, ist er nicht verdächtiger als die anderen. Wieso sticht er deiner Meinung nach so sehr hervor?«

Ella zwinkerte ihm zu. »Wieso stellst du bloß immer die richtigen Fragen? Also, es ist ganz einfach erklärt: Er sticht raus, weil sein Konto im letzten Monat gehackt wurde. Ich habe mich nur durchklicken müssen und die typischen Spuren gefunden. Der Hacker hatte es vor allem auf Privatnachrichten zwischen Vorlieb und seinem Bruder abgesehen. Offenbar ist der Bruder irgendwie krank.«

Frank überlegte. »Dann hat der Täter über den Account von Moritz Vorlieb die Nachricht an Merle geschrieben?«, hakte er nach.

Doch dieses Mal schüttelte Ella den Kopf. »Seit mehreren Tagen wurde das Konto von Vorlieb nicht mehr angerührt. Nicht vom Hacker. Der war offenbar fertig. Vorlieb war das mit der Nachricht an Merle selbst. Und vom Angriff auf sein Konto hat er nichts mitbekommen, denke ich. Ich möchte außerdem anmerken, dass er versucht hat, beim Senden seine Spuren zu verwischen, allerdings ziemlich stümperhaft. Das, was wir hier haben, und darauf will ich hinaus, ist nicht vergleichbar mit der technischen Begabung desjenigen, der seine

Stimme am Telefon derart verzerrt, dass ich nicht weiterkomme. Zwischen diesen beiden Aktionen liegen Welten. Ich wusste sofort, dass Vorlieb die Nachricht geschrieben hat und bin überhaupt erst auf ihn aufmerksam geworden, weil er im Gegensatz zu den vielen anderen versucht hat, seine Spuren zu verwischen.« Frank schloss die Augen.

»Das ergibt doch aber keinen Sinn. Unser Täter wollte doch, dass Merle in die Stadt kommt oder nicht?«, hörte Frank Tabea fragen. »Er hat doch einen klaren Opfertyp, dem sie vollkommen entspricht, und er hielt sich ohnehin in Lüneburg auf. Welchen Sinn hätte es da gehabt, zu versuchen, sie aus der Stadt fernzuhalten? Er hätte doch sonst keine Möglichkeit gehabt, so leicht an eine Frau zu kommen, die seinem Opfertyp so sehr entspricht. Wieso versucht er also, sie zu verscheuchen?«

Frank sah, wie sich ein Grinsen auf Ellas Gesicht ausbreitete. »Ich dachte schon, ihr würdet nie fragen«, sagte sie. »Auf Merles Account ist mir etwas sehr Merkwürdiges aufgefallen.« Frank schnippte auffordernd mit dem Finger, als Ella eine Pause einlegte. »Ganz in Ruhe«, sagte sie und machte ihn damit nur noch wütender. »Merle Winkelmann scheint zu den Personen zu gehören, die Aufmerksamkeit vollends genießen. Sie liebt es, zu polarisieren, und geht ziemlich abstrus mit Hassnachrichten um. Anstatt sie bei der Polizei anzuzeigen, sucht sie die gravierendsten unter ihnen heraus und stellt sie zur Abstimmung in ihren Status. Ihre Follower können dann entscheiden, welche der Nachrichten sie am krassesten finden und einen Gewinner auswählen. Merle reist dann in die Stadt, in der der Gewinner«, sie malte Anführungszeichen in die Luft, »lebt«.

»Schrecklich«, sagte Tabea. »Dann können wir doch aber davon ausgehen, dass viele von denen, die Hassnachrichten schreiben, Merle in Wirklichkeit treffen möchten?«, fragte sie. »Und dann schreiben sie die Nachrichten nur, damit sie zum Sieger gekürt werden?«

Ella nickte. »Genau deshalb hat der Täter nicht nur Moritz', sondern auch Merles Konto gehackt. Er hat nicht nur dafür gesorgt, dass die Nachricht von Moritz Vorlieb ins Voting kam. Er hat auch noch dafür gesorgt, dass sie das Voting gewinnt. So konnte er sichergehen, dass sein zukünftiges Opfer wirklich in der Stadt sein würde, in der er sich zurzeit aufhielt.«

Frank schüttelte den Kopf. »Wenn er ein so genialer Hacker ist, wieso hat er dann die Nachricht nicht selbst unter einem Fake-Account geschrieben? Wieso der Umweg über Moritz Vorlieb?«

Es war Freddy, der antwortete. »Weil er sie unwissend an seinem Spiel beteiligt«, sagte er. »Wenn die bisherigen Theorien stimmen und er in allem, was er tut, ein Spiel sieht, dann braucht er weitere Mitspieler. Er nimmt sich Menschen, die er ohne ihr Wissen ins Spiel bringt. Genauso, wie er den Jugendlichen Drogensüchtigen beim Lüneburger Güterverkehr ins Spiel gebracht hat. Er fordert uns heraus, legt Spuren, von denen er bereits weiß, dass sie kalt sein werden, sobald wir sie finden.«

Frank nickte und sah auf den Zettel, den Ella ihm gereicht hatte. Bei der Adresse des Mannes handelte es sich um ein Studentenwohnheim. »Tabea und ich statten Moritz Vorlieb einen Besuch ab«, entschied er. »Möglicherweise liegen wir hier richtig. In jedem Fall müssen wir überprüfen, warum Moritz Vorlieb die Nachricht gesendet hat. Doch wenn der Täter die beiden Männer tatsächlich nur des Spiels wegen auf den Plan gerufen hat, werden wir auch hier keinen Erfolg haben.« Er sah zu Tabea. »Das wäre auch der Grund, warum deine Journalistin den Jungen von den Bahngleisen noch immer nicht hat ausfindig machen können.«

Kapitel 46

»HERR Vorlieb, ich bitte Sie!« Der Student, der mit dem Rücken an die Wand zurückgewichen war, wirkte verängstigt. Gut so! Frank spürte die Wut in sich. Die letzten beiden nahezu schlaflosen Nächte und der dazwischenliegende nervenaufreibende Tag forderten langsam ihren Tribut. Frank fühlte sich frustriert und außergewöhnlich wütend. Er wusste, dass er Moritz Vorlieb zur Vernehmung mit aufs Revier hätte nehmen müssen. Auch Tabea, deren Blick nervös zwischen ihm und dem Studenten hin und her wanderte, hatte ihm zu verstehen gegeben, dass er gegen das Gesetz verstieß.

»Sie wollen uns ernsthaft weismachen, jemand hätte Ihren Computer gestohlen und eine Drohnachricht an Merle Winkelmann geschrieben?«

Der junge Mann nickte und sah flehentlich zu Tabea hinüber, doch Frank änderte seine Position, stellte sich ins Blickfeld des jungen Mannes, sodass er nicht mehr zu seiner vermeintlichen Rettung sehen konnte. Er legte beide Fäuste neben den Kopf des Studenten und sah die Angst in seinen Augen, als er ihm noch ein Stück näher kam.

»Ihre Versuche, mich für dumm zu verkaufen, sind ebenso lächerlich wie Ihr Versuch, Ihre digitalen Spuren zu verwischen. Meine Kollegin hat Ihren Fake-Account in weniger als einer Minute Ihrer Person zugeordnet. Dass Sie nicht der sind, den wir suchen, haben Sie mit Ihrer Unfähigkeit bereits bewiesen.« Er sah den erleichterten Blick des jungen Mannes. Offenbar hatte er tatsächlich gedacht, Frank hätte ihn für denjenigen gehalten, von dem er in den Medien gehört hatte.

»Sagen Sie das doch gleich«, meinte er und versuchte, sich aus seiner misslichen Lage zu befreien. Doch Frank wich nicht zurück.

»Die Nachricht«, bestand er auf die noch immer ausstehende Antwort. »Wieso haben Sie Merle Winkelmann eine solche Nachricht geschrieben?«

Moritz Vorlieb duckte sich unter Franks Armen hindurch und wich langsam zur Seite aus. Frank spürte Tabeas Hand auf seiner Schulter und wich endlich einen Schritt zurück, damit Vorlieb sich wieder frei bewegen konnte.

»Ich habe einen kranken Bruder«, meinte Vorlieb und Frank stöhnte auf. Er wusste, worauf das Ganze hinauslaufen würde. Anscheinend hatte der Täter sich ein weiteres Mal ein williges Opfer gesucht, um es als unwissende Spielfigur an seinem perfiden Plan teilhaben zu lassen. »Seine Medikamente sind extrem teuer, und die Krankenkasse deckt nicht alles ab.«

Frank warf einen Blick auf Tabea, die, ihrem Blick nach zu urteilen, ebenfalls ahnte, was nun folgen würde.

»Ich brauchte das Geld wirklich ganz dringend«, erklärte er, und Frank hasste ihn für das Selbstmitleid, das aus seinen Augen sprach.

»Haben Sie den Mann gesehen, der Sie beauftragt hat, die Drecksarbeit zu erledigen?«, fragte Tabea nun.

»Nein«, sagte er, aber das Bedauern in seinen Augen wirkte gespielt.

Frank musste sich zusammenreißen. Am liebsten hätte er ihn gepackt und in eine Zelle gesperrt – oder andere Dinge getan, die die Grenzen des Rechtssystems überstrapaziert hätten. Doch das würde sie nur unnötig Zeit kosten. Frank warf Tabea einen Blick zu und war dankbar, dass sie verstand. Sie wirkte sehr viel gefasster als er.

»Herr Vorlieb«, sagte sie und bedeutete dem Studenten, sich auf einen Stuhl zu setzen. »Erzählen Sie uns bitte, wieso Sie Frau Winkelmann die Nachrichten geschrieben haben. Und bitte der Reihe nach. Wer hat Sie dazu aufgefordert, und wie ist er mit Ihnen in Kontakt getreten?«

Der Anflug eines Grinsens breitete sich auf dem Gesicht des Studenten aus. »Guter Bulle, böser Bulle, was?«, fragte er, und Frank drehte sich weg, um ihm nicht doch noch eine reinzuhauen. »Sie haben das Spiel aber gut drauf, muss man Ihnen lassen.«

»Herr Vorlieb!«, blaffte Tabea, und dieses Mal hatte sie ihre Freundlichkeit vollkommen verloren. »Beantworten Sie bitte einfach meine Frage. Wir verlieren Zeit, wissen Sie?«

Und endlich begann Moritz Vorlieb zu erzählen. Frank sah ihn nicht an, hörte jedoch in seiner Stimme, dass er die Aufmerksamkeit genoss. »Wie ich schon sagte, ist mein Bruder krank, und das Geld fehlt an allen Ecken und Enden. Vor ein paar Tagen habe ich dann den Sechser im

Lotto gezogen. Ich bekam eine Nachricht, in der stand, dass ich mir 200 Euro verdienen kann, wenn ich jemandem eine Botschaft überbringen würde.«

Frank drehte sich abrupt um. »Haben Sie die Nachricht noch?«, fragte er. »Ist sie auf Ihrem Handy oder Ihrem Computer?«

Er sah die Überheblichkeit in den Augen des Studenten, als dieser sich in seinem Stuhl zurücklehnte und die Arme vor der Brust verschränkte. »Weder auf dem *Smartphone* noch auf dem *Laptop*«, sagte er und schien das Machtspielchen noch eine Weile auskosten zu wollen.

Doch Franks Geduld war am Ende. Er zog Vorliebs Stuhl abrupt in seine Richtung, sodass dieser ins Schwanken geriet, holte eine Akte aus seiner Tasche und schlug die Fotos auf, die er mitgebracht hatte, als hätte er gewusst, dass er sie noch brauchen würde. »Hier«, sagte er und deutete auf die schwere Kopfverletzung Merle Winkelmanns und auf den Armstumpf, aus dem die Knochen herausragten. Das Ganzkörperbild der nackten Frau sparte er aus, um die Tote nicht noch weiter zu demütigen. »*Sie* waren es, der die Frau nach Lüneburg gelockt hat. Und *wir* haben eine Menge in der Hand, um Sie wegen Bedrohung, Belästigung und vielleicht sogar Mittäterschaft anzuklagen. Gerade kommt noch Behinderung der Justiz hinzu.« Er sah, wie Moritz Vorlieb erblasste. Ob es wegen seiner Androhung war oder wegen der Fotos vermochte er nicht zu sagen. »Beantworten Sie endlich unsere Fragen, wenn Sie weiter in der Lage sein wollen, Ihren Bruder mit Geld zu versorgen. Denn im Gefängnis wird kaum etwas für Sie allein übrig bleiben.«

Vorlieb sah für einige Sekunden völlig geschockt drein, bevor er endlich zu sprechen begann. »Ich habe die Nachricht im Briefkasten gefunden, habe sie allerdings schon weggeschmissen. Jedenfalls stand darin, dass ich Merle schreiben soll, mit genauem Wortlaut und alles, und das habe ich dann auch getan. Ich sollte mir auch einen Fake-Account zulegen. Irgendwie dachte ich, es sollte ein Spaß sein.« Er sah Tabea entschuldigend an, doch dieses Mal kam sie ihm nicht zu Hilfe.

»Jemand bietet Ihnen Geld, damit Sie Merle Winkelmann schreiben, dass Sie sie unter den Augen ihrer Follower umbringen werden, wenn sie nach Lüneburg kommt, und Sie denken, es könnte sich um einen

Spaß handeln? Haben Sie sich Ihr Studium erkauft? Oder sind Sie einfach nur unfassbar dämlich?«

Vorliebs Gesichtsausdruck entglitt gänzlich, was tatsächlich ziemlich dümmlich aussah, und Frank hätte gelacht, wenn er nicht so furchtbar wütend gewesen wäre.

»Und das Geld war anschließend da?«, fragte er.

Moritz Vorlieb nickte, wandte den Kopf allerdings nicht von Tabea ab, während er weitersprach. »In einem Umschlag in meinem Briefkasten. Und bevor Sie fragen: Ich habe es schon ausgegeben.«

Frank wich vom Stuhl des Studenten zurück. »Wenigstens hat Ihr kranker Bruder so seine Medikamente bekommen«, sagte er und zuckte resigniert mit den Schultern.

»Mein Bruder?«, fragte Vorlieb und sah den Ermittler erstaunt an. Er sprach weiter, offenbar ohne sich Gedanken zu machen, wie die nächsten Worte auf Frank und Tabea wirken könnten. »Nein, ich habe eine Playstation von dem Geld gekauft. Meine Mutter konnte uns nichts dazugeben, weil sie so viel für Holgers Medikamente bezahlen muss. Deshalb musste ich sie kaufen, um Holger und mir die Zeit etwas zu vertreiben.«

Frank zog scharf die Luft ein. Er musste unbedingt hier raus. Das schrille Klingeln von Tabeas Handy nahm ihm die Möglichkeit, etwas zu antworten, und erst recht die Worte, die Tabea schließlich sagte: »Frank! Komm sofort mit!«

Kapitel 47

»Tabsi, wie schön, dich zu hören.« Wie immer, wenn sie die verzerrte Stimme am Telefon hörte, überfiel sie eine Gänsehaut. Dicht beieinander saßen sie im Auto und lauschten den Worten des Mannes, der die Befragung Moritz Vorliebs mit seinem Anruf so abrupt beendet hatte. »Ich nehme an, dein attraktiver Partner hört ebenfalls mit?«

Tabea sah Frank fragend an und sah, wie er für einen Sekundenbruchteil überlegte, bevor er ihr zunickte. »Das ist richtig«, sagte sie, und eine Pause entstand.

»In Ordnung. Ich durfte ihn ja ohnehin schon kennenlernen – bei der Pressekonferenz. Ich habe ihn im Fernsehen bewundern dürfen. Und ich muss sagen, er passt zu dir. Die spontanen Fragen der Journalisten hat er gut pariert. Seid ihr schon vorangekommen? Oder haben alle Anrufer, mit denen ihr beschäftigt seid, etwas von Zetteln am Handgelenk gefaselt?«

Tabea blieb weiter bei der Wahrheit, als sie antwortete: »Bisher hat kein Anrufer davon gesprochen, dass Sie die Zettel am Zeh befestigen«, sagte sie und spannte den Bogen weiter. »Aber das war auch nicht beabsichtigt. Die Konferenz war ja nicht angesetzt, um Hinweise aus der Bevölkerung zu bekommen. Wir wollten Ihnen etwas mitteilen, wie Sie sicher wissen.« Sie wartete gebannt ab. Jetzt würde sich endlich herausstellen, ob sie mit ihrer Theorie richtiglagen.

»Das habe ich verstanden«, sagte der Mann. »Ich habe auch deine kleine Aufforderung gesehen, Tabsi. Das Mädel schrieb in ihrem Bericht, dass du auf meinen Anruf wartest. Du magst die Kleine, nicht wahr, Tabsi?«

Tabea zögerte, bevor sie antwortete. Sie hatte Emma Eckersdorf tatsächlich nach der Pressekonferenz beiseitegenommen und sie gebeten, diesen Satz in ihrem Artikel unterzubringen. Sie wusste, dass der Mann alles lesen würde. Sie wollte ein wenig Macht zurückgewinnen, nachdem bisher immer nur er die Spielregeln bestimmt hatte. Und wenn sie ehrlich war, wollte sie auch testen, ob Emma Eckersdorf über ihre Worte nachgedacht hatte. Inwiefern sie bereit wäre, für die Polizei gewisse Aufträge zu erledigen. »Sie ist eine Journalistin wie alle anderen«, sagte sie, nachdem der Mann am anderen Ende noch immer auf ihre Antwort zu warten schien. Auf keinen Fall wollte sie die Aufmerksamkeit des Täters mehr als nötig auf die junge Frau lenken.

»Ich muss zugeben«, sagte der Mann nun, »dass du das geschickt angestellt hast. Ich habe den Hinweis verstanden. Dass du mir auf der Spur bist, glaube ich allerdings kaum. Und um das zu beweisen, gebe ich dir einen Tipp.« Tabea hielt die Luft an. »Natalie Johansson.« Er ließ den Namen im Raum stehen, und Tabea sah Frank fragend an. Der schüttelte den Kopf, zog jedoch sein Handy und tippte umgehend eine Nachricht an Ella. »Ihr braucht nicht nach ihr zu suchen«, sagte der Mann aber. »Ihr werdet sie erst finden, wenn ich es will. Die dritte Runde hat bereits begonnen. Ihr werdet feststellen, dass sie optisch nicht ganz so gut zu Merle und Lotta passt. Aber ihr sollt eure Zeit nicht mit Spekulationen verschwenden, deshalb nenne ich euch einfach den Grund.«

Ein leises Piepsen kündigte den Eingang einer Nachricht auf Franks Handy an und Tabea las Ellas Namen auf dem Display, während der Täter weitersprach: »Ihr seid mir nicht nahe, Tabsi. Ich werde derjenige sein, der es beendet. Ich werde mein Ziel erreichen. Ich habe mich allerdings entschlossen, das Tempo etwas anzuziehen und deshalb entschieden, Natalie Johansson zu nehmen, auch wenn sie meiner Meinung nach etwas zu nordisch aussieht. Eigentlich gab es bereits jemand Besseren, aber meine Pläne haben sich geändert. Du siehst, dass ich schnell darin bin, nach einer guten Alternative zu suchen, nicht wahr? Das bringt mein Job wohl mit sich.«

Tabea kniff sich in die Armbeuge. Der Schmerz breitete sich aus, hielt ihre Wut in Schach. Sein Job. Er betitelte das Morden als Job. Doch der Mann war noch längst nicht fertig.

»Deshalb muss ich dieses Mal mit einer Alternative Vorlieb nehmen. Und sei dir sicher, Tabsi, dass mir das ziemlich gegen den Strich geht. Aber manchmal ändern sich Pläne, verstehst du?«

Er wartete ab, wollte offenbar tatsächlich eine Antwort hören. »Ich verstehe«, sagte sie, und eine erneute Pause entstand.

»Ich nehme an, dein Kollege versucht bereits, Natalies Adresse herauszubekommen?«, fragte er dann. »Es ist die Uelzener Landstraße. Aber wie gesagt, ihr werdet sie nicht finden, bevor ich das nicht möchte. Und wenn ihr sie findet, wird sie rot sein.«

Es klickte in der Leitung. Der Anrufer hatte aufgelegt.

Tabea spürte die steile Falte, die zwischen ihren Augenbrauen entstand. Waren sie mit der Pressekonferenz zu weit gegangen?

»Uelzener Landstraße trifft zu«, sagte Frank und drehte sein Handy in Tabeas Richtung. Ella hatte bereits die vollständige Adresse der Frau geschickt. Auch ein Foto aus ihren Social-Media-Kanälen war der Nachricht beigefügt.

»Sie sieht Lotta Kahl und Merle Winkelmann tatsächlich weniger ähnlich, als wir es erwartet hätten«, sagte sie.

»Entspricht dennoch seinem bevorzugten Opfertyp«, erwiderte er. »Merle Winkelmann und Lotta Kahl hätten zwar Zwillinge sein können, aber Nathalie Johansson würde immer noch zumindest als Verwandte durchgehen. Mittellange, blonde Haare, grüne Augen, die verhältnismäßig weit auseinanderstehen. Definitiv schlank und vermutlich ebenfalls groß für eine Frau. Und irgendwie …« Frank stockte und Tabea wusste, warum. Auch sie hatte bereits bei Lotta Kahl und Merle Winkelmann etwas Auffälliges an ihrem Aussehen wahrgenommen, ohne es benennen zu können.

»Erhaben?«, versuchte sie es jetzt, und Frank schnipste bestätigend mit den Fingern.

»Das ist es«, sagte er. »Alle drei Frauen wirken auf den Bildern erhaben. Vielleicht könnte man auch ernst sagen. Jedenfalls so, als hätten sie in ihrem Leben bereits eine Menge Verantwortung übernehmen müssen und seien deshalb emotional ein wenig eingefroren.« Frank bekam eine weitere Nachricht von Ella. »Ein Einsatzteam ist schon unterwegs, allerdings gehe ich davon aus, dass wir tatsächlich nichts finden werden. Die Spurensicherung ist ebenfalls informiert, sodass wir keine Zeit verlieren werden, sollte Natalie aus ihrem Haus entführt worden sein.«

Tabea nickte. Sie fühlte sich wie gelähmt. Er hätte jemand anderen suchen wollen – eine Frau, die Merle Winkelmann und Lotta Kahl noch sehr viel stärker ähnelte. Doch er hatte sich umentschieden. Hatte sich für die Alternative entschieden, um schnell weitermachen zu können. Es war ihre Schuld, dass er die Frau in seiner Gewalt hatte.

»Tabea«, sagte Frank, der ihre Zweifel offenbar erahnte. »Wir hatten keine Wahl. Wir mussten an die Presse gehen. Das ist die gängige Methode. Dass er reagiert, ist ein gutes Zeichen. Er weicht von seinem eigentlichen Plan ab und zeigt uns damit, dass er sich unter Druck gesetzt fühlt. Er wird Fehler machen!«

Doch Tabea konnte das Handeln des Mannes nicht als gutes Zeichen werten. Und sie war sich vollkommen sicher, dass Natalie Johansson ihr da zustimmen würde. »Wie machen wir weiter?« Tabea drehte den Zündschlüssel und der Wagen kam mit dem üblichen Geblubber in Gang.

»Wir fahren zu Natalie Johansson nach Hause«, antwortete Frank. »Ella sucht in der Zwischenzeit einige Eckdaten über sie heraus. Mit etwas Glück wissen wir schon mehr, wenn wir ankommen. Das Einsatzteam wird sicher auch zeitnah eintreffen. Und dann werden wir versuchen, herauszufinden, von wo aus der Täter sie entführt hat.«

Tabea nickte, doch in ihrem Kopf rauschte es. Sie kam nicht umhin, zu denken, dass sie die Frau auf dem Gewissen hatten. All das wäre nicht geschehen, wenn sie den Täter nicht provoziert hätten. Und wenn sie ehrlich zu sich selbst war, hatten sie ihn nicht mit dem Bluff täuschen können. Er wusste, dass sie ihm nicht auf der Spur waren. Ganz egal, wie hoch die Augenzahl wäre, die sie als Nächstes würfeln würden – der Mann war in unerreichbarer Ferne.

Kapitel 48

ICH muss lächeln, kann nicht anders. Ich habe die Unsicherheit in Tabsis Stimme gehört, die Selbstzweifel. Sie hat sich auf mein Spiel eingelassen und ist mir unterlegen. Unterlegen! Ich lege das Handy beiseite. Es hängt an Kabeln, die meine Stimme und meinen Aufenthaltsort verschlüsseln – Teil meines Spielfeldes.

Ich höre das leise Wimmern hinter der verschlossenen Tür, habe unser Spiel über meinen Anruf fast vergessen. Wie konnte ich? Wir waren doch mittendrin. Doch ich musste sie anrufen, musste telefonieren. Fast war es, als hätte mich etwas aus dem Raum gezogen, in dem ich mit Natalie war. Sie schlägt sich gut, das muss ich zugeben. Sie hat bereits zwei meiner Spielfiguren vom Feld gefegt, während eine ihrer roten Püppchen bereits im Häuschen ist. Doch auch ich bin dran. Ich bin nur noch sechs Felder von ihrem entfernt. Und Rausschmeißen geht vor Rausziehen – das weiß jedes Kind. Eine Sechs und ihre erste Figur ist in meinem Besitz. Eine Sechs ...

Ich öffne die Tür. Sehe Natalie, die ihren Kopf nicht vom Spielfeld hebt. Tränen tropfen auf den Tisch, und ich wische sie weg, nehme den Finger in den Mund. Salzige Tränen, die sich auf meiner Zunge ausbreiten.

Ich setze mich, nehme den Würfel in die Hand, spüre, wie Aufregung in mir aufsteigt. Ich sehe aufs Spielbrett und stocke. Ich zähle – und zähle ein zweites Mal. Ihre Spielfigur ist sieben Felder von meiner entfernt. Sieben, nicht sechs. Meine Fäuste verkrampfen sich, als ich sie ansehe. Ich warte, bis sich ihr Blick für einen winzigen Moment hebt.

Angst sehe ich. Angst und Scham. Ich beginne, die Spielfiguren einzusammeln. Stein für Stein, Stein für Stein. Ganz langsam. Jetzt bloß nicht die Fassung verlieren. Ich lege sie in die alte Schachtel, die ich schon als Kind jeden Freitag geöffnet und wieder geschlossen habe. Stein für Stein, Stein für Stein. Dann der Würfel. Dann das Brett. In der Reihenfolge, nicht anders. Deckel zu, Spiel weg. Tief durchatmen.

Ach, meine liebe Natalie, du kleines, schwaches Mädchen. Hat dir denn nie jemand gesagt, dass man nicht schummeln darf?

Kapitel 49

»WIR haben die Tür bereits geöffnet. Auf unser Klingeln hat niemand reagiert. Alles in Ordnung, Tabs?« Frank sah Tabeas kurzes Lächeln, die abwinkende Handbewegung. Dass der dickliche, langsam wirkende Kollege und Freund von Tabea noch immer im Außeneinsatz war, wunderte ihn. Er hätte ihn eher für jemanden gehalten, der sich möglichst oft drinnen hinter dem Computer verbarg, Anrufe entgegennahm und Zellen auf- und abschloss.

»Personalmangel«, erklärte Tobi und sah Frank an, als ob er wusste, was er dachte.

Frank nickte und beantwortete die Frage, die Tobi kurz zuvor an Tabea gerichtet hatte. »Wir hatten nicht damit gerechnet, dass er sich so zeitnah die Nächste schnappen würde«, meinte er schulterzuckend. »Wir gehen davon aus, dass die Pressekonferenz hierfür der Auslöser war.«

Frank sah, wie Tobi Tabea über die Schulter strich und hörte seine tröstenden Worte. Die Geste war freundschaftlich und wirkte dennoch intim. Frank wandte den Kopf ab. Für einen Moment überkam ihn die Erinnerung an seine eigenen Finger, die über Tabeas Arm gefahren waren. Er schüttelte den Gedanken ab und warf einen Blick in den Hauseingangsbereich. »Ist von Ihnen jemand drinnen?«, fragte er und hörte im selben Moment Gepolter aus der oberen Etage.

»Tschuldigung«, rief einer der Männer hinunter, und Frank ließ seine zu Fäusten geballten Hände in den Jackentaschen verschwinden.

»Holen Sie Ihre Leute da raus«, sagte er durch zusammengebissene Zähne. Schon bei dem Versuch, herauszufinden, ob es sich bei diesem Haus um einen Tatort handelte, konnten wertvolle Spuren verwischt werden. Wenn ein stümperhaftes Team diesen Versuch durchführte, war es umso wahrscheinlicher.

»Aber«, wollte Tobi protestieren, doch Tabea schien endlich aus ihrer Trance erwacht zu sein und fiel ihm ins Wort. »Tobi«, sagte sie und klang dabei freundlich, aber bestimmt. »Die Frau, die hier wohnt, ist in Gefahr. Wir müssen unbedingt schauen, ob sie von hier entführt wurde, und dabei sollten möglichst alle Spuren erhalten bleiben. Es ist nicht die richtige Zeit, um zu prüfen, ob unsere Kollegen dem hier gewachsen sind.« Dann fragte sie: »Habt ihr die Tür aufgebrochen? Oder wie seid ihr reingekommen?«

Frank sah das kurze Aufflackern in den Augen des Polizisten, bevor er nickte. Sein Tonfall ließ keinen Widerspruch zu, als er seine Leute abzog. »Wir mussten aufbrechen«, sagte er, und Frank stöhnte auf. Mögliche Einbruchspuren des Täters würden sie dann kaum noch finden können. Tobi sah ihn an, und Frank erkannte Ungeduld in seinem Blick. »Laut Einsatzbefehl war Gefahr im Verzug«, sagte er. Frank nickte. Tatsächlich hatten die Kollegen der Streife wohl kaum anders handeln können. »Aber falls es Sie beruhigt: Der Mann ist vermutlich ohnehin über die Terrasse reingekommen. Sie werden sehen, dass die Tür offen stand und wohl jemand am Schloss rumgefummelt hat.« Er nickte Frank und Tabea im Gehen zu, und Frank musste zugeben, dass er sich in ihm getäuscht hatte. Tabea hatte vollkommen recht damit gehabt, dass dieser Tobi wusste, was er tat.

»Zieh die an.« Er warf Tabea ein Paar Überzieher für die Schuhe zu und zog seinerseits die dünnen, türkis schimmernden Teile an, mit denen man immer ein wenig so aussah, als hätte man sich für eine Faschingsparty als Clown verkleidet. Als Nächstes schnappten die Gummis der Handschuhe an seinem Handgelenk. Frank blickte ins Hausinnere und hielt für einen Moment inne. All seine Sinne mussten wach sein, vollkommen offen für das, was jetzt kam. Er durfte keinen Hinweis übersehen, der ihnen helfen könnte, Natalies Tod zu verhindern. Er spürte Tabea in seinem Rücken und blendete auch sie aus. Er hörte das Zwitschern der Vögel und ließ es langsam aus seinen Gedanken weichen. Er roch die süße Luft des Frühlings, konzentrierte sich aber auf den zarten Duft des Raumsprays, der ihm aus der Haustür entgegenkam. Dann trat er ein.

Er blieb im Eingangsbereich stehen und sah sich um. Als Erstes stach ihm der Schlüsselbund, an dem ein dicker Auto- und ein deutlich kleinerer Schlüssel befestigt waren, ins Auge. Etliche Anhänger ließen ihn zum Geschoss werden. Er deutete darauf, und Tabea nickte. Sie sprach leise. »Sie ist von hier entführt worden, richtig?«

Frank nahm den Schlüsselbund, steckte den kleineren Schlüssel ins Schloss der Haustür. Er passte. »Vermutlich schon«, meinte er. »Es sei denn, sie verlässt häufiger das Haus ohne Schlüssel.« Dass der Bund zu einem Partner oder Kind gehörte, konnte er ausschließen. Ella hatte in den wenigen Eckdaten, die sie ihm unterwegs hatte zukommen lassen, bereits erwähnt, dass sie ledig war und momentan auch keine Beziehung führte. Ganz offenbar hatte Natalie Johansson das Haus also ohne ihren Schlüssel verlassen – und vermutlich nicht freiwillig.

»Spurensicherung?«, fragte Tabea und Frank nickte. Er hoffte inständig, dass Tabeas Kollegen bei ihrer Suche nach der Frau keine wertvollen Spuren verwischt hatten. Er verließ das Haus und schloss die Tür hinter sich, bevor er sein Handy aus der Tasche zog.

»Freddy«, fragte er, als die Verbindung stand, »wie lange braucht ihr noch, bis ihr hier seid?« Er warf einen Blick auf die Uhr.

»Fünf Minuten«, antwortete sein Kollege.

»In Ordnung«, sagte er. »Wir warten hier so lange auf euch.« Er legte auf und sah Tabea an. »Sie sind gleich hier«, meinte er.

Tabea spielte mit den Fingern an ihrem eigenen Handy herum. »Ich war noch nie gut darin, zu warten«, sagte sie und lachte tonlos auf. »Schon als Kind ist mir das wahnsinnig schwergefallen. Was denkst du, wie lange sie für die Untersuchung brauchen werden?«

Frank wiegte den Kopf hin und her. »Unmöglich zu sagen«, meinte er. »Der Hausflur hat nicht nach Kampf ausgesehen, aber wir wissen nicht, wie es in den anderen Räumen ist.« Er warf erneut einen Blick auf die Uhr. »Die Zeit ist auch nicht das Wichtigste. Vielmehr sollten wir hoffen, dass wir endlich eine brauchbare Spur finden.«

Kapitel 50

»FREDDY, was gibt es Neues?« Alle Augenpaare des Teams richteten sich auf den Leiter der Spurensicherung, nachdem Frank seine Frage gestellt hatte.

»Es hat keinen Kampf zwischen Natalie Johansson und dem Täter gegeben«, berichtete dieser. »Jedenfalls gibt es nichts, was auf einen solchen hindeutet. Auf dem Küchentisch hat eine Schale mit halb gegessenem Müsli gestanden sowie ein Glas mit einem Orangensaftrest, der bereits am Boden festgeklebt war. Die Laborergebnisse zeigen, dass sich im Saft hochdosiertes Valium befunden hat. In der angebrochenen Flasche, die im Kühlschrank stand, ließen sich aber keine Spuren finden. An der Terrassentür hat es Einbruchspuren gegeben. Durch die ist der Täter also ins Haus gekommen. Wir gehen davon aus, dass er anschließend mit Natalie über diesen Weg auch verschwunden ist. Im Wohnzimmer gab es einen Teilfußabdruck, der nicht zur Schuhgröße von Natalie Johansson passt. Wir haben den schon mit deinen Kollegen«, er nickte Tabea zu, »abgeglichen. Kein Treffer. Die Schuhgröße entspricht einer Dreiundvierzig, und es handelt sich um ein grobes Profil wie bei Arbeitsstiefeln. Ansonsten gab es im Haus keine weiteren Abdrücke.«

Freddy nickte Frank zu, der die Spuren zu deuten begann und mit dem, was er und Tabea herausgefunden hatten, verknüpfte. »Natalies Mutter berichtete, dass sie zuletzt vorgestern Abend mit ihrer Tochter gesprochen hat. Wir können also davon ausgehen, dass der Täter sie am Morgen während des Frühstücks entführt hat. Durch die Betäubung wollte er verhindern, dass sie sich wehrt oder um Hilfe schreit. Er muss ins Haus gekommen sein, bevor sie ihr Frühstück begonnen hat. Und irgendwie hat er dann das Valium in ihren Orangensaft geben können. Vielleicht gab es diesen passenden Moment, sie hat den Raum noch mal verlassen oder so. Sonst hätte er sie sicher auf anderem Wege betäubt.« Er sah sich im Raum um. Ella, Freddy, Albert und Tabea wirkten wach und aufmerksam, geradezu angespannt. Dass das nach den nervenaufreibenden vergangenen Tagen noch möglich war, machte ihn stolz auf sein Team. Überhaupt erstaunte es ihn immer wieder, wie leistungsfähig Körper und Geist waren, wenn es darauf ankam. »Natalie Johansson hat also gefrühstückt und sich mit dem Saft betäubt, während er sie beobachtet hat. Als sie weggedämmert ist, hat er sie sich gegriffen. Aufgrund der hohen Dosierung des Valiums können wir annehmen, dass sie zu diesem Zeitpunkt kaum noch in der Lage gewesen ist, sich zu wehren. Bis hierhin irgendwelche Kommentare?« Alle schüttelten den Kopf, also übergab Frank das Wort an Tabea.

»Die Befragung der Nachbarn hat nichts ergeben. Niemand hat gesehen, wie Natalie aus dem Haus gebracht wurde. Allerdings ist das auch nicht weiter verwunderlich. Offenbar hatte sie diese Woche Frühschicht in dem Restaurant, in dem sie als Köchin arbeitete. Sie hätte um fünf dort erscheinen müssen, sodass sie vermutlich zwischen vier Uhr und vier Uhr dreißig entführt wurde. Außerdem ist ihr Parkplatz auf der rückwärtigen Seite des Hauses und damit nahezu nicht einsehbar. Vermutlich ist alles ganz schnell gegangen. Er betäubt Natalie, nimmt sie über seine Schulter, tritt aus der Terrassentür und legt sie in den Kofferraum – eine Sache von wenigen Minuten, von denen er theoretisch nur Sekunden zu sehen war. Auch die Mutter von Natalie Johansson hat ihr Verschwinden bis zu unserem Anruf nicht bemerkt. Mutter und Tochter telefonieren nur alle paar Tage miteinander. Ihr Chef meinte, dass er es merkwürdig und ärgerlich gefunden hat, dass sie nicht zum Dienst erschienen ist. Er hat mehrfach versucht, sie zu erreichen, an eine Entführung hat er dabei aber nicht gedacht und zeigte sich aufrichtig betroffen.« Tabea holte kurz Luft und fuhr dann fort: »Der Schuhabdruck lässt darauf schließen, dass unser Mann zügig vorgegangen ist. Er hatte es offenbar eilig, und deswegen hat er dieses Mal Spuren hinterlassen. Das Öffnen der Terrassentür hat vermutlich nur wenige Sekunden gedauert. Beim Eintreten hat er unbemerkt den Schuhabdruck hinterlassen, weitere Abdrücke haben wir aber nicht gefunden. Entweder hat er also alle anderen beseitigt, nur diesen einen übersehen oder er hat seine Schuhe irgendwie geschützt.« Tabea nickte zum Zeichen, dass sie fertig war.

»Gut«, sagte Frank. »Wenn es keine Fragen zum zeitlichen Ablauf der Entführung gibt, könntest du, Ella, dann bitte mit den Eckdaten weitermachen?«

»Natalie Johansson, vierunddreißig Jahre alt, ledig und alleinstehend«, begann sie ihre Ausführungen. »Arbeitete sieben Jahre als Köchin im selben Restaurant, welches allerdings durch die Corona-Pandemie pleiteging. Sie ist erst seit Kurzem bei ihrem neuen Arbeitsplatz tätig und noch in der Probezeit. Ihre Eltern leben beide in Schweden, wo auch Natalie aufgewachsen ist. Ihr Studentenexamen, wie das Abitur in ihrer Heimat genannt wird, hat sie mit achtzehn gemacht, danach ist sie nach Lüneburg gezogen. Ihr Abschluss wurde hier aber nicht anerkannt, sodass sie das Studium als Grundschullehrerin, für das sie sich beworben hatte, nicht beginnen konnte. Sie machte dann eine Ausbildung zur Köchin. Es gibt keine Vorstrafen, nicht einmal einen Strafzettel für Falschparken. Sie hat keinen Facebook- oder anderen Social-Media-Account. Sie scheint eine vollkommen unauffällige junge Frau zu sein. Gibt es ein Handy, das ich durchforsten kann?«

Frank schüttelte den Kopf. Im Haus war kein Handy gefunden worden, offenbar hatte Natalie Johansson es bei sich – wo auch immer sie aktuell sein mochte.

Ella hob resignierend die Hände. »Dann gibt es für mich nichts mehr zu tun. Ich habe die Verkehrskameras rund um Johanssons Haus überprüft, aber nichts Auffälliges entdecken können. Das Grundstück ist nicht einsehbar und es gibt auch keine Privatkamera, die auf den hinteren Hauseingang gerichtet ist, sodass ich unmöglich sagen kann, welches Fahrzeug auf ihren Parkplatz gefahren ist.«

Frank nickte und wandte sich an Freddy. »Versuch, herauszufinden, zu welchem Schuh der Abdruck passt«, sagte er und wusste, dass es mehr der Wunsch war, irgendetwas tun zu können, als tatsächlich eine Spur zu verfolgen. Der Mann, der all das tat, war fest entschlossen, sein Ziel zu erreichen. Er würde sich nicht überführen lassen aufgrund irgendeines Sohlenprofils.

In dem Moment, in dem er noch überlegte, ob es sonst keinen Ansatz gab, den sie verfolgen konnten, ertönte die schrille Melodie, die ihm inzwischen so verhasst war. Er sah zu Tabea, deren Haut einen käsigen Farbton angenommen hatte.

Kapitel 51

FRANK sah auf die tote Frau hinunter. Das Rot leuchtete in der Abenddämmerung, als hätte jemand einen Farbklecks vor den Abgrund des steinigen Kreidebergs gemalt. Blitzlichter erhellten den Abendhimmel, als die Spurensicherung Fotos von der Leiche schoss. »Verdammte Scheiße!« Tabea sprach aus, was er dachte. Der Täter hatte das Tempo tatsächlich enorm angezogen. Erst am heutigen Vormittag hatte er sie angerufen, um ihr zu sagen, dass er Natalie Johansson in seiner Gewalt hatte. Und jetzt lag sie hier, in vollkommen unnatürlicher Haltung am Fuße eines Abhangs.

Wieder hatte Frank die verzerrte Stimme des Anrufers hören können, wieder hatte er die Freude herausgehört, als dieser Tabea offenbarte, wo er sein Geschenk deponiert hatte. Tabea hatte Frank angesehen, und er hatte den Vorwurf in ihren Augen erkannt. Der Mann hatte ihnen gesagt, dass er nun noch schneller handeln würde, und Frank und Tabea wussten, dass die Pressekonferenz hierfür der Auslöser gewesen war. Doch anders als Tabea war Frank klar, dass diese zwingend notwendig gewesen war. Sie aber war der Meinung, Natalie Johansson auf dem Gewissen zu haben. Sie dachte, dass sie ein drittes Opfer hätten verhindern können, wenn der Mann in seinem bisherigen Tempo weitergemordet hätte. All das sah er in ihrem vorwurfsvollen Blick. Doch er wusste es besser. Sie waren viel zu weit davon entfernt, ihm auf der Spur zu sein. Ein drittes Opfer war kaum vermeidbar gewesen. Er konnte nur hoffen, dass die Eile den Täter dazu verleitet hatte, einen Fehler zu machen – einen Fehler, der ihn endlich überführen würde.

»Gehen wir runter?«, fragte Tabea und konnte den vorwurfsvollen Ton nicht unterdrücken. Frank nickte und folgte seiner Kollegin den Wanderweg bis zum Fuß des Kreidebergs hinab. Sie führte Frank durch einen kleinen, von Bäumen bewachsenen Pfad und an der rückwärtigen Seite des dunkel schimmernden Sees vorbei. Mehrere Mitarbeiter von der Spurensicherung kamen ihnen entgegen.

»Seid ihr fertig?«, fragte er und deutete mit dem Kopf auf die geschlossenen Koffer und Taschen, die sie bei sich trugen.

Die Männer nickten und einer von ihnen antwortete: »Sie gehört euch. Ist aber kein schöner Anblick.«

Frank winkte ab. Etwas anderes hatte er auch nicht erwartet.

»Da vorn«, hörte er Tabea wenig später sagen, und sie deutete auf den rot leuchtenden Punkt.

Frank überholte Tabea und beschleunigte seinen Schritt. »Verdammte Scheiße«, fluchte er, als er bei dem Opfer angekommen war. Er warf einen Blick auf die toten Augen der Frau. Eines schien ihn empört anzublicken, das andere war zugeschwollen und geschlossen. Die Arme der Frau waren über ihre nackte Brust verschränkt, fast, als hätte sie während des Sturzes entschieden, sich den Ermittlern nicht nackt präsentieren zu wollen. Ein Bein lag abstrus vom Körper abgewinkelt da, und der große Zeh stand nach oben, als deutete er genau auf Frank und Tabea.

»Sie sieht aus, als würde sie uns für ihren Tod verantwortlich machen«, hörte er die leise Stimme seiner Kollegin.

Frank drehte sich zu ihr um und schüttelte den Kopf. »Tabea«, sagte er bestimmt, »du musst damit aufhören. Eine Pressekonferenz ist ein gängiges Mittel in laufenden Ermittlungen. Es ist eine bewährte Taktik, um den Täter aus der Fassung zu bringen und ihn zu Fehlern zu verleiten.« Er sah, wie sich ihre Augenbraue langsam hob, sie blieb jedoch stumm. »Weißt du«, sagte er und hörte die Ungeduld selbst, die sich in seinen Ton mischte. »Mir tut Natalie Johansson ebenso leid wie dir. Doch wäre sie es heute nicht gewesen, dann hätten wir an ihrer Stelle in wenigen Tagen eine andere Frau gefunden.« Er nahm sie bei den Schultern, doch noch immer reagierte sie nicht. »Verstehst du?«, hakte er nach. »Anders, als wir behauptet haben, sind wir ihm nicht auf der Spur. Es ging also niemals darum, sein drittes Opfer zu retten. Wir können nur darauf hoffen, dass Natalie uns dabei hilft, ein viertes, fünftes und sechstes Opfer zu verhindern. Wir versuchen, die Frauen zu retten, die nach ihr kommen.«

Tabea lachte auf, und er wusste, wie kalt er in ihren Ohren klingen musste. Sie hatte noch nie zuvor mit Serientätern zu tun gehabt, konnte unmöglich wissen, dass er recht hatte. Doch dann schien etwas in ihr zu passieren und sie sagte: »Ich verstehe.« Ihr Blick wurde weicher. »Wirklich«, bekräftigte sie. »Ich verstehe es, Frank. Und dennoch ist das hier alles einfach nicht genug.«

Frank ließ Tabea los und nickte. Er wusste, dass sie recht hatte. Ganz egal, was sie taten – es würde niemals genug sein.

Kapitel 52

GLÄNZENDES Rot lief den Abfluss hinunter. Albert Krause hatte bereits begonnen, die Leiche zu waschen und zu begutachten, als Tabea und Frank in den Obduktionssaal traten. Wie es seine Art war, ließ er sich von ihrem Eintreffen nicht irritieren, sondern fuhr einfach in seiner Arbeit fort. Tabea hob eine Augenbraue, als sie die Haut der Toten sah. Die nordische Blässe, die sie zu sehen erwartet hatte, war durchzogen von etlichen frischen Blutergüssen.

»Na hoppla, was ist denn mit dir passiert?« Auch der Rechtsmediziner schien das, was er sah, nicht erwartet zu haben. Er sah zumindest ziemlich überrascht aus, als er sich ein Maßband vom Metalltisch nahm und eins der größten Hämatome am Bauch vermaß. »Elf Zentimeter im Durchmesser«, meinte er und sah flüchtig zu Tabea und Frank hinüber, bevor er sich dem nächsten blauen Fleck widmete. »Hier haben wir knapp zehn Zentimeter.«

Tabea schluckte, während ihr Blick am Körper der Frau entlangwanderte. Allein im Bereich des Brustkorbes, Unterbauches und im Gesicht konnte sie zwölf ähnliche Verletzungen erkennen. »Können die vom Sturz stammen?«, fragte sie und hoffte inständig, dass sich das Leid, das die Tote hatte erdulden müssen, auf den verhältnismäßig kurzen Moment des Sterbens begrenzen ließ. Doch das Kopfschütteln, das nicht nur von Albert Krause, sondern auch von Frank ausging, zerstörte ihre Hoffnung mit einem Schlag.

»In der Zeit zwischen Sturz und Eintreten des Todes hätten sich die Flecke nicht so weit entwickeln können«, erklärte der Rechtsmediziner und ergänzte: »Weil das Blut ja nach dem Tod nicht mehr durch den Körper gepumpt wird und somit der biologische Vorgang der Blutgerinnung, der Hämatome entstehen lässt, abrupt endet. Außerdem befinden sich postmortale fast nie im festen Muskelgewebe, was hier jedoch der Fall ist. Nach dem Eintreten des Todes kommt es nur noch zu Totenflecken, und um diese handelt es sich hier ganz eindeutig nicht.«

Tabea nickte. Sie hatte gewusst, dass es so war und doch hatte sie gehofft, sich zu täuschen.

Albert Krause erklärte weiter: »In den nächsten zwei Tagen wären sie dunkelblau bis schwärzlich geworden, bevor sie in einem Grün- und dann einem Gelbton langsam verblasst wären. Ich schätze, die Flecke hier hatten der Verfärbung nach zu urteilen etwa vier Stunden Zeit, sich auszubreiten, bevor der Tod eintrat.« Er warf einen Blick auf die Uhr und Tabea hörte die Zahlen, die er fast stumm vor sich hinmurmelte. »Jetzt ist es halb fünf«, sagte er und Tabea folgte seinem Blick zur Uhr. Dass seit der Besprechung, während der der Täter sie angerufen hatte, bereits acht Stunden vergangen waren, hatte sie nicht gedacht. Seit dem ersten Anruf von ihm schien die Zeit zu rennen. An Schlaf war kaum noch zu denken, und Tabea erinnerte sich nicht mehr daran, wann sie das letzte Mal eine warme Mahlzeit zu sich genommen hatte.

»Wenn ich den Todeszeitpunkt mit der Entwicklung der blauen Flecke kombiniere, müssen diese ihr vor etwa neunzehn Stunden zugefügt worden sein – plus minus eine Stunde. Damit sprechen wir von gestern gegen halb elf Uhr vormittags.«

Tabeas Blick schnellte zu Frank und sie erkannte, dass er dasselbe dachte wie sie. »Gestern gegen zehn Uhr hat er mich angerufen«, erklärte sie dem Rechtsmediziner. »Da hat er uns ihren Namen und ihre Adresse genannt. Entweder hatte sie da also gerade die blauen Flecke bekommen oder aber kurz danach – während wir auf die Spurensicherung gewartet haben. Als wir am Nachmittag im Haus waren …« Sie stockte. »Einen Moment«, sagte sie und rechnete ein weiteres Mal nach. »Wenn die Flecke gestern gegen halb elf entstanden sind und zirka zwei Stunden hatten, um sich auszubreiten, bevor der Tod eintrat, dann muss sie spätestens am frühen Nachmittag gestorben sein.«

Der Rechtsmediziner nickte. »Das ist der ungefähre Todeszeitpunkt, den ich anhand der Lebertemperatur und Totenstarre schätzen würde«, meinte er.

»Der Anruf kam aber erst gegen halb neun Uhr abends, während unserer Besprechung«, sprach Frank aus, was Tabea gerade erkannt hatte.

»Richtig«, sagte sie. »Denkst du, er hat sie bereits zur Mittagszeit den Kreideberg hinuntergestoßen? Vielleicht hat der Sterbeprozess länger gedauert als bei den anderen Frauen, weshalb die Flecke Zeit gehabt haben, sich auszubreiten, bevor sie gestorben ist. Dann wären sie doch während des Sturzes entstanden. Aber wäre das Risiko nicht zu groß, sie mitten am Tag an einem beliebten Ausflugsziel einen Abhang hinunterzuwerfen?« All das ergab keinen Sinn. Die Zeiten stimmten einfach nicht.

Doch Albert Krause erklärte: »Die blauen Flecke haben mit dem Sturz nichts zu tun. Der Form nach zu urteilen stammen sie ganz eindeutig von Fäusten.« Tabea schluckte, wollte etwas erwidern, doch der Rechtsmediziner sprach bereits weiter. »Außerdem ist aus den Fleischwunden, die sie sich beim Sturz zugezogen hat, sehr viel weniger Blut ausgetreten, als man in einem solchen Fall erwarten würde. Die genaue Todesursache muss ich noch feststellen, sobald ich sie aufgemacht habe. Zwei Dinge sind jedoch klar: Sie wurde etwa zwei Stunden vor ihrem Tod brutal verprügelt, und als sie die Klippe hinabstürzte, war sie bereits tot.«

Tabea sah Frank irritiert an. Dieses Mal war der Mann vollkommen von seiner eigenlichen Mordmethode abgewichen. Irgendetwas musste seinen Plan ein weiteres Mal durchkreuzt haben.

Tabea hörte das Kreischen der Säge, die auf Knochen traf, spürte, wie ihre Beine weich wurden, als Krause das Blut mit einer Schöpfkelle entnahm und abwog. Sie sah die Organe, die entnommen, auf die Waage gelegt und gereinigt wurden, und war froh, als die Obduktion beendet war. So abgeklärt wie Frank, der vollkommen unbeeindruckt neben ihr stand, würde sie sicher niemals werden.

Als sie sich zum Gehen wandte, hielt der Rechtsmediziner sie zurück. »Eins noch«, sagte er und grinste, als ob er schon die ganze Zeit darauf gewartet hatte, ihnen diese Information geben zu können. »Ihr habt ja nicht von Anfang an an unserer gemeinsamen Party teilnehmen können.« Er zwinkerte. »Bevor ihr herkamt, ist etwas geschehen, was euch sicher erfreuen wird.«

Tabea sah Krause an, doch er schien den Moment noch ein wenig länger auskosten zu wollen. »Albert«, hörte sie Frank sagen und seine Stimme klang fordernd, »nun sag schon.«

Das Grinsen auf dem Gesicht des Rechtsmediziners wurde noch breiter, und Tabea spürte Aufregung in sich aufsteigen. Sie wusste, dass nun etwas folgen würde, was sie deutlich nach vorn bringen konnte.

Und dann endlich begann Krause: »Ich habe etwas gefunden …«

Kapitel 53

WUT! Rote, dicke, klebrige Wut in mir. So hätte es nicht laufen sollen, nicht laufen dürfen. Das war nicht der Plan. Nicht der Plan.

Sie hatte das Spiel verloren. Schummeln darf man nicht. Wer schummelt, verliert. Das war früher so, das ist heute so, und das wird immer so bleiben. Ich spüre den harten Schlag auf meinem Hintern, den brennenden Schmerz. Einmal, zweimal, dreimal. Das Geräusch des durch die Luft wirbelnden Stockes, das Klatschen auf meinen nackten Backen, die unterdrückten kindlichen Schreie. Doch ich hatte es verdient. Das Schummeln gehört ausgetrieben. Gewinnen kann nur, wer ehrlich ist, das musste ich lernen, musste sie lernen.

Zuerst ein Schlag, der ihre Wangen traf. Ihre spitzen Schreie – sie war zu schwach, sie zu unterdrücken. Schwäche, überall Schwäche, die mir das Rot in die Augen trieben. Und dann habe ich die Fassung verloren. Dumpfe Schläge, meine Faust, die ihren Bauch traf. Dann Kotze, die über meine Hand läuft und mich wütender, noch wütender machte. Schwäche, noch mehr Schwäche. Ein weiterer Schlag und noch einer und noch einer, bis keine Schreie mehr kamen. Leises Röcheln, bevor mein letzter Schlag sie zum Schlafen brachte.

Überlegungen in der Stille. Endlich Stille. Sollte sie die Chance auf eine zweite Runde bekommen? Hatte sie aus ihren Fehlern gelernt? Was war mein Plan? Ich hatte sie nicht rausgeschmissen, keine einzige Spielfigur. Die Partie jetzt zu beenden, war gegen die Regeln. Der Griff zum Spielbrett. Sie musste ehrlich gewinnen oder verlieren. Die Runde war noch nicht beendet.

Ihr Körper, der gekrümmt auf dem Boden lag. Der sich nicht bewegte, als ich sie aufforderte, aufzustehen. Er hatte mich verlassen, dieser Körper, der keinen weiteren Versuch starten würde, zu gewinnen.

Heiße, dicke Wut, die mich umschlossen hält und nicht loslässt. Ich bin vom Plan abgewichen, bin abgewichen. Sie war meine Dritte. Aber die dritte Spielrunde ist nicht beendet worden, einfach nicht beendet worden.

Meine eigenen dicken Haarbüschel, die vor mir liegen, heiße, schmerzende Stellen auf meiner Kopfhaut, Blut, das unter meinen Nägeln herausquillt, mein Blut, mein Unterarm, den lange Striemen zieren. Meine dritte Runde ist fehlgeschlagen, und ich muss eine Entscheidung treffen. Die vierte Runde einleiten oder die dritte wiederholen? Eine zweite rote oder eine neue gelbe? Diejenige nehmen, die ich für Runde vier vorgesehen habe oder eine neue auswählen und Runde drei wiederholen?

Ein Blick in den Spiegel. Starke Augen, eiserner Wille. Hier steht ein Gewinner. Sieh dich an, starker Junge. Du hast gelernt, hast aus deinen Fehlern gelernt. Du bist ein Gewinner.

Wut, die mit jedem Tropfen Blut aus meiner Kopfhaut hervorsickert und meinen Körper verlässt, tiefe Ruhe in mir. Meine Hände, die meine Wangen tröstend streicheln, an meinem Bauch hinunterfahren und mich selbst belohnen, wie es mir beigebracht worden ist. Gewinnen heißt Belohnung, und Belohnung ist schön. Ich bin ein Gewinner. Rot hat verloren, sie hat geschummelt. Ein Zucken in meinen Lenden. Ein Zucken, das Einsicht bringt. Rot hat verloren, sie hat geschummelt.

Ruhe, die mich überkommt. Rot hat verloren. Die dritte Runde ist abgeschlossen. Zeit für Runde vier.

Kapitel 54

TABEA hörte wildes Tastengeklapper trotz des Blutes, das in ihren Ohren rauschte, als wäre es von einem Sturm aufgewühlt worden. Sie knibbelte an ihren Fingern herum und schickte ein Stoßgebet nach dem anderen gen Himmel. Sie war nie besonders gläubig gewesen, aber wenn es jemanden gab, der auf sie alle hier hinuntersah, dann mochte er doch bitte dafür sorgen, dass der Bildschirm, auf den sie nun wie gebannt starrten, eine Übereinstimmung anzeigen würde. Schließlich konnte, wer auch immer die Geschicke der Welt lenkte, doch unmöglich wollen, dass noch mehr Frauen durch die Hand des Mannes starben, dem sie endlich ein ganzes Stück nähergekommen waren.

»So, jetzt bitte noch einmal eine Zusammenfassung für mich«, bat Ella, während der Computer die Datenbank nach einem Match absuchte. Sie drehte sich auf ihrem Schreibtischstuhl zu Tabea und Frank um und sah sie mit großen Augen an. »Die Teambesprechung ist zwar erst für später angesetzt, aber wenn wir jetzt ohnehin warten müssen, könnt ihr mir auch sagen, was die Obduktion ergeben hat und woher die DNA stammt, die wir gerade überprüfen.«

Frank begann zu sprechen. Auch beim zweiten Hören und obwohl sie selbst bei der Obduktion dabei gewesen war, konnte sie noch immer nicht greifen, wie sich der Fall so abrupt hatte wenden können. Als Albert Krause ihnen gesagt hatte, was er unter den Fingernägeln der Toten gefunden hatte, hatte sie Franks Blick sofort auf sich gespürt. War es das gewesen? Der elementare Fehler?

»Bei der Frau handelt es sich mit großer Wahrscheinlichkeit um Natalie Johansson«, erklärte Frank. »Kannst du den Obduktionsbericht öffnen?«

Ella wandte sich wortlos dem Laptop zu, verschob die Maske, über die noch immer nach Daten gesucht wurde und gab ihr Kennwort ein, um den Bericht zu öffnen. »Auweia.« Sie zog zischend die Luft ein, als sie die Bilder sah, die Albert Krause im Obduktionssaal geschossen hatte.

»Genau«, meinte Frank und fasste zusammen, was er und Tabea von Albert Krause erfahren hatten. Tabea hörte ihm zu, konnte jedoch den Blick nicht vom Computerbildschirm wenden. Noch immer flehte sie, dass das Programm im Hintergrund bald eine Übereinstimmung anzeigen würde.

»Die Frau ist nicht beim Sturz umgekommen, wie die anderen beiden«, sagte er. »Todesursache sind innere Blutungen im Bauchraum durch stumpfe Gewalt. Durch die harten Schläge des Täters sind zudem mehrere Rippen gebrochen. Eine davon hat die Milz durchbohrt, sodass sie innerhalb kurzer Zeit innerlich verblutet ist. Die Blutergüsse zeigen, dass es sich bei unserem Gesuchten um einen Rechtshänder handelt.«

Ella fragte: »Aber warum hat er das getan? Es ist mehr als ungewöhnlich, dass Serientäter so stark von ihrem Modus Operandi abweichen. Hat sie ihn wütend gemacht?«

Es war Tabea, die antwortete. »Wut war sicher im Spiel«, sagte sie. »Ob Natalie ihn so wütend gemacht hat oder ob es unsere Pressekonferenz war, können wir nicht sagen.«

Frank unterbrach sie: »Was wir allerdings sagen können, ist, dass er durch seine Wut einen verheerenden Fehler gemacht hat. Er ist unaufmerksam geworden, und genau darauf hatten wir gehofft. Abgesehen von der Todesart ist sein Modus Operandi aber zu erkennen. Wir haben einen Zettel am Zeh der Frau gefunden, auf dem *Runde drei* steht. Und er hat sie angemalt – dieses Mal in Rot. Die Striche, die er gezogen hat, sind jedoch im Vergleich zu den letzten Opfern deutlich unsauberer gezogen. Allein das zeigt uns, dass seine Sorgfalt unter dem Druck gelitten hat. Und so hat er auch nicht bemerkt, dass Natalie ihn gekratzt hat. Es kann nicht besonders stark gewesen sein, Albert hat lediglich wenige Hautpartikel unter ihren Nägeln gefunden. Allerdings wäre ihm dieser Fauxpas sicher nicht passiert, wenn er so strukturiert gearbeitet hätte, wie wir es von ihm kennen. Und uns reicht ein wenig DNA vollkommen aus.«

Tabea riss die Augen auf, als sich das Suchprogramm meldete. Es gab einen Treffer in der Datenbank. Doch als sie sich diesen anzeigen ließen, schüttelte Tabea fassungslos den Kopf. »Das kann unmöglich sein.« Das

Bild des Mannes auf dem Bildschirm war alt, sicher mindestens zwanzig Jahre. Er war wegen Körperverletzung angeklagt, jedoch freigesprochen worden. Das Gesicht auf dem Polizeifoto war bläulich verfärbt und verquollen. Und dennoch erkannte sie ihn sofort. Wie auch die anderen Teammitglieder.

»Vielleicht hat er die Leiche gefunden und betatscht, um ein gutes Bild zu erhaschen. Und dabei ist er mit dem Arm an ihren Fingernägeln hängengeblieben?«, überlegte Ella und zuckte mit den Schultern. »Ihr wisst doch, wie Journalisten sind. Ich meine, ein Hinken hättet ihr bei ihm doch wohl bemerkt, oder nicht?«

Blut rauschte in Tabeas Ohren. Gedankenblitze und Erinnerungen durchströmten sie. Detlev Schmied – freiberuflicher Journalist. Dann fiel ihr ein, was er ihr bei ihrem ersten Treffen erzählt hatte. »Er hat es uns mitgeteilt«, sagte sie, und ihr flehender Blick blieb an Frank hängen. »Als ich ihn das erste Mal in der Bar getroffen habe, sagte er, schon seine Mutter habe ihm beigebracht, dass man nicht schummelt und nicht lügt. Wir haben darüber gesprochen, versteht ihr? Er hat bewusst vom Schummeln gesprochen und sich damit aufs Spielen bezogen.« Sie sah, wie Frank die Augenbrauen hochzog, doch Ella schüttelte noch immer den Kopf. Tabea schlug sich mit der Hand vor die Stirn. »Natürlich: schummeln!« Sie sah die anderen der Reihe nach an. »Nathalie Johansson könnte ihn beschummelt haben. Vielleicht hat er sie deshalb verprügelt. Er lässt sich nicht beschummeln, ebenso wie er selbst nicht schummelt.«

Frank sah ihr nun direkt in die Augen. Sein Blick spiegelte Anerkennung, doch es war keine Zeit, die Theorie genauer zu diskutieren. Zunächst mussten sie herausfinden, ob Detlev Schmied tatsächlich der Mann war, den sie suchten.

Tabea dachte an die wenigen Kontakte, die sie bisher zu Schmied gehabt hatte, aber Frank kam ihr zuvor. »Als er anrief, um zu sagen, dass er sich ein anderes Opfer ausgesucht hat, als er ursprünglich geplant hatte, hat er nebenbei bemerkt, er wäre gut darin, Alternativen zu finden, wenn nötig. Das würde sein Job mit sich bringen.«

Tabea stöhnte auf. »Ich war wütend auf ihn, weil er das Morden als Job bezeichnet hat«, sagte sie. »Dabei hat er seinen tatsächlichen Job gemeint. Seine Arbeit als Journalist.« Sie spürte, wie ihre Atemfrequenz zunahm. Wie hatten sie diese Hinweise übersehen können?

»Trotzdem«, hakte Ella nach, »ich bleibe dabei: Ein Hinken hättet ihr bemerkt. Und das ist eines der Erkennungszeichen unseres Täters.«

Tabea schloss die Augen, stellte sich die Situationen vor, in denen sie Schmied begegnet war. Dann schüttelte sie den Kopf. »Als wir ihn das erste Mal gesehen haben, stand er zwischen einer Meute Journalisten«, sagte sie. »Wenn überhaupt, dann hat er sich mit ihnen im Pulk bewegt. Und als ich ihn in der Bar getroffen habe, hat er gesessen«, sagte sie und versuchte sich zu erinnern, wie die Situation genau abgelaufen war. »Ich bin nach ihm gekommen, und er hatte bereits Platz genommen.« Sie sah wieder sein Grinsen vor sich, als er ihr sein Handy zuschob. »Und ich bin vor ihm raus, weil er mich zur Eile gedrängt hat«, sagte sie und sah dann zu Frank. »Danach hast du ihm sein Handy wieder zurückgebracht.«

Frank nickte. »Da hat er im Auto gesessen«, bestätigte er. »Zum zweiten Tatort und zur Pressekonferenz ist er nicht gekommen«, ergänzte er, »weil der Täter ihn angeblich nicht informiert hat. Gehen wir davon aus, dass er wirklich unser Mann ist, musste er natürlich nicht informiert werden. Und dann ist auch klar, dass er Blut geleckt hatte und ein weiteres Mal in der Zeitung stehen wollte. Aber vielleicht war ihm das Risiko doch zu groß, dass sein Hinken irgendwem auffallen könnte, wenn er am zweiten Tatort oder auf der Pressekonferenz aufgetaucht wäre.«

Tabea biss sich auf die Innenseite ihrer Wangen. »Ich denke, er hat uns auch von seiner körperlichen Beeinträchtigung erzählt«, sagte sie. »Als er anrief, um zu sagen, dass er nicht über den zweiten Tatort informiert wurde, hat er gemeint, er wäre wieder einmal zu langsam gewesen. Das sei die Geschichte seines Lebens.«

Endlich schien Ella auch begriffen zu haben, dass es sich bei Schmied tatsächlich um den Täter handeln könnte. »Damit hat er auf sein Bein angespielt«, sagte sie.

Tabea nickte. »Ganz genau«, bestätigte sie und zückte das Handy. Ihr war etwas eingefallen und sie musste unbedingt nachhaken. Sie ignorierte Franks fragenden Blick, wählte die Nummer und wartete, dass sich Emma meldete. Als die junge Journalistin den Anruf angenommen hatte, fragte Tabea: »Sie haben Ihren Kollegen Schmied als ›Kaiser Wilhelm den Zweiten‹ bezeichnet.« Die Journalistin kicherte, wollte sich entschuldigen, doch Tabea fiel ihr ins Wort: »Ich dachte, Sie würden auf seine Arroganz anspielen. Jetzt frage ich mich aber, ob sie das vielleicht auf etwas anderes bezogen haben.«

»Hab ich«, meinte sie entschuldigend, »und ich weiß, dass man nicht über Behinderungen von Menschen lacht, aber der Vergleich passte zu gut. Beide sind sie wahnsinnig arrogant, das stimmt schon. Aber der Kaiser hatte ja zudem einen zu kurz geratenen, verkrüppelten Arm, und als ich bemerkt habe, dass Schmied ein kaputtes Bein hat und hinkt, haben sich die Parallelen einfach aufgedrängt.«

Tabea ließ das Handy sinken. Der Täter war von Anfang an dabei gewesen. Und sie hatten es nicht bemerkt.

Kapitel 55

»DETLEV Schmied!« Frank hörte, wie seine Stimme in dem leeren Haus widerhallte. Der Journalist hatte nicht auf das Klopfen und Klingeln reagiert, und noch bevor Tabea Widerspruch einlegen konnte, hatte Frank die Tür eingetreten. Das Haus wirkte, als wäre sein Bewohner erst vor Kurzem eingezogen und müsste sich noch einrichten. Zwar gab es sämtliche Möbel, die man zum Leben brauchte, allerdings fehlte es der Einrichtung deutlich an Persönlichkeit. Frank sah kein einziges Bild, keinen Dekoartikel, nichts, was darauf schließen ließ, dass das hier mehr als ein einfaches Hotelzimmer für Durchgangsgäste war. Auch von Detlev Schmied selbst gab es nicht die geringste Spur.

»Er ist nicht da«, sagte Frank, nachdem er die letzte Zimmertür des Hauses mit gezogener Waffe geöffnet hatte. Tabea nickte und ließ ihre eigene Pistole zurück ins Holster gleiten. Frank sah, wie ihr Blick durch den Raum wanderte. Noch immer sah man ihr die Irritation, die sich bei den neuesten Erkenntnissen in ihr Gesicht geschlichen hatte, an.

»Er hat das Spiel deutlich weiter getrieben, als wir geahnt haben. Die ganze Zeit hat er nicht nur zu dir, sondern zu uns beiden Kontakt gehabt, ohne dass wir es bemerkt haben«, sagte Frank und durchschritt den Raum. Sie mussten einen Anhaltspunkt finden, wo sich Schmied aufhielt. »Such nach einem Kalender, einem Notizbuch, einem Laptop oder etwas in der Art«, meinte er und machte sich seinerseits auf die Suche.

Tabea zog die Augenbrauen hoch. »Wir brauchen einen Beschluss, um das Haus zu durchsuchen«, sagte sie.

Doch Frank winkte ab. »Als wir geklingelt haben, hast du doch auch die Geräusche von drinnen gehört oder nicht? Ich bin fest davon ausgegangen, dass es sich um einen Kampf gehandelt hat, darum habe ich die Tür geöffnet.« Er begann bereits, den ersten Stapel Papiere, den er zu fassen bekam, durchzusehen. »Und wenn wir schon mal hier sind, schauen wir uns auch um. Davon muss niemand etwas erfahren, einverstanden?« Er sah das Zögern in ihren Augen und spürte, wie er ungeduldig wurde. »Tabea«, sagte er, »ich mache das nicht zum ersten Mal. Wir stecken in laufenden Mordermittlungen und sind nicht auf Streife. Wir holen uns nachträglich einen Beschluss. Jeder Richter wird verstehen, dass es sich hier um eine Notsituation handelt.«

Er sah Tabea nach, als sie den Raum wortlos verließ und hörte das Rascheln von Papieren im Nebenraum, blätterte ebenfalls Stapel von Unterlagen durch, doch er konnte beim besten Willen nichts finden, was darauf schließen ließ, wo Schmied sich gerade aufhielt.

»Hier ist ein Laptop.«

Frank eilte in die Richtung, aus der er Tabeas Stimme gehört hatte. Als er ankam, hatte sie das Gerät bereits aufgeklappt. Doch der Blick, den sie ihm über den Rand hinweg zuwarf, wirkte resigniert. »Passwortgeschützt«, sagte sie, was er ohnehin erwartet hatte. In wenigen Schritten war er bei ihr, schnappte sich das Gerät und eilte Richtung Haustür.

»Hier finden wir nichts mehr«, meinte er und hörte, wie ihre Schritte ihm folgten. Im Laufen griff er zum Handy. »Wir sind in fünfzehn Minuten im Büro«, sagte er und wartete Ellas Antwort nicht ab. »Sag dem Team Bescheid, dass wir uns dann treffen. Wir bringen einen Laptop mit. Bereite alles vor. Heute kriegen wir ihn. Und sprich mit Jörg Harnisch. Er muss einen rückterminierten Durchsuchungsbeschluss für Schmieds Haus und sein persönliches Eigentum ausstellen. Wir brauchen ihn so schnell wie möglich.«

Er legte auf, sprang ins Auto und startete den Wagen, noch bevor Tabea richtig saß, und raste vom Parkplatz. Er sah, wie sich Tabeas Finger um den Haltegriff in der Tür verkrampften, dennoch nahm er nicht den Fuß vom Gas. Im Moment war keine Zeit für Rücksicht. Hinter ihm hupte ein anderer Fahrer wild, doch auch das interessierte ihn nicht. Frank legte den Vorwärtsgang ein und raste die Straße hinunter. Wenn er sich ranhielt, wären sie in zehn Minuten auf dem Revier.

Sie schafften es in zwölf. Frank und Tabea stürmten ins Büro, in dem sich Freddy, Albert und Ella bereits versammelt hatten. Er stellte den Laptop auf den Tisch und klappte das Gerät auf. Eilig verband Ella das Gerät mit ihrem eigenen, bevor ihre Finger über die Tastatur flogen.

»Wir haben's gleich«, sagte sie und legte den Kaugummi an den oberen Rand ihres eigenen Geräts. Frank lächelte. In den vergangenen Jahren hatte er immer wieder beobachtet, dass Ella ihren Kaugummi nur dann herausnahm, wenn sie wirklich aufgeregt war. Auch er spürte eine gewisse Nervosität in sich. Er sah, wie Buchstaben- und Zahlenkombinationen in schnell wechselndem Rhythmus auf dem Gerät Detlev Schmieds erschienen, während Ellas System das Passwort zu entschlüsseln versuchte.

Eine Tür öffnete sich in Franks Rücken. »Was ist hier los?« Jörg Harnisch trat ein, und Frank erkannte sofort die Anspannung beim Dienststellenleiter. Er warf einen Blick auf den Laptop und schüttelte den Kopf. »Da Ihre Kollegin mich gerade erst um einen Beschluss gebeten hat und ich weiß, dass ein solcher noch nicht vorliegt, trennen Sie die Geräte bitte sofort voneinander.«

Frank spürte leise Wut in sich aufkeimen. »Es ist ein Notfall«, sagte er.

Doch Harnisch schüttelte noch einmal den Kopf. »Ich kann nicht«, sagte er und hob resignierend die Hände. »Es liegt keine Notsituation vor, sodass eine Durchsuchung des Laptops zum jetzigen Zeitpunkt rechtswidrig ist«, sagte er und seine Stimme klang entschuldigend.

In wenigen Schritten war Frank bei ihm. »Herr Harnisch«, sagte er und hatte Mühe, seine Wut unter Kontrolle zu halten, »wir wissen sicher, dass es sich bei Herrn Schmied um den Täter handelt. Was wir nicht wissen, ist, ob er im Moment sein nächstes Opfer entführt. Doch wir können es herausfinden. Jeder Richter wird dem zustimmen.«

»Ich kenne Fälle, in denen das nicht zutraf«, blieb Harnisch bei seinem Standpunkt. »Dass Sie und meine Mitarbeiterin ins Haus eingedrungen sind, können wir vielleicht noch rechtfertigen. Wenn Sie aber jetzt den Laptop durchsuchen, wird alles, was sie darauf finden, vor Gericht keinen Bestand haben. Täter sind wegen solcher Ermittlungsfehler bereits freigekommen, verstehen Sie? Sie durchsuchen den Laptop zum jetzigen Zeitpunkt nicht. So leid es mir tut, aber ich hoffe, ich hab mich klar ausgedrückt.«

Frank knirschte mit den Zähnen, blieb Harnisch jedoch eine Antwort schuldig. Würden sie jetzt handeln, hätten sie keine Chance, mögliche Beweise in einem Verfahren zu verwenden. Jeder Anwalt würde den

Fall auseinandernehmen, noch bevor es zur Verhandlung käme. Harnisch hatte recht, und Frank hasste das.

»Ella«, sagte er und sah Harnisch dabei unverwandt an. »Stopp das Programm.« Er drehte sich zu seinem Team um. »Wir können nur darauf hoffen, dass Schmied im Moment als Journalist unterwegs ist und nicht als Spieler.«

Kapitel 56

BIS zehn zählen. Eins ...

Ganz langsam. Zwei ...

Ich habe den Wagen in meiner Einfahrt gesehen. Ein Wagen, der da nicht hingehört. Die Überwachungs-App auf meinem Handy hat mir gezeigt, dass Frank Schünemann und Tabsi in meinem Haus sind.

Tief atmen, Junge, damit die Wut verschwindet. Drei ...

Entkrampfe die Fäuste. Vier ...

Sie sehen sich um, sprechen miteinander. Tabsi, die ihrem Kollegen unterlegen ist, so unterlegen. Dabei ist sie so eine starke Frau. Trennen sich, gehen in verschiedene Räume. Er tatscht meine Sachen an. Mit seinen Fingern. Greift in meine Sachen. Keine Luft mehr. Keine Luft.

Nur, wer seine Wut unter Kontrolle hat, ist stark. Atme weiter. Zähle weiter. Fünf, sechs, sieben ...

Schmerzen in meinem ganzen Körper. Schmutz in meinem Haus. Mein Haus beschmutzt von diesem widerwärtigen Kerl. Kann nicht atmen. Fingerabdrücke überall auf meinen Sachen. Dann kommen sie aus dem Haus. Aus dem Haus, in dem sie nichts finden konnten, abgesehen von meinem Laptop. Acht, neun ...

Dem Laptop, den der Ermittler unter dem Arm trägt, als wäre es sein eigener. Meine Fingernägel, die sich in meine Hände bohren. Keine Entspannung möglich. Wut in mir, die mich einnimmt, wie sie es schon immer getan hat. Ich habe keine Zeit, keine Zeit, keine! Und kann nicht atmen. Helle Blitze vor meinen Augen. Alles anders als geplant.

Planänderung. Keine Zeit mehr. Heute wird mein Spiel beendet. Die Helligkeit verschwindet. Ich sehe klar. Ich hole sie mir. Jetzt.

Zehn ...

Kapitel 57

TABEA sah Marianne Steig, die ihr über den Flur hinweg ein hämisches Grinsen zuwarf. Nachdem Harnisch ihnen die Anweisung gegeben hatte, den Laptop Schmieds nicht zu durchsuchen, hatte er das Büro verlassen. Er hatte Tabea einen entschuldigenden Blick zugeworfen, und sie hatte ihm stumm zugenickt. Sie wusste, dass Harnischs Frau vor Jahren einem Verbrechen zum Opfer gefallen war. Der Mann war brutal vorgegangen, als er sie nach einer Party hinter einem Baum vergewaltigt hatte. Harnisch hatte ihn festnehmen können, und doch war dem Täter nicht der Prozess gemacht worden. Denn der Beamte war als nicht objektiv eingestuft worden und die Beweise, die er gegen den Mann gesammelt hatte, waren nicht anerkannt worden. Seine Frau hatte sich nach dem Freispruch ihres Peinigers das Leben genommen. All das hatte vor Jahren in der Zeitung gestanden. Doch noch nie hatte Harnisch ein Wort über diesen Vorfall verloren.

Frank, der keine Ahnung hatte, weshalb Harnisch sich so pedantisch an die Regeln hielt, war ihm nach einer kurzen Atempause ins Büro hinterhergeeilt. Seitdem waren ihre angespannten Stimmen auf dem Flur zu hören.

»Ärger im Paradies?«, fragte Marianne Steig, und ihr Blick wirkte gespielt mitleidig. »Ich hoffe, unser Streifenmädchen hat sich in dem Spiel nicht übernommen und ist nicht schuld an diesem Streit?«

Tabea biss sich auf die Innenseite ihrer Wangen. Sie hatte sich fest vorgenommen, sich von Marianne nicht provozieren zu lassen, und das hatte sie auch weiterhin vor, also drehte sie sich tonlos weg und ging zu Ella, die sich vor Harnischs Büro positioniert hatte. Sie lauschte ganz unbefangen.

»Herr Schünemann!« Während Franks Stimme gerade noch weiterhin nachdrücklich und wütend durch die Tür gedrungen war, klang Jörg Harnischs Tonfall verständnisvoll. »Mir sind die Hände gebunden. Ich würde gern mehr für Sie tun. Aber der Täter könnte freigesprochen werden und kann dann noch mehr Frauen töten, wenn Sie sich nicht an die Regeln halten.«

Tabea hörte die durchdringenden Schritte, die mit jedem Wort schneller zu werden schienen. »Das geschieht nur«, meinte Frank, »wenn Sie nicht bereit sind, uns zu unterstützen. Berthold Haber – der Mann, dem ich *eigentlich* unterstellt bin – hat bisher immer einen Grund gefunden, um dem Richter die Dringlichkeit einer Durchsuchung ohne Beschluss zu verdeutlichen. Aber wenn Sie dazu nicht in der Lage sind …« Der Satz blieb in der Luft hängen, und die Stille im Raum wurde fast greifbar.

»Geben Sie mir die Nummer Ihres Vorgesetzten«, sagte Harnisch schließlich. »Ich werde mit ihm eine wasserdichte Strategie absprechen. Ich hoffe, Sie haben recht, und wir werden nicht bereuen, was wir hier tun.«

Die Bürotür flog auf, und Frank sah sein Team, das nun komplett davorstand, fragend an. »Was steht ihr denn alle hier rum?«, polterte er wütend los. »Wir haben wertvolle Zeit verloren, die wir aufholen müssen.«

Tabea wusste, dass Franks Wut die Falschen traf und sie nahm es ihm übel, auch wenn sie seinen Frust verstehen konnte. Er stapfte in den Konferenzraum und schloss die Tür, nachdem Tabea, Freddy, Albert und Ella ihm hinein gefolgt waren. »Erneut verbinden«, sagte er zu Ella und zeigte auf die Rechner, woraufhin sie diese eilig durch mehrere Kabel miteinander verband. Sie drückte einige Tasten, und zum zweiten Mal an diesem Tag begann das System, nach dem Passwort zu suchen, um den Laptop Detlev Schmieds zu entschlüsseln. Tabeas Blick wanderte zur Uhr. Sie verfolgte die Zeiger, die über das Ziffernblatt krochen. Abgesehen von dem Ticken war es totenstill im Raum, bis Frank erneut lospolterte: »Wie lange dauert das denn noch?«

Tabea sah, wie Ella Frank einen vernichtenden Blick zuwarf. »Komm mal wieder runter!«, sagte sie wütend. »Wir tun hier alle unser Bestes.«

Tabea nahm die sofortige Veränderung in Franks Blick wahr. Er wurde weicher, fast schon entschuldigend. Dennoch blieb sein Körper vollkommen angespannt. Die Muskeln traten hervor, und die Hände hatte er zu Fäusten geballt. Dann endlich nickte er Ella zu. »Wie lange wird es ungefähr dauern?«, fragte er und klang dieses Mal deutlich versöhnlicher.

Ella legte den Kopf schief. »Er hat sicher kein 0815-Passwort verwendet«, sagte sie. »Wir dürften es mit einer Zahlen-, Zeichen- und Buchstabenkombination in Groß- und Kleinschreibung zu tun haben. Da braucht das System etwas länger. Aber …« Ein Signal unterbrach Ella, und im selben Moment erschien ein ausformuliertes Passwort auf dem Bildschirm. »Na bitte«, meinte sie und zog im nächsten Moment scharf die Luft ein.

Tabea blickte ihr über die Schulter und schüttelte den Kopf. »Wie charmant«, sagte sie und spürte, wie auch Frank mit eiligen Schritten neben sie trat. Seine Schulter berührte ihre, als er sich über den Bildschirm beugte und das Passwort las.

»Ist es das, was ich denke?«, fragte er und Tabea nickte.

»_Tabsi_1988-2024«, sagte sie. »Da ich im Jahr 1988 geboren bin, nehme ich stark an, dass er mit der zweiten Zahl das Jahr, in dem ich sterben soll, markiert hat«, sagte sie.

Frank nickte, schüttelte den Kopf und nickte erneut. »In Ordnung«, sagte er und drehte sich zu Tabea um. »Du bist mit sofortiger Wirkung raus aus dem Fall.«

Tabea riss die Augen auf. Sie musste sich verhört haben. Das konnte Frank unmöglich ernst meinen. Sie wollte protestieren, doch Frank ließ sie nicht zu Wort kommen, lenkte aber ein: »Gut, du wirst zumindest keinen aktiven Einsatz mehr fahren und bleibst hier, um Ella und Freddy unter die Arme zu greifen. Und die beiden werden dich nicht aus den Augen lassen«, drohte er scharf.

»Ich bin dir nicht unterstellt«, erwiderte Tabea und versuchte, die aufkeimende Wut hinunterzuschlucken. »Ich brauche von dir keine Anweisungen entgegenzunehmen.«

»Aber von mir.« Tabea drehte sich ruckartig um. Ebenso wie die restlichen Mitglieder ihres Teams, hatte sie nicht gehört, wie sich die Bürotür hinter ihnen leise geöffnet hatte. Jörg Harnisch war in den Raum getreten und warf einen Blick auf den Bildschirm des Laptops. »Auch wenn es in diesem Fall noch nicht oft vorgekommen ist«, sagte er, »teile ich in diesem Punkt die Ansicht des Kollegen. Sie bleiben hier. Ich will

Sie nicht mehr auf der Straße sehen, bevor der Mann nicht gefasst wurde.«

Tabea schob die zu Fäusten geballten Hände in die Tasche. Sie hatte nichts falsch gemacht und konnte nicht verstehen, was genau das Passwort an der Gesamtsituation geändert haben sollte. Schließlich war doch die ganze Zeit über klar gewesen, dass der Täter eine Verbindung zu ihr hatte. Sie hörte das Geklapper von Tasten auf einer Tastatur, während sie noch immer ungläubig zu ihrem Chef blickte.

»Unterstützen Sie Ihre Kollegin vor Ort«, wies er sie an und reichte Frank einen Zettel. »Der Durchsuchungsbeschluss in schriftlicher Form«, meinte er, bevor er das Büro mit einem letzten Blick auf Tabea verließ und die Tür leise ins Schloss zog.

»Ich habe hier etwas!«

Tabeas Wut verrauchte, sie drehte sich abrupt zu der ITlerin um und warf einen Blick auf den Bildschirm. Tabea sah das Bild einer Frau. »Saskia von der Mühle«, las Ella den Namen vor. Auch Tabea überflog die Notizen, die Detlev Schmied über die Frau angefertigt hatte.

»Sie sieht den ersten beiden Opfern wieder deutlich ähnlicher«, meinte Ella und schüttelte den Kopf. »Wieso hat er nicht sie als rote Figur genommen? Er hat doch ohnehin gemeint, dass Natalie Johansson für seinen Geschmack etwas zu nordisch wäre.«

Tabea zuckte mit den Schultern. »Das hatte er ursprünglich vor«, meinte sie und deutete auf eine Zeile, die ihr sofort ins Auge gesprungen war. »Rot«, las sie die Notiz vor und sah Ella an, doch die hob fragend die Hände. »Als er sich Natalie Johansson geschnappt hat, hat er am Telefon gemeint, es hätte eigentlich jemand Besseren gegeben, seine Pläne hätten sich allerdings geändert. Saskia von der Mühle wohnt in Hannover. Sie hätte seine rote Figur sein sollen.«

Ellas Augen leuchteten auf. »Dann hat es ihm vielleicht einfach zu lange gedauert, nach Hannover zu fahren. Vielleicht wollte er in Lüneburg bleiben«, sagte sie, doch Frank widersprach ihrer Theorie. »Nach Hannover ist es nicht allzu weit«, sagte er. »Es hätte nur wenige Stunden länger gedauert, sich Saskia zu holen. Das ist für ihn kein Hinderungsgrund. Er tötet die Frauen als Stellvertreter für eine Person, auf die er es eigentlich abgesehen hat. Einige Stunden Autofahrt werden ihn nicht davon abhalten, seinen durchstrukturierten Plan durchzuziehen. Er muss also einen anderen Grund gehabt haben.«

Ella begann wieder, auf die Tastatur ihres Laptops einzuhämmern. »Falsch«, sagte sie wenig später, und ein triumphales Grinsen breitete sich in ihrem Gesicht aus. »Es hätte nicht nur einige Stunden, sondern zwei Tage länger gedauert. Saskia war in den letzten Tagen in Barcelona.« Sie deutete auf das Facebook-Profil der Frau, auf dem Fotos von ihr in knappen Bikinis zu bewundern waren.

Tabea spürte, wie Aufregung in ihr aufstieg. Vielleicht hatte der Mann sich tatsächlich von der Pressekonferenz aus der Ruhe bringen lassen. Möglicherweise fühlte er sich doch von ihnen verfolgt, weshalb er das Tempo anziehen musste und die Rückkehr von Saskia von der Mühle nicht abwarten konnte. Noch während sie ihren Gedankengang verfolgte, fiel ihr auf, was Ella gerade gesagt hatte. »Sie war unterwegs? Ist sie denn schon wieder zurück?«, fragte sie, und Ella deutete nickend auf den letzten Eintrag Saskias.

»Endlich wieder zu Hause. Der Rückflug war eine Tortur«, stand da. Tabeas Blick schnellte zu Frank, und sie erkannte, dass er dasselbe dachte wie sie.

»Saskia von der Mühle ist nicht aus dem Spiel«, meinte sie aufgeregt. »Sie ist jedoch nicht mehr die rote, sondern jetzt die gelbe Figur. Er hat sie für die vierte Runde vorgesehen.« Tabea zog sich ganz automatisch die Jacke über, doch Frank schüttelte den Kopf.

»Ich fahre nach Hannover«, meinte er und drückte Tabea an den Schultern auf einen Schreibtischstuhl. »Ihr«, er machte mit der Hand eine ausladende Geste, in die er Tabea deutlich miteinschloss, »sorgt dafür, dass umgehend Polizeischutz bei Saskia auftaucht. Die Kollegen sollen ihr erklären, worum es geht, und sie soll zu Hause warten, bis ich dort bin. Sendet auch ein Bild von Detlev Schmied sowie die Personenbeschreibung an die Kollegen in Hannover. Sie müssen wissen, nach wem sie Ausschau halten sollen. Und dann sucht im Laptop nach weiteren Hinweisen. Ich möchte über alles, was ihr findet, informiert werden, verstanden?«

Kapitel 58

DU bist wunderschön, Mädchen. Das muss man dir lassen. Ich sehe es, auch wenn du nicht in meine Richtung blickst, zum Fenster, vor dem ich stehe. Du siehst dich im Spiegel an, ziehst deinen Lippenstift nach und machst einen Kussmund.

Deine Haare fallen dir über die Schulter und du kämmst sie mit einer Bürste durch. Machst du dich extra für mich so schön? Das wäre nicht nötig gewesen, Kleines. Ich mag es, wenn Frauen ungeschminkt sind. Naturschöne, helle Haut. Sie war jedes Mal schon abgeschminkt, wenn ich bei ihr war. Immer war sie abgeschminkt. Ich werde dir die Farbe entfernen, wenn du bei mir bist. Du brauchst sie nicht mehr, verstehst du?

Du drehst dich ruckartig um und erschrickst, als du mich vor dem Fenster siehst. Ich hebe lächelnd die Hand zum Gruß und ein Strahlen breitet sich auf deinem Gesicht aus. Du öffnest die Tür und ich sehe den Lippenstiftfleck auf deinem Zahn, als du mich angrinst.

»Fred«, sagst du und gibst mir einen Kuss auf die Wange. Ich widerstehe dem Drang, mit der Hand darüberzuwischen. Hast du mich jetzt vollgeschmiert? Früher hatte ich nie Lippenstift auf der Haut. Wann immer sie mich belohnt hat, war der schon entfernt worden. Kein Lippenstift auf meiner Haut.

»Ich habe wirklich gedacht, du wolltest nach unserem letzten Date nichts mehr von mir wissen«, sagst du. Ich sehe die Sehnsucht in deinen Augen. Du warst viel zu lang allein, kleines, armes Mädchen, nicht wahr? Wenn deine Schwester nicht bei dir gewesen wäre, hättest du niemanden mehr gehabt. Ich schüttle entschuldigend den Kopf.

»Ich hatte wirklich viel zu tun. Es tut mir leid.« Die Tür fällt hinter uns ins Schloss und ich folge dir ins Wohnzimmer. Fotos von Kindern an den Wänden. Du hast bei unserem letzten Treffen von ihnen erzählt.

Ich höre das Klirren von Weingläsern, die du aus dem Nebenraum holst. Roter Wein, tiefrot. Langsam läuft er aus einer Karaffe in die

Gläser. Ein erneutes Klirren, als wir anstoßen. »Auf einen zweiten Start«, sagst du, und ich lächle dich an. Einen zweiten Start gibt es nicht. Du bist schwach, das habe ich schon bei unserem ersten Treffen festgestellt. Du wirst keine Chance haben, jemals ein Spiel zu gewinnen.

»Was genau hattest du denn so Wichtiges zu tun?«, fragst du, und ich schnuppere an dem Wein. Traube und ein Hauch von Rose. Ich koste, und ekelerregende Süße breitet sich auf meiner Zunge aus.

»Spielen«, sage ich, und du ziehst irritiert die Augenbrauen hoch. Ich zwinkere dir zu. Es wird Zeit, das hier zu beenden. Ich stelle das Glas ruckartig auf dem Tisch ab, zu ruckartig und ungeschickt. Etwas tropft auf den weißen Teppich. Ich entschuldige mich. Du stehst auf, willst ein Tuch holen. Doch ein Tuch habe ich selbst dabei. Es füllt sich mit durchsichtiger Flüssigkeit, während du in der Küche laut deinen Schrank aufreißt. Der Dampf brennt in meinen Augen.

Fröhlich kommst du zurück zu mir, rümpfst kurz die Nase. Riechst du bereits, was auf dich zukommt? Ich stehe vom Sofa auf, halte das Tuch in meinen Händen. Deine Freude weicht Skepsis, Skepsis weicht Angst, doch es ist zu spät, um zu schreien, zu spät, um zu fliehen. Ich spüre dein Gesicht, deinen Mund, deine Nase bereits unter meiner Hand. Durch das Tuch hindurch, dessen Geruch sogar mir fast die Sinne raubt. Du trittst, willst dich wehren, triffst aber nur den Tisch. Das Glas klirrt, als es umkippt. Noch mehr Rot auf dem Weiß.

»Keine Sorge, ich halte dich«, sage ich, als dein Körper in meinen Armen immer schlaffer wird. In dem Versuch, nach Luft zu schnappen, hast du die schnell verdampfende Flüssigkeit bereits eingeatmet. Du sackst in dich zusammen, doch ich bin mir sicher, dass du mich noch immer hören kannst. »Keine Sorge, kleines Mädchen«, flüstere ich dir zu. »Du bist zu schwach, um Gelb zu sein. Gelb ist für deine Schwester vorgesehen, Enja.«

Kapitel 59

»WENN er die Frauen nicht auf dem Gewissen hätte, könnte er einem fast leidtun.«

Tabea hob eine Augenbraue. Was auch immer Ella ihr, dem Team und Frank am Telefon gleich vorlesen würde, nichts würde dazu führen, dass Detlev Schmied ihr leidtäte. Noch immer war sie sauer, dass Frank sie hier zurückgelassen hatte. Während inzwischen Polizeischutz bei Saskia von der Mühle war und die verunsicherte Frau beaufsichtigte, waren Einsatzkräfte auf der Suche nach Detlev Schmied und würden ihn hoffentlich zeitnah in Gewahrsam nehmen. Frank wäre es, der als Erster mit ihm in Kontakt treten würde. Und dabei hätte sie dabei sein sollen. Umso verbissener versuchte sie, von hier aus gute Arbeit zu leisten. Sie würde sich nicht nachsagen lassen, dass sie ihren Job nicht gut machte, nur weil sie ihren Willen nicht bekommen hatte. Im Moment überprüfte sie alle Nachrichten, die Detlev Schmied in den letzten Monaten online geschrieben hatte, auf Auffälligkeiten. Sie durchsuchte seine Profile, musste jedoch feststellen, dass er sich nur selten an Diskussionen beteiligt hatte. Dafür hatte er eine Menge Frauen angeschrieben, die eindeutig in sein Opferschema passten. Offensichtlich hatte er auf diesem Weg eine engere Auswahl getroffen, bis er sich schließlich für seine »Spielfiguren« entschieden hatte.

»Er hat seinen Vater verloren, als er noch ein Kind war«, meinte Ella, und dieses Mal verdrehte Tabea die Augen.

»Das habe ich auch«, sagte sie. »Und ich bin nicht zur Serienkillerin geworden.« Ella, Freddy und Albert sahen sie an, erst da wurde Tabea bewusst, was sie da gerade preisgegeben hatte. »Wann ist er gestorben? Und wie?«, fragte sie schnell und spürte, wie ihr Herz schneller zu schlagen begann. Vielleicht hatte der Tod seines Vaters ja mit dem von ihrem eigenen zu tun. Vielleicht würde sie endlich herausbekommen, wer für den Unfall verantwortlich gewesen war. Und vielleicht war das ja die Verbindung zu Detlev Schmied und damit das letzte Puzzleteil in diesem Rätsel.

»Schmieds Vater wurde totgeschlagen«, sagte Ella, und Tabea ließ enttäuscht den Kopf hängen. »Joachim Schmied war offensichtlich nicht der begehrteste Geselle«, erklärte sie weiter und blätterte das Vorstrafenregister des Mannes durch. »Jedenfalls wurde er in der Nacht vom 30. auf den 31. September 1994 totgeschlagen. Der Täter wurde nicht gefasst.«

Tabea zuckte zusammen. »Wie war das?«, fragte sie und Ella wiederholte ihren letzten Satz.

»Nein«, meinte Tabea und griff nun selbst zur Maus. »Das Datum. Ich meine das Datum. Hast du Zugriff auf das Lüneburger Zeitungsarchiv?«

Ella nickte, doch Franks Stimme scholl durchs Handy: »Was hast du vor, Tabea?«

Sie spürte, wie sie mal wieder an ihren Fingern herumknibbelte. Sie musste sich das wirklich mal abgewöhnen. Aber wenn sie nervös war, konnte sie nicht anders.

»Was ist das denn?« Ella zeigte auf eine Schlagzeile und sah Tabea fragend an, doch die schüttelte den Kopf. Sie wollte diese Nachricht des Tages nicht noch einmal lesen, hatte es bereits Hunderte Male getan. »Unfall mit Fahrerflucht – sechsjährige Tochter sieht ihrem Vater beim Sterben zu« stand da.

»Am Abend des 30. September 1994 ist auch mein Vater gestorben«, erklärte Tabea nun, während sie die archivierte Zeitung vom 31. September querlas. Dann endlich fand sie, was sie suchte. »Hier«, sagte sie und deutete mit dem Finger auf den kleinen Hinweis am Rand des Bildschirms. »Vorbestrafter Serientäter bei Schlägerei gestorben«, las sie vor, in der Zeile darunter stand, dass die Polizei nach Hinweisen suchte. Tabea lief es eiskalt den Rücken hinunter. »Wie alt war Schmied, als sein Vater gestorben ist?«, fragte sie.

Ella machte einige Klicks, bevor sie antwortete. »Zehn Jahre in etwa«, sagte sie.

Tabea kniff die Lippen zusammen. Wie musste es für einen Zehnjährigen gewesen sein, den Mord am eigenen Vater in derart abwertender Weise in der Zeitung zu lesen, während ein Unfall mit Fahrerflucht zu einer spektakulären Schlagzeile aufgebauscht wurde?

»Tabea?«, hörte sie die Stimme ihres Kollegen durchs Telefon. »Was ist denn da los bei euch?«

Tabea räusperte sich, bevor sie zu sprechen begann. »Unsere Väter sind in der gleichen Nacht gestorben«, sagte sie. »Aber meine Geschichte hat Unmengen an medialer Aufmerksamkeit bekommen. Meine Mutter, Enja und ich haben Hilfsangebote erhalten und so viel Mitgefühl, dass es fast schon erdrückend war. Ich gehe davon aus, dass die Familie eines Serienstraftäters deutlich weniger Support bekommen hat. Vermutlich hat sich die Zeit, nachdem Schmieds Vater gestorben war, ganz anders für ihn gestaltet als für mich.«

Frank schien zu verstehen. »Ella, schau nach, ob du Schmieds Krankenakte einsehen kannst. Auch Unterlagen vom Jugendamt. Der Durchsuchungsbeschluss sollte dafür ausreichend sein. Finde heraus, wie seine Kindheit tatsächlich war. Wenn ich ihn habe, brauch ich eine Basis, um mit ihm sprechen zu können.« Es klickte in der Leitung. Frank hatte aufgelegt.

Eine alte Verletzung, schoss es Tabea durch den Kopf. Detlev Schmied zog sein verletztes Bein nach, als hätte er sich vollkommen an seinen Zustand gewöhnt. »Denkst du, sein Vater hat ihm die Verletzung am Bein zugefügt?«, fragte Tabea, doch Ella runzelte nur die Stirn. »Nein«, antwortete sie sich dann selbst. »Er tötet Frauen. Er hasst Frauen, keine Männer. Es war nicht sein Vater, sondern seine Mutter.«

»Du meinst, sie hat ihn verprügelt und ihn so sehr verletzt, nachdem sein Vater ermordet worden war?«, mischte sich nun auch Freddy ins Gespräch ein.

Tabea nickte und schluckte schwer. »Und wenn ich das, was Schmied macht, richtig deute, hat sie ihn nicht nur bestraft«, sagte sie. »Ich denke, sie wird mit Schmied gespielt haben. Und ebenso, wie er es heute tut, hat sie ihn bestraft, wenn er verloren hat.« Sie schluckte ein weiteres Mal trocken, bevor sie weitersprach. »Und wenn er gewonnen hat, hat sie ihn belohnt.«

Ella riss die Augen auf, doch Freddy spann den Faden schon fort: »Du meinst, sie hat ihn sexuell missbraucht, wenn er gewonnen hat? Erst hat er einen Becher Kakao im Bett trinken dürfen und dann ...«

Tabeas Blick wanderte von Freddy zu Albert und weiter zu Ella. »Möglich wäre es«, sagte sie. »Kannst du ein Bild von Schmieds Mutter finden, Ella?«, fragte sie. »Allerdings kann ich mir auch ohne vorstellen, wie die Frau damals in etwa ausgesehen hat.«

Tabea beobachtete den Bildschirm, während Ella mehrere Befehle eingab, bevor sich ein Bild öffnete. »Das gibt's ja nicht«, meinte Albert Krause. »Sie hätte die Schwester der toten Frauen sein können.« Tabea nickte. Sie hatte bereits geahnt, welche Art Frau ihr entgegenblicken würde. Neben den äußeren Merkmalen, die eindeutig zu den drei Opfern passten, war da dieses Herrische, Starke, distanziert Kalte, das sie und Frank auch bei Lotta Kahl und Merle Winkelmann erahnt hatten.

»Sie ist vor einem guten halben Jahr gestorben«, sagte Ella und deutete auf die Todesanzeige, die im unteren Drittel des Laptops aufgeploppt war.

»Dann ist der Tod seiner Mutter der Auslöser gewesen, und die Frauen sind nun die Stellvertreterinnen«, meinte Tabea und ging wieder zu ihrem eigenen Laptop hinüber. »Der Tod der Mutter muss ihn befreit haben. Und gleichzeitig muss er vollkommen verzweifelt gewesen sein. Seine Mutter hat ihn alles gelehrt, was er zu sein glaubt. Er wird sie geliebt und gehasst haben – zu gleichen Teilen. Deshalb macht er jetzt, was sie getan hat. Er will, dass die Frauen, die er aussucht, gewinnen. Er will, dass sie unter seiner Anleitung etwas fürs Leben lernen. Wenn sie siegen, werden sie belohnt. Wenn sie verlieren, werden sie bestraft – ganz genauso wie er damals. Der Tod seiner Mutter hat das Töten ausgelöst, nachdem der Wunsch danach seit Kindheitstagen in ihm gewachsen sein muss. Wenn du noch entsprechende Hinweise in der Krankenakte oder Jugendamtsdokumenten findest, Ella, dann könnten wir unsere Theorie untermauern.«

Tabea warf einen Blick auf ihren Bildschirm, während Ellas Finger wieder emsig zu tippen begannen. Noch immer hatte sie die Chatverläufe geöffnet mit Frauen, mit denen Detlev Schmied seit geraumer Zeit in Kontakt stand. Er hatte sich Zeit genommen, bevor er die Frauen ausgewählt hat, mit denen er spielen wollte. Tabeas Blick blieb an einem Namen hängen, einem Namen, den sie nur zu gut kannte. Sie zog scharf die Luft ein, doch niemand schien es zu bemerken. Sie alle steckten zu tief in ihren eigenen Recherchen.

Tabea las die ersten Worte des Chats zwischen »Fred Schmidt« und ihrer Schwester Enja. Sie versuchte sich krampfhaft zu erinnern, ob sie ihr den Namen des Mannes genannt hatte, mit dem sie sich getroffen hatte, doch es wollte ihr einfach nicht einfallen. Enja durfte keinen Kontakt mit Detlev Schmied gehabt haben. Doch es bestand kein Zweifel. Der Fake-Account von Fred Schmidt konnte eindeutig dem Verdächtigen zugeordnet werden. Und dann das Datum, an dem die beiden ihr erstes Date gehabt hatten – jetzt gab es keinen Zweifel mehr. An diesem Tag hatte Tabea auf Emil und Jana aufgepasst. Er hatte es nicht auf Saskia von der Mühle abgesehen. Die vierte und letzte Spielfigur würde ihre Schwester sein.

Tabea rieb sich mehrmals über die Augen, als ihr Handy klingelte. Ein Schauer überkam sie, als sie sah, dass es sich um eine unbekannte Nummer handelte. »Tabsi«, sagte Detlev Schmied, und sie hörte das Lächeln in seiner Stimme. »Ich nehme an, dass du nicht allein bist. Das musst du ändern. Und niemand darf mitbekommen, mit wem du sprichst. Haben wir uns verstanden? Und wenn du allein bist, rufst du deine Schwester auf dem Handy an.« Tabea spürte, wie Eiseskälte in ihren Körper kroch. Sie sah sich unauffällig um, immer noch mit dem Telefon am Ohr. Ella sah sie fragend an. Schnell sagte sie: »Nein, Mama, ich kann jetzt wirklich nicht zu dir kommen, aber Enja ist gleich da. Ich ruf dich nachher noch mal an.« Dann tat sie, als würde sie auflegen und flüsterte ein »Sorry« in Ellas Richtung. Die nickte ihr nur lächelnd zu und machte sich wieder an die Arbeit.

Tabea minimierte den Chatverlauf und stand vom Schreibtisch auf. Sie ließ das Handy sinken und gab Ella zu verstehen, dass sie mal aufs Klo musste. Dann verließ sie das Büro und sah sich um. Niemand war zu sehen. Eilig ging sie hinaus und stieg in ihr Auto. Sie hob das Handy wieder ans Ohr. »Wohin soll ich kommen?«

Kapitel 60

DAS Handy ihrer Schwester klingelte nur ein einziges Mal, bevor eine Stimme fragte: »Jetzt bist du allein?« Detlev Schmied hatte sich nicht mehr verstellt. Offenbar brauchte er seine Tarnung nicht mehr.

»Wenn Sie ihr auch nur ein Haar krümmen …«, polterte Tabea los, auch wenn sie wusste, dass Drohungen nichts bringen würden. Doch sie konnte nicht anders. Die Worte sprudelten aus ihr heraus, bevor sie darüber nachdenken konnte.

»Oh, ich denke, über diesen Punkt sind wir längst hinaus«, sagte Schmied, und Tabea hörte das arrogante Lächeln regelrecht. »Aber keine Sorge, Tabsi. Enja bekommt von alledem nichts mit. Wusstest du, dass deine Schwester sabbert, wenn sie schläft?«

Tabea spürte Übelkeit in sich aufsteigen. Sie hatte immer damit gerechnet, dass Enja eines Tages in Schwierigkeiten geraten würde. Sie war einfach zu impulsiv, zu offen und auch ein wenig naiv. Aber sie hätte nicht gedacht, dass sie schuld daran sein würde. Denn eines war klar: Detlev Schmied hatte es nicht auf Enja abgesehen. Sie war nur Mittel zum Zweck, um an Tabea heranzukommen.

»Was wollen Sie?«, fragte sie und lenkte den Wagen an den Fahrbahnrand.

»Als Erstes«, meinte Schmied, »möchte ich wissen, ob du jetzt allein bist, Tabsi.«

Tabea biss sich auf die Lippe. »Ich bin kaltgestellt«, meinte sie, »also nicht mehr aktiver Teil der Ermittlungen. Und niemand weiß, dass ich unterwegs bin. Aber sie werden es sicher in den nächsten Minuten feststellen.«

Schmied lachte. In Tabea mischte sich heiße Wut mit lähmender, eisiger Angst.

»Sehr gut. Dann sorgen wir dafür, dass das auch so bleibt. Den Weg zu deiner Schwester nach Hause kannst du dir übrigens sparen. Sie ist nicht mehr dort.«

Tabeas Herz raste. Gerade wollte sie verlangen, mit Enja zu sprechen, als ihr einfiel, dass Schmied behauptet hatte, ihre Schwester würde schlafen. »Ich möchte sie sehen«, sagte sie deshalb. »Zeigen Sie mir, dass es ihr gut geht.«

Es klickte in der Leitung. Tabea riss die Augen auf. Wieso hatte er aufgelegt? Hatte sie es mit ihrer Forderung zu weit getrieben? Sie wurde panisch, und dieses Mal konnte sie die Übelkeit nicht hinunterschlucken. Sie riss die Tür auf und erbrach sich auf die Straße. Ihr Herz schlug hart gegen ihre Brust, und ihr Kopf hämmerte, als sie sich zurück ins Wageninnere lehnte. Gerade wollte sie die Wahlwiederholung drücken, als ein Videoanruf von Enjas Handy einging.

»Siehst du?«, fragte Schmied und Tabea atmete erleichtert auf, als sie Enjas schlafendes Gesicht erkannte. Das Gesicht ihrer Schwester, die ihr nie besonders stark geähnelt, die sie aber seit ihrer Kindheit abgöttisch geliebt hatte. »Ich habe doch gesagt, dass sie sabbert, während sie schläft.« Er hielt das Handy dicht vor Enjas Gesicht. Als Nächstes schob er ein dünnes Stück Küchenpapier vor die Kamera, und Tabea konnte ein erleichtertes Schluchzen nicht unterdrücken, als sie sah, dass das Papier unter Enjas Atmung leicht erzitterte.

Tabea versuchte, den Raum zu erkennen, in dem Enja sich befand, doch sie hatte ihn noch nie zuvor gesehen. Wenigstens würden Emil und Jana nichts von alledem mitbekommen. Schon seit Jahren verbrachten die beiden zwei Tage in der Woche bei ihrem Vater, sodass sie erst erfahren würden, was geschehen war, wenn Enja wieder bei ihnen wäre. Denn eines war klar: Tabea würde Enja nach Hause holen, zurück zu ihren Kindern. Sie würden nicht als Halbwaisen aufwachsen.

Abrupt schwand ihre Schwester aus Tabeas Blickfeld, als Schmied von der Haupt- zur Frontkamera wechselte. Das arrogante Gesicht grinste ihr entgegen. »Ach, Tabsi. Du siehst etwas blass um die Nase aus, weißt du das?« Er wartete einen Moment, bevor er weitersprach. »Ich habe dir deine Schwester gezeigt. Jetzt sei du doch so lieb und zeige mir, dass tatsächlich niemand bei dir ist. Sofort.« Tabea drehte das Handy, sodass Schmied das Wageninnere einsehen konnte.

»Sehr gut! Jetzt fahr weiter, aber nicht auflegen. Ich möchte nur sichergehen, dass dein Partner nicht vielleicht einfach ausgestiegen ist, als unser kleines Internetdate startete, weißt du? Ich möchte dich ganz für mich allein.«

Tabea fuhr los. Schon als sie den Chat zwischen ihrer Schwester und Schmied gesehen hatte, hatte sie geahnt, worauf das alles hinauslaufen würde. Ihr wurde erneut schlecht. Ihre Hände verkrampften sich um das Lenkrad. Mit seinem Passwort hatte er das Jahr, in dem sie sterben würde, festgelegt. Und mit seinem Anruf grenzte er den Zeitraum weiter ein. Tabea konnte nur noch verschwommen sehen und musste dem Drang widerstehen, den Wagen irgendwohin zu lenken, wo er sie nicht finden konnte.

»Ich nenne dir gleich eine Adresse«, sprach Schmied weiter. »Wenn du es schaffst, in zehn Minuten dort zu sein, darf deine Schwester gehen.«

Dieses Mal war es Tabea, die lachte. Sie hörte die Panik in ihrer Stimme und gab sich keine Mühe mehr, sie zu verbergen. »Und woher soll ich wissen, dass Sie sie nicht töten, sobald ich dort bin? Oder jetzt gleich?«

Der Mann verzog keine Miene, als er weitersprach. »Du solltest mich besser kennen, Tabsi. Ich mag keine Schummelei. Du hast doch gesehen, was ich mit Spielern mache, die schummeln.«

Tabea nickte. Also hatten sie und Frank recht gehabt mit ihrer Theorie. Nathalie Johannson hatte versucht, Detlev Schmied zu betrügen, und war deshalb derart hart bestraft worden.

»Ich bin ein Gewinner, Tabsi«, sprach Schmied weiter. »Ich habe schummeln nicht nötig. Wenn du kommst, ist deine Schwester frei. Allerdings habe auch ich einige Bedingungen, an die du dich halten wirst.«

Tabea schwieg. Ihre Hände verkrampften sich erneut ums Lenkrad, während er weitersprach.

»Sobald ich dir die Adresse nenne, legen wir auf. Du wirst niemanden aus deinem Team anrufen, Tabsi, verstehst du? Und vertrau mir, wenn ich dir sage, dass ich es erfahren werde, wenn du es doch tust.«

Tabea dachte an die computerverzerrte Stimme, die Ella bis heute nicht hatte entschlüsseln können. Sie zweifelte keinen Moment daran, dass er in der Lage war, herauszufinden, ob sie Kontakt zum Team aufnahm. »Du wirst die SIM-Karte deines Handys entfernen und zerbrechen. Haben wir uns verstanden? Ich werde gleich erneut anrufen, dann möchte ich hören, dass unter dieser Nummer niemand erreichbar ist. Außerdem habe ich dir an der Kreuzung zum Bahnhof einen Wagen bereitgestellt, mit dem du zu der Adresse fahren wirst. Deinen Wagen kannst du einfach stehen lassen. Hast du alles verstanden?«

Tabea bejahte. Sie suchte fieberhaft nach einer Lösung. Auf keinen Fall konnte sie jemanden aus dem Team darüber informieren, wo sie hinfuhr. Noch war ihre Schwester eine Geisel und sie war sich sicher, dass Detlev Schmied nicht bluffte. Tabea spürte, wie tiefe Ruhe sie überkam. Zwar ahnte sie, dass sie den heutigen Tag nicht überleben würde, aber das war jetzt nicht mehr wichtig. Sie würde ihre Schwester retten, und Enja würde weiterleben. Würde dieses Leben mit ihrer unbändigen Freude genießen, die ihr so eigen war, sie würde für ihre Kinder da sein, für ihre Mutter. Etwas wie ein Vorhang fiel in Tabea. Sie hatte mit allem abgeschlossen.

»Dann haben wir ja die Spielregeln geklärt«, sagte Schmied nun. Er nannte ihr eine Adresse, und Tabea lachte bitter auf. Sie wusste, wo er sie rausschmeißen würde, wenn sie das Spiel verlor. Diesen Sturz würde sie kein zweites Mal überleben.

Es klickte in der Leitung. Runde vier hatte begonnen.

Kapitel 61

»SIND Sie sich vollkommen sicher, dass Sie diesen Mann noch nie zuvor gesehen haben?« Frank hatte weniger als zwei Stunden gebraucht. Die Einsatzwagen standen schon vor Saskia von der Mühles Haus, als er ankam. Nun wirkte die Frau verängstigt und perplex, als er ihr das Foto von Detlev Schmied entgegenhielt.

»Ich bin mir ganz sicher«, sagte sie mit zittriger Stimme. »Wenn ich ihm schon einmal begegnet sein sollte, dann habe ich ihn jedenfalls nicht bewusst wahrgenommen.«

Frank nickte und öffnete ein weiteres Bild auf dem Handy. Ella hatte es ihm vor ein paar Minuten zugesendet. Sie hatte ihm mitgeteilt, dass es sich bei diesem Foto um das Profilbild handelte, das Detlev Schmied verwendete, wenn er unter dem Namen Fred Schmidt mit den Frauen geschrieben hat. Saskias Augen leuchteten auf.

»Das ist Fred«, sagte sie und sah Frank hoffnungsvoll an. »Wir haben uns noch nie getroffen, aber wir hatten es vor. Eigentlich wollte er nach meinem Urlaub herkommen, um mich zu besuchen, aber er hat kurzfristig abgesagt.« Offensichtlich bedauerte sie das. Wenn sie wüsste, wie glücklich sie sich schätzen konnte.

Eine leise Melodie erklang und Frank sah auf das Display seines klingelnden Handys. Er bat Saskia um Entschuldigung und nahm das Telefonat an. »Was gibt's, Ella?«

»Frank, es tut mir so leid. Es tut mir so wahnsinnig leid!« Sie klang vollkommen aufgelöst, und Frank spürte, wie sich jeder Muskel in ihm anspannte. Nur ein einziges Mal hatte er sie so durcheinander erlebt. Ella war die Einzige im Team, die von Anfang an mit ihm zusammenarbeitete. Damals war sie noch ganz jung gewesen. Sie war als Hackerin festgenommen worden und hatte sich entschieden, für ihn zu arbeiten, anstatt ins Gefängnis zu gehen. Sie war es gewesen, die Emelies Leiche – zumindest virtuell – gefunden hatte. Damals, als er versagt hat. Und ihre Stimme hatte da ganz genauso geklungen wie in diesem Moment. »Tabea ist verschwunden.«

Das Blut rauschte in seinen Ohren, Schwindel überkam ihn. Das konnte – durfte – kein zweites Mal passieren. Er atmete tief durch. Er musste sich konzentrieren.

Ohne Worte des Abschieds verließ er das Haus. »Passen Sie auf Frau von der Mühle auf, bis wir Entwarnung geben«, rief er dem Beamten vor der Tür zu und eilte zum Auto.

»Ella, wann habt ihr sie das letzte Mal gesehen?« Der Motor jaulte auf, als der Sportwagen auf die Straße schoss.

»Vor einer halben Stunde meinte sie, sie würde aufs Klo gehen«, gestand Ella, und Frank spürte Wut in sich aufsteigen. Er wollte sie anschreien, wollte fragen, wie es sein konnte, dass Tabea seit einer halben Stunde verschwunden war und dass das bis jetzt keiner gemerkt hatte. Doch er musste sich zusammenreißen. Vorwürfe würden nicht helfen. »Sie ist aus dem Büro und ich bin ihr nach etwa zehn Minuten gefolgt. Da war sie schon nicht mehr da«, erklärte Ella. »Wirklich, Frank, wir hatten keine Ahnung, dass sie irgendwas vorhatte. Bis dahin hat sie hier ganz normal mit uns gearbeitet. Dann hat ihre Mutter angerufen, und anschließend ist sie auf die Toilette – na ja, oder auch nicht. Es tut mir …«

»Okay«, unterbrach Frank sie. Ebenso wie Vorwürfe waren Entschuldigungen zum aktuellen Zeitpunkt nicht hilfreich. »Habt ihr irgendwas gefunden, das ihr Verschwinden erklärt?«, hakte er nach.

»Ja«, antwortete Ella. »Ich habe geschaut, was Tabea als Letztes recherchiert hat. Sie hatte sich die Chatverläufe von Schmied angesehen, und wenn ich es richtig deute, ist sie dabei auf einen Zusammenhang gestoßen. Ich denke, Detlev Schmied hat nicht Saskia von der Mühle als vierte Spielfigur ausgewählt, sondern Tabeas Schwester Enja. Und ihr Wagen ist weg.«

Frank gefror das Blut in den Adern. »Kannst du ihn orten?«

»Klar«, meinte Ella. »Über GPS. Er steht jedoch seit einiger Zeit auf einem kleinen Parkplatz an der Kreuzung zum Bahnhof, und ein Kollege von der Streife, den wir hingeschickt haben, meinte gerade, er sei leer. Sie muss von dort aus abgeholt worden sein, oder sie hat einen anderen

226

Wagen oder den Zug genommen. Eine Kamera gibt's da aber nicht, das hab ich schon gecheckt.«

»Ein Hinweis in ihrem Auto?«, fragte Frank, doch auch das verneinte Ella. »Der Kollege hat den Wagen durchsucht, aber nichts gefunden. Schmied muss ihr gesagt haben, dass er ihre Schwester tötet, wenn sie uns informiert.«

Frank biss sich auf die Lippe. Natürlich musste es so sein. »Und ihr Handy?«, klammerte er sich an einen weiteren Strohhalm, doch er ahnte die Antwort bereits, bevor sie kam.

»Tot. Es kommen keine Anrufe durch, und es lässt sich nur bis zur Soltauer Straße zurückverfolgen. Vermutlich hat er sie dort angewiesen, die SIM-Karte zu deaktivieren oder zu zerstören. Danach ist das Signal verschwunden. Ich gehe davon aus, dass sie anschließend zur Kreuzung am Bahnhof fuhr, das Auto wechselte und dann zu einer Adresse gefahren ist, die er ihr genannt hat. Zumindest scheint mir das am plausibelsten.«

Franks Fäuste krachten aufs Lenkrad und der Wagen kam für einen kurzen Moment ins Schlingern. »Ich bin so schnell da, wie ich kann«, sagte er. »Ihr müsst sie unbedingt finden, Ella. Denn du liegst falsch. Enja ist nicht die vierte Spielfigur. Er hat von Anfang an den Kontakt zu Tabea gesucht und sein Passwort zeigt, was sein Plan ist. Tabea ist es. Sie ist seine vierte Spielfigur.«

Kapitel 62

ICH hätte nicht gedacht, dass ich so nervös sein würde, Tabsi. Endlich bist du bei mir, endlich hat unser gemeinsames Spiel begonnen. Du bist so schön, so wunderschön. Und du bist so stark – stärker als jede Frau, der ich bisher begegnet bin. Viel stärker als deine Schwester, die sich in Ruhe ausschlafen darf. Ob sie Angst hat, wenn sie wach wird? Bestimmt wird sie regelrecht zittern, wenn sie merkt, dass du nicht erreichbar bist. Sie wird heulen und jammern und der Rotz wird ihr übers Kinn laufen, wenn sie spürt, dass sie keine Ahnung hat, wo du dich aufhältst. Sie ist das genaue Gegenteil von dir, Tabsi. Du zuckst nicht mit der Wimper, bist vollkommen ruhig. Hast du dich mit deinem Schicksal schon abgefunden? Oder bist du so fest davon überzeugt, dass du mich besiegen wirst? Ich fiebere mit dir. Du musst gewinnen, du bist doch die Stärkste. Ja, du wirst gewinnen. Eine Runde nach der anderen. Und ich werde dich belohnen, immer wieder belohnen. Du bist unbesiegbar, weißt du?

Ist es eigentlich unbequem für dich mit der Hand an die Heizung gefesselt? Deine linke Hand, fest umklammert im Griff des eisernen Ringes, der dich an mich bindet, unsere gemeinsame Zeit besiegelt.

Mein ganzer Körper kribbelt, als du würfelst. Eine Sechs, Darling. Komm aus deinem Häuschen, rauswerfen geht vor raussetzen, aber raussetzen geht vor weiterziehen. Ich bin knapp hinter dir, nur wenige Schritte entfernt. Eine große Zahl, bitte. Die Entfernung zwischen uns soll größer werden. Flieh, solange du noch kannst. Flieh! Du zuckst nicht, als der eine Punkt auf dem Würfel erscheint. Doch ich rutsche hin und her. Was war das? Ein Ausrutscher? Du hast eine Eins gewürfelt, Tabsi. Doch Einsen werden nur gewürfelt, wenn sie zum Rausschmeißen nützen, weißt du? Gewinner würfeln keine Einsen. Du bist zu dicht dran, zu dicht an meiner Figur ... Und jeder Rauswurf schwächt dich. Mit jedem Rauswurf wird die Chance zu siegen kleiner. Ich sehe dich an, doch du blickst aufs Spielfeld. Ein Ausrutscher. Einer.

Ich bin dran. Vier Schritte, dann habe ich dich. Eine Vier. Keine Vier! Ich darf keine Vier würfeln, dann verlierst du deine erste Figur. Meine Hände zittern, als ich den Würfel fallen lasse. Ich sehe dich an, erkennst du die Entschuldigung? Ich flehe dich an, verzeih mir, Liebes. Niemand sollte Gewinner rausschmeißen. Es tut mir leid! Und dann setze ich meine Figur. Eins. Zwei. Drei. Vier.

Kapitel 63

»IN der Dahlenburger Landstraße? Bist du vollkommen sicher?« Frank sah auf das Navigationssystem. Eine halbe Stunde noch, dann würde er endlich in Lüneburg sein. Er wollte den Fuß noch weiter nach unten drücken, doch das Gaspedal war bereits am Anschlag.

»Ella hat sie gerade wiedergefunden«, erklärte Freddy. »Sie hat die Privatkameras der Umgebung angezapft und ist sich fast sicher, Tabea hinterm Steuer eines alten Ford zu sehen. Wenn sie es wirklich ist, ist sie zwanzig Minuten, nachdem das Handysignal unterbrochen wurde, durch die Dahlenburger Landstraße gefahren. Das passt zeitlich. Wir suchen weiter. Vielleicht findet Ella noch mehr Kameras, die uns näher an sie heranbringen.«

Frank knirschte mit den Zähnen. Näher würde ihnen nichts bringen. Sie brauchten einen genauen Ort. »Habt ihr noch mehr?«

Freddy sprach schnell, doch seine Stimme blieb bestimmt und fest. »Ich habe um Einsicht alter Akten beim Jugendamt gebeten. Es liegt tatsächlich etwas vor, doch die machen es uns nicht leicht wegen des Datenschutzes. Sie merken an, dass die Akte ja nicht nur Detlev Schmied, sondern auch seine Mutter betrifft. Deshalb organisiert Harnisch gerade einen weiteren Durchsuchungsbeschluss. Albert hat die alte Krankenhausakte von Schmied bereits einsehen können. Er hat die Beinverletzung, seitdem er elf ist. Angeblich ist er die Treppe runtergefallen. Er war noch häufiger mit Verletzungen im Krankenhaus. Je älter er wurde, desto mehr kamen hinzu, offiziell immer entstanden bei Prügeleien mit Klassenkameraden. Doch die Verletzungen, die er als Kind hatte, konnten nicht so einfach erklärt werden. Wir hoffen, dass wir mehr wissen, sobald wir die Akte aus dem Jugendamt einsehen können.«

Frank zögerte. Er war sich vollkommen sicher, dass sie auf der richtigen Spur waren. Und wenn er die Information nicht rechtzeitig bestätigt bekäme, würde er pokern müssen, falls er auf Schmied traf.

»Sucht weiter«, wies er Freddy an. »Versucht außerdem, Tabeas Schwester aufzutreiben. Wenn wir davon ausgehen, dass sie sein Druckmittel war, muss er sie entführt und irgendwohin gebracht haben. Tabea hätte sich Schmied nie ausgeliefert, wenn er ihr dafür nicht versprochen hätte, ihre Schwester freizulassen. Vielleicht kann sie uns weiterhelfen.« Er stockte. »Außerdem müsst ihr Orte in Lüneburg lokalisieren, die als Tatort passen könnten. Wir suchen nach Orten, bei denen ein Sturz mit Sicherheit tödlich wäre. Findet heraus, wo er sie hinbringen wird, sollte sie das Spiel verlieren.«

Er legte auf. Noch immer brannte die Wut in ihm. Sie vermischte sich mit dem Gefühl der Angst, und in keinem Fall durfte die Angst überhandnehmen. Wut trieb an, Angst lähmte.

Er hatte sich so fest vorgenommen, Tabea aus dem Fall herauszuhalten. Er hatte sich geschworen, dass sie nicht in Gefahr geraten würde. Dabei war sie schon in Gefahr gewesen, als Detlev Schmied sie zum ersten Mal angerufen hatte. Hatte er denn nichts dazugelernt? Auch Emelie hatte er in Gefahr gebracht. Er hatte sie mit auf einen Einsatz genommen, von dem er wusste, dass sie ihm nicht gewachsen war. Er war hochnäsig gewesen und hatte ihr zeigen wollen, wo ihre Grenzen waren. Natürlich hat sie aufbegehrt, ist verschwunden, hatte eigenmächtig gehandelt. Es war Zufall gewesen, dass Ella sie so schnell über die Wärmebildkamera gefunden hatte. Wenige Stunden später wäre Emelies Körper schon zu kalt gewesen, um ihn zu finden.

Und er hatte Tabea nicht nur mit in den Fall einbezogen, er hatte sich ihr auch privat genähert. Die Sache im Hotel war zu weit gegangen. Und auch emotional hatten sie Grenzen überschritten. Sie wusste zu viel über ihn, und er wusste von der Erkrankung ihrer Mutter, die bald in ein Heim müsste, wusste vom Tod des Vaters, der von der Straße abgedrängt und aus dem Fahrzeug hinausgeschleudert worden war …

Frank bremste so stark, dass die Reifen auf dem Asphalt quietschten und sein Wagen erneut ins Schleudern kam. Gerade so bekam er ihn wieder unter Kontrolle. Er roch das verbrannte Gummi, als er tief durchatmete.

Frank griff zum Handy und wählte die Kurzwahltaste. »Ella!«, rief er, bevor sie sich auch nur melden konnte. »Du musst mir helfen!«

Kapitel 64

»IHRE Mutter hat Ihnen viel beigebracht.« Deine Stimme in meinen Ohren. Ich musste unser Spiel unterbrechen, verstehst du? Es wird eng für dich. Du hast zwei im Häuschen und ich drei, Tabsi. Es sieht schlecht für dich aus, ich bin ganz kurz vor dem Ziel. Doch eine Chance hast du noch. Eine Drei. Dann kannst du mich rauswerfen, und ich muss die letzte Runde von Neuem drehen.*

Wirf eine Drei, mein Mädchen. Dann hast du noch eine Chance. Die Würfel klackern auf dem Spielbrett und ich sehe auf die schwarzen Punkte hinunter. Auf fünf Punkte, mit denen du direkt an mir vorbeiziehst, an meinem Häuschen. Und immer noch bist du mit beiden Spielfiguren zu weit von deinem Ziel entfernt, als dass du eine Chance hättest. Nur noch eine Zwei, und dann setze ich meine vierte Figur ins Häuschen.

Ich sehe dich an und du erwiderst meinen Blick. »Ihre Mutter hat Ihnen viel beigebracht«, wiederholst du deine Worte. Da ist keine Angst in deinen Augen, kein Flackern. Fast ist es, als wolltest du gegen mich verlieren. Kälte steigt in mir auf. Eiseskälte. Du willst verlieren, habe ich recht? Doch Verlierer sind keine Gewinner, Tabsi. Sie werden niemals Gewinner sein, verstehst du?

Ich gehe hin und her und hin und her, aber die Wut breitet sich weiter in mir aus. Du hättest gewinnen müssen, warst doch meine Siegerin. Doch du bist ruhig, ganz ruhig, sprichst von meiner Mutter. »Hat sie Sie stark gemacht?«, fragst du, und mein Kopf möchte zerspringen. Ich bin stark, bin ein starker Junge, ein starker Junge. Und schummeln ist verboten.

»Hat sie Ihnen auch erzählt, dass es stark ist, von einem vorgegebenen Plan abzuweichen?« Ich zögere, bleibe stehen. Mein Bein pocht. Das tut es immer, seitdem sie mich die Treppe hinuntergestoßen hat. Seitdem mein Fuß in der offenen Stufe hängengeblieben ist und das Gewicht meines eigenen Körpers den Knochen zum Brechen brachte.

Nachdem mein Vater ermordet wurde. Mein Vater, der sich nicht unter Kontrolle hatte, der sie blau und grün geschlagen hat. Und rot, wenn das Blut aus den Wunden troff. Und gelb, wenn Eiter die Wunden infiziert hatte. Blau und Grün und Rot und Gelb und Blau und Grün und Rot und Gelb. Nur mich hat er nicht angefasst. Mich hat er nicht angefasst. Sie musste mich stark machen. Musste mir helfen, damit es mir nicht so ergehen würde wie ihr – schwache Frau, die sie war.

»Stärke ist, wenn man erkennt, dass man auf dem falschen Weg und bereit ist, davon abzuweichen.«

Deine Stimme hallt in meinen Ohren. Du klingst nicht flehentlich, bettelst nicht um dein Leben. Stattdessen klingst du fest entschlossen. Doch hast du recht? Kannst du etwas über das Gewinnen wissen, das ich nicht weiß? Stärke heißt siegen, siegen ist Stärke. Verlieren ist Schwäche, Schwäche ist verlieren. Das Eis bricht in mir. Es war mein Fehler. Du bist keine Gewinnerin, Tabsi, ich habe mich getäuscht. Du willst verlieren, habe ich recht? Willst gegen mich verlieren.

Ich setze mich zu dir zurück an den Tisch. Zwei Felder vor mir – mein Sieg in unmittelbarer Nähe. Stärke ist gewinnen, gewinnen ist Stärke. Kein Weg führt daran vorbei. Meine Finger heben den Würfel an. Eine Zwei, Tabsi. Dann hast du verloren. Armes, kleines Mädchen, wie die anderen es waren. Du wirst verlieren, weißt du? Und ich werde mir eine neue Figur suchen müssen. Ich werde meine Gewinnerin finden. Und sie werde ich belohnen. Jede Runde, die sie gewinnt, werde ich sie belohnen. Wieder und wieder und wieder. Aber nicht dich, Tabsi. Ich lächle dich an, während die Würfel im Becher klappern. Gleich ist es vorbei, schwaches Mädchen. Gleich ist alles vorbei. Du wirst verlieren.

Und.

Verlieren.

Verdient.

Strafe.

Der Würfel fällt und hüpft auf der Unterlage, bleibt ganz ruhig liegen. Ich sehe die Punkte, und mein Lächeln wird breiter, als ich meine Figur ein letztes Mal setze. Das Spiel ist vorbei.

Kapitel 65

ER jagte die Straße entlang, hatte alles auf eine Karte gesetzt. Er hatte mit seinem riskanten Fahrstil keine eineinhalb Stunden zurück nach Lüneburg gebraucht, und er konnte nur hoffen, dass es reichen würde. Er wusste, dass er nur diese eine Chance hatte, um Tabea zu retten. Ella hatte den Ort für ihn ausfindig gemacht. Den Ort, an dem Detlev Schmied Tabea vermutlich in den Tod stürzen würde, sollte sie ihre Spielrunde verlieren. Und solange Frank keine anderen Informationen bekam, würde er dort warten. Es war seine beste Chance, seine einzige Chance. Franks Handy klingelte, und er sah aufs Display.

»Enja ist in der Leitung. Sie ist in einer kleinen Hütte an der Ilmenau wach geworden und hat die Polizei informiert. Die Kollegen sind gerade auf dem Weg zu ihr. Ich habe mit ihr gesprochen und ihr erklärt, worum es geht. Sie ist sehr durcheinander. Ich schalte sie mal dazu, bleib aber auch dran«, sagte Ella.

Eine leise Frauenstimme meldete sich. »Wo ist meine Schwester?« Sie schniefte. Frank glaubte, den Kloß, der ihr im Hals steckte, zu hören.

»Wir suchen sie gerade«, meinte Frank und bog ab, ohne den Blinker zu setzen. Eines der wenigen Autos, die noch unterwegs waren, hupte hinter ihm. Doch er ignorierte es. Es waren nur noch etwa fünf Minuten, bis er die Stelle erreichte, an die er musste. Den Gedanken, dass er zu spät war, musste er verdrängen. Frank blinzelte in die Dunkelheit, hielt Ausschau nach Tabea und Detlev Schmied. Vielleicht waren sie bereits unterwegs zu dem Ort, an dem sie sterben sollte. Dass Tabea das Spiel gewinnen würde, wollte er sich lieber nicht ausmalen. Er wusste, was ihr dann blühen würde. Und das, was Detlev Schmied als Belohnung empfand, wäre nur eine weitere Gräueltat an ihr, bevor sie letzten Endes irgendwann doch eine Runde verlieren und sterben würde. Mensch ärgere dich nicht. Ein Spiel, das sie nicht gewinnen konnte. Selbst wenn sie gewann, würde sie verlieren. Doch sollte sie nicht gewinnen, würde sie sterben. Er durfte nicht daran denken, musste sich auf das konzentrieren, was er jetzt tun konnte. »Können Sie mir sagen, an was Sie sich erinnern?«, fragte er nun Enja.

Sie schniefte, ihre Stimme klang tonlos, als sie antwortete. »Ich habe mich mit ihm getroffen. Wir hatten schon einmal ein Date. An dem Abend hat Tabsi auf meine Kinder aufgepasst.« Sie heulte auf. »Mein Gott, Sie müssen sie finden, hören Sie? Wenn ihr etwas passiert, überlebe ich das nicht.« Frank riss das Lenkrad nach links und nahm die steile Kurve viel zu schnell. Sein Wagen geriet ins Schlingern und er nahm den Fuß vom Gas. »Bitte konzentrieren Sie sich«, forderte er Enja Kurz auf. »Sie können uns helfen, Ihre Schwester zu finden, verstehen Sie?«

Enja schniefte ein weiteres Mal. Dann sprach sie endlich weiter. »Ich habe sofort gewusst, dass etwas mit ihm nicht stimmt. Er war so charmant und nett, und dennoch hatte er etwas an sich. Etwas Merkwürdiges, Arrogantes. Und dann dieses hinkende Bein. Ich wollte es Tabsi nicht sagen, verstehen Sie? Ich wollte so gern, dass es funktioniert, damit sie stolz auf mich ist. Ich bin schon so lange allein, und immer sehe ich die Sorge in ihren Augen. Ich wollte doch nur …« Enja fing erneut an zu weinen.

»Was ist heute passiert, Frau Kurz? Können Sie mir etwas sagen, das mir hilft, Ihre Schwester zu finden?« Eine Pause entstand, und Frank hätte Enja am liebsten zur Eile gedrängt. Doch er wusste, dass das ihr Schweigen nur noch verlängern würde. Im Kopf begann er, bis zehn zu zählen, dann konnte er sich nicht mehr zurückhalten. »Frau Kurz, bitte«, mahnte er. »Wenn wir eine Chance haben wollen, Ihre Schwester lebend zu finden, dann brauche ich Informationen von Ihnen.«

Erneut zog Enja Kurz die Nase geräuschvoll hoch. »Aber das ist es ja«, sagte sie und klang vollkommen verzweifelt. »Ich weiß nun einmal nichts. Er hat mich heute angerufen und um ein Treffen gebeten. Meine Kinder sind bei meinem Exmann. Ich wette, das hat er gewusst.« Frank nickte. Das hatte Detlev Schmied sogar ganz sicher überprüft. Er ging keinerlei Risiko ein. »Und ich naives Ding habe ihm geglaubt. Ich habe die Tür geöffnet und uns ein Glas Wein eingeschenkt. An mehr kann ich mich nicht erinnern.«

Frank bog scharf um die nächste Kurve. Nicht mehr weit, dann wäre er dort. »Wo genau sind Sie aufgewacht?«, fragte er und dieses Mal antwortete Enja umgehend.

»In einer Baracke an der Ilmenau«, sagte sie. »Fast genau an der Brücke, die den Fluss überquert.« Frank atmete erleichtert auf. Vor nicht einmal zwei Minuten hatte er selbst die entsprechende Brücke überquert. Wenn er darauf geachtet hätte, hätte er die kleine Hütte vielleicht sogar gesehen. Er konnte nur hoffen, dass der Geiselaustausch hier stattgefunden und der Ort, an dem Tabea um ihr Leben spielte, ganz in der Nähe wäre. Denn wenn dies der Fall war, dann hatte er Detlev Schmied richtig eingeschätzt – wenn das der Fall war, dann würde er am richtigen Ort sein, um das Schlimmste zu verhindern.

»Danke, Enja«, sagte Frank. »Sie haben mir sehr geholfen. Legen Sie nun bitte auf, damit ich mit meiner Kollegin sprechen kann, in Ordnung?«

»Finden Sie sie. Ich flehe Sie an.« Ihre Worte waren nur noch ein Flüstern, bevor es in der Leitung klickte.

»Du hast alles gehört, Ella?«, fragte er, hörte jedoch nur das Tastengeklapper auf der Tastatur. »Du brauchst nicht suchen«, sagte er. »Ich habe die Brücke, an der Enja Kurz aufgewacht ist, gerade passiert. Informiere die örtlichen Behörden. Sie sollen sich bereithalten. Wenn Schmied und Tabea bei mir sind, brauchen wir einen Sicherheitsgürtel im Umkreis von etwa zweihundert Metern, außerdem Krankenwagen und Notärzte.« Er legte auf und atmete tief durch. Jetzt nichts überstürzen. Hatte er es richtig durchdacht? Zum jetzigen Zeitpunkt konnten sie keine Einsatzkräfte vor Ort gebrauchen. Würde Schmied sie entdecken, wüsste er, dass sie ihm auf der Spur waren, und Tabea wäre verloren. Dennoch würde er sie benötigen, falls …

Er zwang sich, den Gedanken weiterzudenken. Er würde die Kollegen brauchen, falls Detlev Schmied Tabea etwas antun würde. In diesem Fall könnte Frank sich um seine Kollegin kümmern, während die Einsatzkräfte den Journalisten jagten. Schmied durfte die Kollegen nur nicht zu früh entdecken. Aber das lag nicht in Franks Hand. Das konnte er nicht kontrollieren. Er konnte nur darauf vertrauen, dass die Verstärkung, die Ella schicken würde, geschult war. Jeder von ihnen wusste, worauf es ankam. Er musste vertrauen …

Frank atmete erneut durch. Es würde funktionieren – vorausgesetzt, er war tatsächlich am richtigen Ort. Hinter der nächsten Kurve musste es sein. Er schaltete die Schweinwerfer aus und nahm den Fuß vom Gas. Er war bereit.

Kapitel 66

TABEA sah sich um. Doch niemand war zu sehen. Ihr war kalt. Die gelbe Farbe auf ihrer Haut war längst getrocknet. Er hatte sich Zeit genommen und jeden Strich penibel gezogen – ganz so, wie sie es bereits geahnt hatten. Die weichen Züge, mit denen er sie anfangs betrachtet hatte, waren nun kalt und hart, die warmen Augen saßen wie Eisklumpen in ihren Höhlen.

»Du warst meine Gewinnerin«, hatte er immer wieder gesagt. »Ich habe dich von Anfang an als vierte Figur gewollt, weil ich wusste, dass du gewinnen wirst. Du wirktest so stark, Tabsi. So stark. So stark. Doch ich habe mich getäuscht. Ich muss weitersuchen. Ich werde sie finden, weißt du? Irgendwann werde ich meine Gewinnerin finden.« Er hatte hochkonzentriert ausgesehen, während er einen Strich nach dem anderen setzte. Und dann hatte er zu singen begonnen. Leise, unmelodisch, melancholisch. Das Kinderlied von den fleißigen Handwerkern. Noch jetzt spürte sie die Handschellen, die schmerzhaft in ihre Gelenke geschnitten hatten. Die Fesseln, die ihre Füße unten hielten und ihren Körper in die Länge streckten, als er sie für seine Prozedur zwischen Boden und Deckenbalken festgeschnürt hatte.

Sie sah sich in der Dunkelheit um und wusste, dass sie sterben würde. Sie hätte keine Chance, diesen Sturz ein weiteres Mal zu überleben. Ohne das Stahlgehäuse des Autos um sie herum, das nach und nach eingedrückt worden war und sie dennoch wie durch ein Wunder damals nicht berührt hatte. Dieses Mal trug sie keinen Sicherheitsgurt, in den sie bei jedem Aufschlag hineingedrückt werden würde, der sie aber hielt wie ein fester Griff. Dieses Mal würde sie genauso hart auf den Steinen aufschlagen wie ihr Vater.

»Sie hatten es so viel schwerer als ich«, sagte sie, und sah Schmied direkt in die Augen. Sie hatte große Mühe, ihre Hände an den Seiten hinunterhängen zu lassen. Die Versuchung, sich zu bedecken, war fast unüberwindbar groß. Und doch blieb sie ruhig stehen. Sie musste Zeit gewinnen.

Sie versuchte, die in seiner Hand zitternde Waffe zu ignorieren, und es gelang ihr erstaunlich gut. Sie spürte den steilen Abhang in ihrem Rücken, der ihr zuzurufen schien, »Komm her, komm zu mir!«. Sie sah die abgekühlten Augen Schmieds. »Wir haben beide unsere Väter verloren«, sagte sie. »Doch ich habe so viel Unterstützung bekommen. Sie hatten keine Hilfe.«

Schmied verengte die Augen zu Schlitzen. »Falsch, Tabsi«, sagte er. »Ich hatte meine Mutter. Sie hat mich stark gemacht. Ich habe von ihr gelernt. Und Stärke wird belohnt. Doch du, Tabsi, du bist nicht unterrichtet worden, du nicht. Ich habe das ganz falsch eingeschätzt. Ich dachte, du müsstest so stark sein wie ich, weil du aus dem Tod deines Vaters Kraft geschöpft hast. Doch du bist verhätschelt worden.« Er spuckte die Worte regelrecht aus, und die Waffe zitterte noch stärker in seiner Hand. »Dich hat niemand stark gemacht. Du hattest keine Chance gegen mich. Du bist schwach. Genauso schwach wie die anderen. Doch ich werde meine Gewinnerin finden. Ich werde sie finden!«

Tabea sah die Vorfreude in seinen Augen. Er meinte das, was er sagte, tatsächlich vollkommen ernst. Es würde jetzt nur noch wenige Sekunden dauern, bis er sie den Abhang hinunterstoßen würde. Tabea lächelte. Sie hatte noch einen letzten Trumpf in der Hand. »Und eine Schummlerin bin ich auch«, sagte sie, und sofort änderte sich sein Blick. »Ich habe eine meiner Spielfiguren heimlich weitergesetzt, weg von deiner. Ziemlich am Anfang, als noch alle Figuren im Spiel waren. Hat leider nichts genützt, aber ein Versuch war es wert.«

Tabea sah, wie es in seinem Kopf zu rotieren begann. »Das hast du nicht«, stieß er atemlos aus, und seine Arme begannen nun vor Anspannung zu zittern. Gut so. Tabea hatte gesehen, wozu er in seiner Wut fähig war. Ihm würde es nicht reichen, ihr einen Stoß nach hinten zu versetzen, sie zum Springen zu bewegen oder den Abzug zu drücken. Er wollte sie bestrafen, Knochen brechen hören, wollte ihr Leid zufügen mit seinen eigenen Händen. Doch dazu müsste er sich ihr nähern. Und genau das war ihre einzige Chance.

»Ich wollte unbedingt gewinnen«, sagte sie. »Es hat nur nicht gereicht.«

Tabea erkannte den Moment, als sich ein Schalter in ihm umlegte. Er ließ die Waffe fallen und kam auf sie zu. Schritt für Schritt, zügig und fest entschlossen. Er ballte die Hände zu Fäusten, doch Tabea war schneller. Mit einer raschen Bewegung duckte sie sich unter seinem Schlag hinweg. Ein Schatten huschte durch Tabeas Sichtfeld. Für einen kurzen Moment dachte sie, sie würde jemanden rennen sehen. Doch das konnte nicht sein.

Sie holte Schwung, trat mit dem Fuß gegen Detlev Schmieds Knöchel und hörte seinen Aufschrei, bevor er zur Seite wegknickte. Auch nach Jahren musste ein so schwer verletztes Bein noch schmerzen. Im Fallen griff Schmied nach Tabeas Bein und riss sie mit sich. Seine Hände legten sich auf ihre Gurgel und sie schnappte nach Luft. Unbändiger Druck in ihrem Kopf, als das Blut sich staute und die Sauerstoffzufuhr abgeklemmt wurde. Tabea griff panisch nach allen Seiten, bekam jedoch nichts zu fassen. Sie riss die Augen auf, als die Schwärze sie mehr und mehr einnahm. Und wieder meinte sie, einen Schatten im Augenwinkel zu erkennen. Einen Schatten, der näher kam. Ihr Blick traf Schmieds, und für einen winzigen Moment glaubte sie, Bedauern zu erkennen. Doch sie musste sich getäuscht haben. Ihre Arme hörten auf zu rotieren, hingen nutzlos an den Handgelenken des Mannes, der sie töten würde. Und dann ließ der Druck nach.

Tabea hatte kaum noch genug Kraft, um nach Luft zu japsen. Doch langsam strömte Sauerstoff in ihre Lunge, schmerzhaft und unbefriedigend. Sie wollte spüren, wie er sich in ihrem Körper ausbreitete, doch ihr zugeschwollener Hals ließ es nicht zu.

Dumpf hörte sie Geräusche – Geräusche, die laut sein mussten und doch nicht zu ihr durchdrangen. Schläge, Schritte, Schreie. Alles durcheinander, eine undefinierbare Kakophonie. Wieder Schatten, die sie aus dem Augenwinkel sah, größer werdende Schatten und Schemen von Menschen, die durcheinanderliefen. Und dann spürte sie Wärme. Sie umschloss ihren Körper, bevor der Boden unter ihr verschwand.

»Keine Angst, Liebes. Er kann dir nichts mehr tun.« Die Stimme eines Mannes, in dessen Armen sie lag. Sie war fest eingehüllt in etwas, eine Jacke vielleicht. Seine Jacke. Sie roch nach ihm. Sein Herzschlag an ihrem Ohr. Dann der Schlauch, der ihr in die Nase gesteckt wurde,

Hände, die ihren schmerzenden Hals abtasteten, alles an ihr abtasteten. Doch seine Arme blieben, sie lag darin und sie hielten sie.

Kapitel 67

»Na, das nenne ich doch mal einen Sportwagen.« Frank pfiff anerkennend durch die Zähne. Dennoch passte sein angespannter Blick nicht zu seinem betont lässigen Tonfall. »Im Ernst, wenn er nicht so demoliert wäre, dann wäre es ein echt klasse Auto.« Er lachte, während sich die schwarze Decke erneut über den Wagen legte. Doch wieder einmal erreichte das Lachen seine Augen nicht.

Tabea spürte seinen Blick, der für den Bruchteil einer Sekunde an ihrer Halskrause hängenblieb. Mit dem Druck, den Detlev Schmied ausgeübt hatte, hatte er einen ihrer Halswirbel angebrochen und die Muskeln rund um die Luftröhre gequetscht. Frank war keine Sekunde zu früh erschienen, um den Mann von ihr herunterzuziehen. Im Krankenhaus hatte er sich immer und immer wieder dafür entschuldigt, nicht eher bei ihr gewesen zu sein. Doch das Risiko, dass Schmied sie einfach erschießen würde, hätte Frank zu früh eingegriffen, wäre zu groß gewesen. So hatte er sich nur langsam anschleichen und erst handeln können, als Schmied die Waffe weggeworfen und Tabea angegriffen hatte. Doch da hatten sich seine starken Finger bereits fest um ihren Hals gelegt.

»Meine Mutter hat den Porsche bekommen, nachdem er nach den Ermittlungen freigegeben worden war«, sagte Tabea leise. Noch immer schmerzte ihr Hals beim Sprechen. Doch das war nicht das Einzige, das ihr die Stimme raubte. Sie war so verletzlich gewesen, als er sie gefunden hatte. Sie hatte in seinen Armen gelegen, nur von seiner Jacke bedeckt, und sich leer gefühlt, als er sie auf die Trage des Rettungswagens legte. Sie hatte Angst gehabt ohne ihn, und sie schämte sich für die Schwäche, die er gesehen hatte.

»Vielleicht hätten wir noch etwas Geld für das eine oder andere Teil des Wagens bekommen, das den Aufprall überstanden hat. Doch wir wollten ihn hierbehalten«, sagte sie weiter. »Ich weiß nicht, warum er mir so wichtig geworden ist. Eigentlich ist es ähnlich widersprüchlich wie Kreuze am Fahrbahnrand, die dort aufgestellt werden, wo geliebte Menschen gestorben sind. Es ist Quatsch, uns an den Ort zu erinnern, an dem wir jemanden verloren haben.« Sie deutete auf das Fahrzeug. »Oder sich eine Katastrophe immer wieder durch einen Gegenstand vor Augen zu führen. Das Ganze ist bei Detlev Schmied und mir jetzt so lange her, und wir hatten sozusagen unser gemeinsames Jubiläum.« Sie zuckte mit den Schultern. »Das ist der Zusammenhang.«

Sie sah in Franks ernste Augen, aus denen die Abneigung vollkommen verschwunden war. »Ja, das, was du gerade erzählt hast, ist Teil des Ganzen«, sagte er. »In all den Jahren hat er sich wahrscheinlich vorgestellt, wie es sein würde, sich an seiner Mutter zu rächen. Ihr das anzutun, was sie ihm angetan hat. Er hat Gewaltfantasien entwickelt und sich dennoch nicht getraut, sie auszuleben.«

»Als seine Mutter dann vor einem halben Jahr gestorben ist, ist ihm klargeworden, dass er seine Chance, sich zu rächen, verspielt hatte. Die Wut eskalierte in ihm, sobald ihm bewusst war, dass er sich niemals an ihr würde rächen können.«

Frank nickte. »Aus diesem Grund hat er sich Stellvertreterinnen für seine Wut gesucht. Er ist dabei ausnahmslos nach der Optik vorgegangen. Er wollte seiner Mutter beim Sterben zusehen. Wollte das Leid sehen, das sie ihm angetan hatte. Detlev Schmied hat das letzte halbe Jahr dazu genutzt, Frauen im Internet zu suchen, die ihn an seine Mutter erinnerten.«

Tabea schluckte. Das Aussehen war Lotta Kahl, Merle Winkelmann und Natalie Johansson zum Verhängnis geworden. Sie hatten nichts verbrochen, außer seiner Mutter ähnlich zu sehen.

»Dich hatte er von Anfang an als letzte Spielfigur vorgesehen«, hörte sie Frank sagen. »Du warst die Einzige, die nichts mit seiner Mutter zu tun hatte. Du warst diejenige, die seinen Rausch beenden sollte. Er hielt dich für perfekt, hatte dich und deinen Werdegang bereits seit Jahren unter Beobachtung. Du hast deinen Weg gefunden und bist ihn gegangen, während er durch seine Behinderung immer wieder ausgebremst wurde. Er hielt dich für stark. Für jemanden, der ihn immer und immer wieder besiegen würde und eine Belohnung verdiente. Du warst seine Trophäe, die er sich für den Schluss aufgehoben hat.«

Tabea nickte. So ähnlich hatte Detlev Schmied es ausgedrückt, als er sie gefangen gehalten hatte. Sie wandte sich zum Gehen. Doch dann besann sie sich und stellte die Frage, die sie so sehr beschäftigte: »Ich nehme an, du fährst morgen wieder nach Hamburg?«

»Ich weiß nicht«, sagte er und schnitt ihr den Weg ab, ohne ihr jedoch zu nahe zu kommen. Er sah ihr nicht in die Augen, während er sprach. Tabeas Herzschlag beschleunigte sich. Sie wollte die Distanz zwischen ihnen überwinden, wollte erneut in seine Arme sinken. Und gleichzeitig wollte sie vor ihm weglaufen und vergessen, wie viel er gesehen hatte. Sie versuchte, seinen Blick festzuhalten, doch er wich ihr aus.

»Einiges ist schiefgelaufen, und ich trage die Schuld daran«, sagte er. Tabea wollte ihm widersprechen, doch er sprach weiter. Und dieses Mal sah er sie an. Kalt und abgeklärt. »Ich habe versucht, dich aus allem herauszuhalten, anstatt dich anständig vorzubereiten.«

Tabea trat näher an ihn heran, griff nach seiner Hand und stellte erstaunt fest, dass er sie nicht zurückzog, auch wenn er seine Finger nicht um ihre schloss.

»Jedenfalls …«, sagte er und räusperte sich.

Tabea sah ihn an. Sie kannte die Wärme seines Blicks, hatte ihn schon mal gesehen, sie wollte, dass die braunen Tupfen in seinen blauen Augen zu glitzern begannen, doch das taten sie nicht.

»Jedenfalls möchte Berthold Haber mit dir sprechen.«

Tabea hätte nicht überraschter sein können. In der Zeit, in der sie zusammenarbeiteten, hatte Franks Chef kein einziges Mal mit ihr geredet.

Frank entzog sich ihr und wich einen Schritt zurück. »Ich gehe davon aus, dass er dir einen Job anbieten möchte«, sagte er und klang so distanziert wie am Anfang, als sie sich kennengelernt hatten. »Er möchte schon lange, dass ich wieder einen Partner habe. Ich vermute, dass er den erfolgreichen Abschluss des Falls«, sie sah, wie er zusammenzuckte, als sein Blick kurz zu ihrer Halskrause glitt, »zum Anlass nimmt, dich als meine Partnerin anzuheuern. Herzlichen Glückwunsch.« Wieder lächelte er sie an, und wieder wirkte es abgeklärt und distanziert.

Das war es also. Wenn sie seine Partnerin werden würde, dürften sie sich nicht näherkommen. Zu groß wäre das Risiko, dass Gefühle ihren

244

Job beeinflussten, dass sie Fehler machten, weil sie sich umeinander sorgten.

Dieses Mal war es Tabea, die einen Schritt zurücktrat und die Distanz zwischen ihnen noch ein wenig mehr vergrößerte. Sie sah das kurze Aufblitzen der Enttäuschung in seinen Augen, bevor er ihr zunickte, sich umdrehte und aus der Garage trat.

Tabea blieb auf der abgedeckten Motorhaube des Porsches sitzen. In diesem Moment fühlte sie sich ihrem Vater näher als jemals zuvor. Nach seinem Tod hatte sie sich fest vorgenommen, denjenigen zu finden, der den Unfall verursacht hatte. Und bis heute hatte sie ihr Versprechen nicht gehalten. Vielleicht würde sie es auch nicht halten können. Doch nun hatte sie die Chance, einen Ausgleich zu schaffen.

Doch ihr Privatleben würde darunter zu leiden haben. Tabea lehnte sich zurück. Sie würde mit ihrer Schwester sprechen müssen. Ihre Enja, der es so viel leichter fiel, Entscheidungen zu treffen … Ihre Enja! Fast hätte sie sie verloren. Tränen liefen ihr über die Wange. Zu viel war in letzter Zeit geschehen, und ihr Wunsch nach Ruhe und Frieden stand dem Traum, der schon immer in ihr gesteckt hatte, entgegen.

Ein schriller Klingelton zerriss die Luft, und Tabea schrak zusammen. Sie hob ihr Handy und sah aufs Display. Fast erwartete sie, den Hinweis »Unbekannte Nummer« zu sehen, doch dann schüttelte sie über sich selbst den Kopf. Detlev Schmied würde sie nicht mehr anrufen. Stattdessen sah sie nun die Nummer von Emma Eckersdorfs auf ihrem Handy.

»Frau Kurz«, sagte die Journalistin und sprudelte aufgeregt los: »Ich habe ihn gefunden. Den Jungen, den ich suchen sollte. Er hat mir erzählt, dass er von 'nem Kerl beauftragt wurde, bei den Bahnangestellten zu fragen, wann die Gleise frei sein würden. Hat einen Haufen Dope dafür bekommen.« Die Stimme der Journalistin klang stolz, und Tabea traute sich nicht, ihr zu sagen, dass diese Info etwas zu spät kam. »Er kann den Täter beschreiben. Denken Sie, das könnte weiterhelfen?«

Tabea wollte die Journalistin nicht sofort entmutigen. »Großartig«, sagte sie daher vage, bevor ihr eine Idee kam: »Wir haben tatsächlich jemanden festgenommen, und sind uns ziemlich sicher, dass wir den Richtigen haben.« Sie griff sich an den Hals und ihr fiel ein, dass der Verband gewechselt werden musste.

»Dann bin ich ja zu spät«, sagte die Journalistin und klang enttäuscht. »Ich wusste, ich hätte meine Mutter fragen sollen. Die wäre schneller gewesen.«

Doch Tabea schüttelte den Kopf, auch wenn die Journalistin das nicht sehen konnte. »Nein, ich meinte, durch Ihre Arbeit können wir nun eine Gegenüberstellung in die Wege leiten«, sagte sie. »Meinen Sie, der Junge ist bereit, den Mann zu identifizieren? Das wäre für die Anklageschrift ein weiterer wichtiger Punkt.«

»Da bin ich sicher. Ich werde gleich Kontakt zu ihm aufnehmen.«

Tabea wusste natürlich, dass eine Gegenüberstellung gar nicht mehr nötig war. Die Beweise gegen Detlev Schmied waren erdrückend genug. Und dennoch fühlte sie sich für die Journalistin verantwortlich, und schaden würde es schließlich auch nicht. Sie wollte sie auf einen Weg bringen, den ihre Mutter nicht wählen würde. »Danke, Frau Eckersdorf. Gute Arbeit«, sagte sie und meinte es ernst. Schließlich war es ihnen nicht gelungen, den jungen Mann ausfindig zu machen. »Ich hoffe, dass ich auch zukünftig auf Ihre Hilfe zählen kann?«

Tabea hörte den erneut zurückkehrenden Stolz in der Stimme der jungen Frau. »Ich denke …«, sagte diese und holte hörbar Luft, »ich bin an Bord.«

ENDE

Eine kleine Bitte zum Schluss …

Wir hoffen, Ihnen hat dieses Buch gefallen …

Der schnellste Weg, andere Leser da draußen an Ihren Erfahrungen mit diesem Buch teilhaben zu lassen, ist eine Rezension im Online-Buch-Shop. Ihr Feedback hilft nicht nur anderen Lesern, Neues zu entdecken, sondern auch dem Autor, zu verstehen, was aus Lesersicht in diesem Buch gut und weniger gut ist. So kann sich der Autor weiterentwickeln und Ihnen sowie anderen Lesern in Zukunft noch schönere Geschichten präsentieren. Außerdem sind Ihre Erfahrungen, Erkenntnisse und Eindrücke als ehrliches Leser-Feedback eine enorme Wertschätzung vieler liebevoller Arbeitsstunden, die in dieses Buch geflossen sind.

Danke also schon im Voraus, wenn Sie sich zwei bis drei Minuten Zeit nehmen und eine kleine Bewertung zum Buch z.B. auf Amazon veröffentlichen.

Mehr zum Autor finden Sie auf
www.gunnarschwarz.de,
www.facebook.com/gunnarschwarz.autor,
www.instagram.com/gunnarschwarz.autor und
www.feuerwerkeverlag.de/schwarz

Gratis Kurzthriller sichern

Bitte nicht sie!

Kostenloser Nervenkitzel. Auf 80 Seiten. Trauen Sie sich?

„Hängen da oben etwa Füße? In pinken Socken? Oh mein Gott, ist das ein Kind?"

Ein Raunen geht durch die Menge, als auf dem Marktplatz über der goldenen Turmuhr ein Fenster geöffnet wird und kleine Füße in rosa Söckchen zum Vorschein kommen. Kurz darauf wird der Rest des Körpers sichtbar und an einem Seil aus dem Fenster gestoßen. Die Menge ist in Schockstarre. Die Polizei wird gerufen.

Als Kommissar Theo Sammers kurze Zeit später am Ort des Geschehens erscheint, um die aufgebrachte Menge zu beruhigen, gefriert ihm das Blut in den Adern. Denn das, was er sieht, ist ihm nur allzu vertraut …

Den 80-seitigen Kurzthriller komplett kostenlos herunterladen:
https://www.gunnarschwarz.de/kurzroman

Weitere Bücher des Verlages

Tote Mädchen schweigen ewig

Gunnar Schwarz

Was zunächst wie ein tragischer Unfall aussieht, entpuppt sich während der Obduktion schnell als brutaler Mord. Denn der Frau, die aus einem Fluss gezogen wurde, fehlt die Zunge, und ihre Arme wurden zerschnitten – eine Warnung? Aber an wen?

Der Ehemann wird festgenommen und gesteht. Spezialermittlerin Charlotte Bekker glaubt jedoch an seine Unschuld und sucht zusammen mit ihrer neuen Kollegin Stella Meislow nach Beweisen, die belegen, dass er den Mord nicht begangen haben kann.

Der Frauenkeller

Gunnar Schwarz

Als die Leiche einer jungen Frau gefunden wird, deren Körper mit Blutergüssen und verstörenden Botschaften übersäht ist, übernimmt das Ermittlerduo Emma Bajetzky und Alex Kuper seinen ersten Fall. Anfangs kommen die beiden nur schwer voran, doch als ihnen klar wird, dass der Killer ihnen falsche Fährten legt, überschlagen sich die Ereignisse. Der Täter mordet immer weiter, und Emma übersieht, dass sie ihm längst begegnet ist. Extra für sie hält er nun einen Ehrenplatz im Keller „seiner" auserwählten Frauen bereit.

Nasses Grab – Zwischen Mord und Ostsee

Thomas Herzberg

Am Ostseestrand der Halbinsel Holnis, Dänemark in Sichtweite, wird die schrecklich entstellte Leiche eines Mannes gefunden. Eine Hiobsbotschaft, die kurz vor Start der neuen Urlaubssaison zahlende Gäste abschrecken könnte. Somit ist bei den Ermittlungen Leisetreten angesagt.

Ina Drews und Jörn Appel – das neue Team der Flensburger Mordkommission – kommen da gerade recht. Aber schon ihr erstes Aufeinandertreffen endet im Eklat, wofür es gute Gründe gibt. Während sich die beiden widerwillig zusammenraufen, geht es mit den Ermittlungen anfangs erfreulich schnell voran.

Doch mehr und mehr versinkt alles sicher Geglaubte in einem Strudel aus Lügen und Halbwahrheiten. Hinzu kommt Druck von oben, mit dem sich Ina und Jörn noch zusätzlich herumschlagen müssen. Dabei gerät selbst der Mordfall zeitweise in Vergessenheit...

FriesLandOpfer

Nele Bruun

Es ist Hochsaison in Wyk auf Föhr. Nur der beliebte Barbesitzer Harald Königsberger verpasst den Trubel. Denn er liegt tot in seinem Haus am Strand.

Die vielen Messerstiche im Körper des Opfers deuten auf einen Rache-Akt hin. Doch die Inselbewohner sind sich sicher: Harald Königsberger war ein unbescholtener Bürger und hatte weder Feinde noch Geheimnisse. Ein gefährlicher Trugschluss, der Kommissar Carsten Wolf und seinen neuen Partner Fabiu Covaci auf eine harte Probe stellt.